U0023630

兒童文學新論
The New Critical Idiom of Children's Literature

周慶華◎著

序

二十年前，開始接觸兒童文學，偶而也寫點東西。當時只因在師專念書，校內的學習氣氛，以及個人對文學的偏好，沒有選擇餘地的就兼顧起兒童文學這個領域。後來到小學服務，為學校籌辦校刊，開闢兒童文學專欄，還額外指導學童寫作，以便每期所需的龐大稿量，滿以為兒童文學的生產和接受不過就是「這麼一回事」了。但隨著進入大學中文系所進修，探索有關文學的種種課題，才逐漸發現過去跟著別人所信仰的兒童文學大有問題。

由於辭去小學教職而到大學兼課，受到活動範圍的侷限，這時仍沒有多餘的時間好好加以檢討。前年應聘到臺東師院專任，才有機會再度溫習過去所接觸的兒童文學，並勉力抽空寫下這麼一本難免有忤時賢的《兒童文學新論》。我的出發點很單純，不願受制於僵化的觀念，也不願看到周遭有不合理的權力宰制或意識支配，而傳統的文學觀和文學教育，大致就是後面這種情況，所以會讓人難以忍受。現在我傾研究一般文學的餘力來探討兒童文學，並無意於「搶別人飯碗」，只是長期以來養成的「不服輸」心作祟，試著在兒童文學領域抛下幾塊磚石，以引發繼起研究者的金石而已。

在披閱相關的文獻資料過程中，感觸最深的還是先前所預設的：「兒童文學」如果能夠成立，勢必要具備許多條件，而這些條件似乎還沒有人能充分的掌握，使得兒童文學仍是一片「榛莽未闢」或「開發不夠」的領地，後起者可以發揮的空間，依然無限寬廣。我這本書，在內容上頗以宏闊的規模見長，也觸及了兒童文學研究的大部分癥結，可爲未來的兒童文學的建構提供有效的指引。當今我們所欠缺的，並不是文字成品的製作和文字成品的傳播，而是沒有一套說法告訴我們那些文字成品在什麼情況下才能成爲文學或兒童文學，以便我們可以繼續展望它或發展它。我個人無法擔起這樣的「重責大任」，卻願意仿效野人獻曝，聊爲抒發一己所見，以饗同好罷了。

撰寫這本書的後一階段，正值家父因過去當礦工罹患塵肺症而十度住院，利用僅有的家人換班照顧的空檔，把最後一部分寫成，略微的疲累掩去了完稿時常有的一絲欣喜。也許是惦念家父身體的緣故，幾乎已記不起寫作的歷程，但伺候於病床期間，不時流露自家父口中的許多或辛酸或有趣的往事，卻不斷在我腦海中盤旋。倘若可能，眞該把它寫下來，權作紀念也好，已經許久不曾費心寫這類文章了。最後，對於孟樊兄的推薦和生智文化公司願意出版這本書，特表感謝，也期待讀者的指教。

周慶華

目次

第一章　一個基進的想法

第一節　基進一名的涵義

基進（radical），也稱激進，是一種空間和時間中的關係，是一種特殊的相對關係。它在被運用時，有衝破一切樊籬的效力和不拘格套的自主性。如呈現在空間關係上，它就反對一切傳統霸權式的空間佔領策略（由侷限在山頭的堡壘逐漸蠶食鯨吞到控制廣幅空間流動的一方霸主）；而呈現在時間關係上，它也反對一切傳統霸權式的時間佔領策略（一方面它透過歷史的造廟運動不斷地「塑造」悠久連續的歷史傳統，一方面它以「負責的」社會工程師自居不斷地預言未來秩序，建構未來的新社會）（參見傅大為，1991：代序4）。換一個比較時髦的說法，就是「戰爭機器」：

> 戰爭機器的作用就是畫出「去中心化」的「逃逸路線」，穿越封閉的「內在環境」，逃出國家機器的

捕捉。「逃逸」並不是消極的逃避，而是積極的開放和拓展。戰爭機器的逃逸路線穿梭於體制片斷僵化的畛域和輪廓，在不斷移位的「解除界域」的運動中，不斷佔領未開發的新領域。逃逸路線是遊牧的軌跡，沒有起點也沒有終點，沒有任何固定的領域和中心，只是不斷遷移，從一個「面」遊牧到另一個「面」。相對於國家機器所規畫分割的「區隔空間」，戰爭機器不斷開拓出自由開放的平曠空間。舉凡科學、哲學、文學、藝術、劇場、音樂都可以成爲戰爭機器（路況，1990：總序iii）。

當然，戰爭機器也會突破國家機器所塑造排列的「區隔時間」不斷地瓦解歷史傳統、解構廟堂神位，使自己處於不停流動的局部格局。

從性質上來說，基進可以收編「前衛」（現代）、「超前衛」（後現代）這些文學藝術上的利器，形成一個龐大的陣容。也就是說，前衛和超前衛中有的「搶先機」性（不管二者表現在形式和意義追求上的相互對立），正是經常伺機出擊的基進所「肯認」的或所「合味」的。不過，基進卻有別於「極端」或「偏激」。基進往往是基進者自我形容的詞彙，而極端或偏激則往往是權威保守者加諸基進者身上的標籤。這兩個詞常常被不同意識形態的人用來形容一件相同的事物，表面看來有些類似，其實大不相同。理由是極端或偏激在被使用時，很容易讓人聯想到「不正常」，而社會上的一些「極端或偏激分子」往往也會被認爲是情緒和心理不平衡、失調，甚至曾經受過傷害和打擊。另外一種說法則是這些極端或偏激分子「貪心」、「不守本分」，所以在社會上或思想上有「野心」、想打擊他人等。「總之，『極端』（或『偏激』）這個標籤的使用，往往是在一種認定對方是心理上或情緒上『不正常』的條件下出現。如此，一個本是價值性或選擇性的問題被轉化成心理成熟度或成長度這樣的『心理和生理』的中性科學問題。使用『極端』（或『偏激』）這個標籤的人，往往隱含著他已佔據了權威科學位置的立場。旣然已有這立場，權威科學者便不必浪費時間和心理不正常或未成熟的人辯論。使用權力使之就範、然後加以細心的輔導和感化，才是一邏輯的處理方式」（傅大爲，1994：3～4）。相反的，「基進者的立場，旣不可以用心理式的尺度來衡量、也不可以按生理成長式的標準來估計。根本上，他拒絕成爲權威科學『職業性注視和診斷』下的一個Subject。一個基進者涉及到的是一社會性、位置性和立場性的問題，而非心理、生理和態度的問題。基進者所尋求的是一些特別的社會空間和位置；它是在權威系統之外的自主性空間。它是一個可以擾亂、打破這整個權威系統的戰略位置」（同上，4）。

雖然如此，基進者尋求所要的自主性空間或採取有利的戰略位置後，多少也有向人暗示這是一個可行的策略或合理的途徑，否則他的「苦心積慮」就只合自己賞玩而無法與人分享。因此，像底下這種說法，就得有所保留：「基進者的攻擊和批評，不是藉著向一反動系統的挑戰，以形成一『進步』的新系統（一個進步的『正常和不正常』的新分類系統）。恰好相反，基進者的傳統革命性較低，他不爭社會或文化霸權，但他的基進革命性卻更高。他所挑戰的，是那個『霸權性』、『系統性』本身。他要打碎的，正是一切『正常和不正常』分類邏輯所立足的權威系統……在這樣的意義、策略和要求之下，『基進』和『極端』（或『偏激』）彼此是完全不可比較、無法混淆的。它們也無法以在左／右派、進步／反動、理性／蒙昧、眞理／虛僞等這些啓蒙式的分類系統來加以了解。基進者固不願成爲一被診斷下的極端者，他當然也更無意佔據一『新診斷者』的系統中心之位置。他所要打亂、破碎的正是這個『極端者；溫和者；診斷者』所構成的權威系統本身。無論任何一種形態的文化霸權、社會解釋權、民族診斷權，均可以是企圖吞食一切的權威系統的變相。基進者所要求的是一局部、自己的空間，他珍惜『局部性』、『非系統性』、『相對性』這樣的社會空間位置。在這樣的意義之下，基進性才是權威性和系統性最徹底的挑戰者，基進者的社會位置也才能跳出『進步和反動』互相交替的歷史循環之外，求得一自主而深耕的空間」（同上，4～5）。所謂有意／無意等說法，並不能只是自我宣稱或辯解就算數了，別人還（仍）會透視他背後動機或意圖的「不單純」（也就是試圖標榜以基進行徑爲新的指標或新的權威系統）。這有點類似薩伊德（E. Said）對德希達（J. Derrida）解構理論的批評情況：「假使我們盲目深信『解構』，我們不外墮進了另一種『形上學』之中。正如薩伊德在批評德希達時所曾言：雖然德希達無需負責，他的文本播散性威力已形成了一種新的『形上學』。當然，薩伊德想指出『播散』才是重點。可是，很矛盾地，沒有薩伊德的文本就沒有這方面的播散。換言之，薩伊德爲德希達的文本之播散提供了聚集的機會。當薩伊德解釋德希達的文本策略時，他提到『在閱讀一篇既有的文本時，一個批評家會傳統地尊重其被假定的穩定性，並在批評中將那種穩定性再造』。薩伊德的作法當非『傳統』的作法。他嘗試作的比再造穩定性多出很多：他要侵佔德希達的文本。所以薩伊德指出：『文本會命令、准許及發明所有屬於它自己的功能之誤解及誤讀』。因此，薩伊德變成『合法』的中間人，可以將德希達的文本中被壓抑了的一面解放出來，卻又在自己文中壓抑了另一些東西」（朱耀偉，1994:60～61）。於是我們實在也不必諱言基進作爲的「正當性」或「合理性」（進而希冀它有更多人來仿效）。如果還有可以討論的，大概就是如何避免「過度基進」所可能帶來的反效果。換句話說，過度基進以「執意直往而無悔」的態度出現，忽略了自己本身可能存在的某些盲點（如立足點的不夠穩定、攻擊目標的片面虛擬、所採取策略的效應短少等等），這就是一個值得留意的問題。

「那麼，基進會有黎明嗎？」對於這個問題，個人可以相信它有，但不敢說「必定如此」（因為它還有待別人的認同）；同時它也未必像一位論者所設想的這樣：「走出黑暗洞穴的小子們，在知識／權力的空間和探照燈束的交織網中游走、流動和戰鬥，這些，也許都是一種基進的黎明。但是，黎明還有另一層的意義。它介於黑夜和白日之間，介於黑暗的尊嚴和監視燈束交織的白日之間。基進的黎明（這是一個關鍵）並不是由黑夜中出來，取而代之地在摧毀舊的光明王國後建立起一個新的光明燈束（「新啓蒙」）王國。基進的黎明並不是一種從黑暗到光明的過渡，只有過渡性的意義。事實上，基進根本地否定『光明燈束』和『黑暗尊嚴』這二者的權力劃分。基進只有兩個可能性的位置：被迫走進黑暗，或黎明。在基進的時間和空間關係上，它沒有能力和條件成為一個新的光明燈束。在黎明曖昧的顏色和閃爍不定的光影中，基進者們遊吟而歌、浮萍而舞。基進者將忘卻眞理／虛假、光明／黑暗這些古老的童話」（傅大為，1991：代序5）。倘若說基進主張的背後沒有絲毫成為「一個新的光明燈束」的企圖，那不是「過分客氣」，就是「自欺欺人」。

第二節　當今在學科上實踐的情況

以基進為名或靠基進贏得世人注視的學科，在當代並不少見。如基進犯罪學，許多基進的犯罪學者，採用馬克思（K. Marx）對社會的看法來解釋犯罪。馬克思認為社會衝突起於有限的資源和歷史上對資源分配的不公，特別是對權力分配的不公。這種不公平產生了有權者和無權者的利益衝突。工業時代初期，衝突主要是來自社會兩個不同的經濟階級，普羅階級（工人階級）和當權的資產階級（擁有財富的非工人階級）。階級衝突主要來源是對生產工具的控制（擁有並控制私有生產財產）。當控制階級剝削工人階級的勞力時，就會產生鬥爭，因爲馬克思覺得一個人在社會的位置，會影響他對社會的意識和覺悟，所以工人階級會相信自己可從社會的資本結構中取得利益（假意識）。當被剝削的階級覺悟到自己眞正的位置和利益時，他們就會慢慢地集合起來，開始反對領導階級，製造對立衝突。這種衝突會以革命的形式，打倒領導階級，並產生了一沒有經濟剝削、無階級存在的社會主義世界。基進（馬克思主義）的犯罪學家假設階級鬥爭會以三種方式來影響犯罪。首先，他們認爲法律本身是領導階級的工具。法律上規定的犯罪行爲反應了領導階級的利益，並保存了現存的資本主義賴以發展的財產權。同時，領導階級的行爲通常不在犯罪法的條文內。相反地，如果會出現在任何法律裏的話，也只會是行政管理法規。工人階級不但相信這法律的效力，不質疑它的目的和使用，反而自己監視自己。基進的犯罪學家把法律本身看成一種違反一般人權的東西。基進派犯罪學家的第二種立場是視所有犯罪（在資本主義國家內）爲階級鬥爭的結果，進而造成個人主義和競爭。強調財產累積導至階級間和階級內的衝突。因此，出人頭地「本身就在彰顯追求財富和經濟提升，不論這種追求是以犯罪或以其他方式取得」。即使是暴力犯罪也被視為一種工人階級為了求生存而必得產生的「野蠻」行為。對工人階級來說，無法取得生產工具對他們造成了一種必然犯罪的社會結構。最後，魁內（R. Quinney）和史派塞（S. Spitzer）曾討論過資本社會剩餘勞力的問題。剩餘勞力必須從壓低工人薪水中取得，但剩餘勞力太大也會產生問題。史派塞列出了五種「問題人物」：㈠偷竊富人的窮人；㈡不願工作的人；㈢以吃藥來逃避現實的人；㈣不願受教育或不相信家庭生活的人；㈤積極主張打倒資本主義社會的人。只要這些問題人物保持緘默，不對領導階級產生立即的威脅，就不需要浪費有限的資源來控制這些人。典型的代表人物就是狂飲爛醉的人，史派塞把這種人叫做「社會垃圾」。但一旦這些人積極活動起來，就會對領導階級產生威脅，這時候控制他們就變得很重要。這些團體（如政治參與者和革命家）被稱為「社會動力」，將會分享到控制團體的許多資源（參見威廉斯三世〔F. P. Williams Ⅲ〕等，1992：127～129）。

又如基進地理學，基進地理學跟五〇年代帶有自由主義色彩的「新地理學」不同，它是企圖藉社會主義或馬克思主義的觀點，重新建立地理學的傳統。基進地理學家不僅把地理學當成一套知識、學問、技術應用來看待，更把它當革命的策略和實踐，俾以參與的行動來解決人羣利用空間所滋生的各種社會問題。這是知和行的結合，是理論和實踐的合一。在意識形態方面，基進地理學家不僅尊崇馬列主義，甚至吸收無政府主義者芮可侶（E. Reclus）和克魯泡特金（P. Kropotkin）對自然和生態觀的卓越見解。依據美國地理學者皮特（R. Peet）的說法，美國的基進主義比起歐洲極端活動來，更富有人本的關懷，也比較不囿於教條的束縛。延續五〇年代末期「新地理學」的傳統，六〇年代美國基進的地理學界，一直重視地理學對區域計畫和空間效率的實用問題。固然有一部分學者趕時髦地追求方法學的完善，因而趨向量化之途（計量地理學），但基進學者之大部分則關懷地理學對社會以及政治的關聯。因此，也凸顯了學問的「社會關聯性」。稍後另一位基進地理學家哈維（D. Harvey），衝破了自由主義地理學的藩籬，而邁向馬克思主義地理學的研究，遂提倡地理學的革命。他主張由貧民窟的研析，走向資本主義現存制度的反思和批判。他認爲北美貧民窟的形成，是跟市場機制有關，而市場機制正是土地使用的規範力量。因此，如要根本清除貧民窟，只有廢除市場機制一途。他爲革命性的理論下定義，認爲它是一種根植於實在、藉辯證方式來精心擘畫，爲社會提供一個眞正選擇可能性的學說。顯然基進的科學在於掃除資產階級意識形態的迷霧，重新考察此一體制的物質基礎，俾建立一項高瞻遠矚而具有批判精神的理論。新的批判理論在於喚起人羣改變現狀的意識，使革命的實踐不致流於空言（參見洪鎌德，1996：21～22）。

又如基進人類學，在六〇年代初期，美國基進派人類學家曾攻擊學院中主流派的人類學的理論和實務，高芙（K. Gough）指出西方人類學的兩大弊端：第一，不懂去分析西方的帝國主義爲環球的體系，也是相互牽扯的政治經濟體系之一環，更不懂這一帝國主義對其他地區進行侵略時所留下的惡果；第二，西方人類學家在研究社會變遷時，傾向於現象的描述，以有限的假設來解釋「外在世界」對某一事項的影響，這種見樹不見林，未能綜觀整體的方法，無法正確理解帝國主義的囂張。就在基進人類學家的大聲疾呼下，六〇年代以來的美國人類學界於是展開三個領域中的激辯：第一，對摩爾根（L. H. Morgan）的《古代社會》一書進行重讀和解釋；第二，討論社會研究中「進化論派」和「唯物論派」的不同；第三，討論人類學和帝國主義的關聯。這三個問題互有牽涉、彼此關聯，形成一個鐵鏈的三個環節。該辯論的影響不限於美國，也對他國的學界、思想界、文化界有所衝擊。此外，六〇年代以梅拉索（C. Meillassoux）爲主的法國人類學家大力探討「經濟人類學」，研究的對象爲三個層次的問題：在第一個層次上討論經濟結構和經濟關係，以及由生產活動引伸的產品分配所涉及的長幼有序、成親條件和家族組織的問題。在第二個層次上，也就是部落或村落的層次上，學者要解決政治和宗教問題。第三，也是最高的層次上，則討論國家的經濟活動。總括說來，基進人類學家要澄清的就是歷史唯物論可否應用到具體的社會分析之上，以及作爲原初社會制度基礎的親屬關係，是否比馬克思所強調的經濟因素更爲重要。換句話說，親屬關係和經濟因素兩者孰輕孰重的問題成爲基進人類學家爭議的焦點。而除了上述理論爭議以外，基進人類學家也涉及第二次世界大戰之後發展中國家低度發展的問題。在衆多的問題中，又以婦女、老人、幼童、病患等弱勢羣體的研究，以及各種各樣（國家、種族、宗教、階級、族羣、黨派、個人等）衝突的研究，成爲學者的當務之急（同上，24～26）。

又如基進經濟學，英國的基進派經濟學家在七〇年代初期，繼續檢討依賴理論、不平等交易理論和帝國主義理論。齊曼斯基（A. Szymanski）考察美國和第三世界之間資本的流動，他發現淨資本的流動方向是由美國流向邊陲國家，從而證實列寧的帝國主義說，也間接駁斥依賴理論所指資本由邊陲湧入核心的說法。華勒斯坦（I. Wallerstein）的《現代世界體系》的出版，標誌著基進經濟學的里程碑。它融合了馬克思學術研究兩大主題：第一，自巴藍、傅蘭克等人的學說，同樣認爲歐美的發展和第三世界的落後是一體的兩面；第二，利用這一理論架構於至今少有關聯的題目之上，也就是討論歐洲由封建主義轉化爲資本主義，特別是十六世紀歐洲資本主義的重農和重商主義的崛起。華勒斯坦的理論模型是融合依賴理論、馬克思主義和社會學於一爐。他分析十六世紀形將構成「世界體系」的歐洲諸國的實力。所謂的世界體系乃是建立在資本主義的商業和專供銷售商品的生產爲基礎所形成的國際經濟體系。這個單一性的世界體系是由三個部門組合而成的：核心、半邊陲和邊陲。儘管這三個部門都受到國際貿易和其後的殖民主義的影響，但它們的經濟活動是有所專門和有所分別的。核心發展農業和工業，邊陲發展單種的穀物之農業經營或出口的礦業。當上述各業分別發展成專門化之後，歐洲各國的國力也隨著有強弱的區別。強國能夠承受貿易失衡所引起的經濟壓力，於是剩餘的財富開始流向核心，因而核心國家更形富強。反過來，財富的流出，使邊陲國家更形貧弱，並且減低它們的發展，最後造成這些國家在經濟上和政治上成為依賴性的國家（同上，39～40）。

又如基進女性主義，這一學派包羅甚廣，卻有一項主張可視為它們的共同綱領，那就是「女性受壓迫是最根本、最基礎的壓迫形式」。照羅森伯格（P. Rothenberg）等人的看法，這一主張可作如下解釋：㈠女性是歷史上第一個受壓迫的團體。㈡女性的受壓迫是最普遍的壓迫形式，它幾乎存在於所有社會當中。㈢女性的受壓迫是影響最深、建基最穩的一種壓迫形式，因為它根柢最堅固、最難拔除，而且無法藉由其他的社會變革，諸如階級社會的撤廢，來將它排絕。㈣女性的受壓迫無論就「質」或「量」來說，造成的苦痛都堪稱最多最烈，雖然由性別偏見／歧視並不單只是為壓迫者所擁有甚至連被壓迫者也不可避免，而使得這苦痛經常會遭到漠視，未得到應有的注意。㈤女性的受壓迫提供了一個概念模型，藉它可索解所有其他的壓迫形式。雖然很少有基進女性主義者會對以上的五要點全數服膺，但絕大多數都能同意：女性受壓迫是最早、最普遍、影響最深的一種人類壓迫形式。隨著每位基進女性主義者對女性受壓迫強調的面向差異，不同的基進女性主義者於是有不同的關注焦點：藝術、靈性、生態、生殖和母職、性別和性等議題，在基進女性主義的論述宏域裏，都各有地盤、各有支持者倡議。以生殖和母職、性別和性兩個議題爲例，相對於自由主義及馬克思主義女性主義者，基進女性主義者的關注，是較偏向於男性對女性身體的操控方面。基進女性主義者認爲，不論這一操控是呈現爲限制、約束女性的避孕、結紮及（或）墮胎法律，或呈現爲橫加於女性身上的暴力（色情業、性騷擾、強暴、毆打女性等），它所形成的都是一極殘酷的權力操作。又相對於自由主義或馬克思主義女性主義者，基進女性主義者顯然較強調的是男性滿足自身的種種希求、慾望及利益，而不惜操弄、擺布女性的性意識及性活動的種種手段。由於所持看法如此，衆多基進女性主義者於是堅稱：女性必須致力的，乃是重新構想、定義女性的性意識及性活動（或說重新思考女性性慾），而且這一回不再是按男性的形象及姿態，而是女性依照自己的形象及姿態，來構想、定義。基進女性主義者認爲，只要女性的性意識及性活動能從「被男性定義」及「受男性操控」中解放出來，那麼女性發現自身身體的豐富性及多樣性，乃至於在自身身體中意識出某些人所稱的那「女性精神之升起」，就應當都是當下可得的事（參見佟恩〔R. Tong〕，1996：123～125）。

從以上的「實例」可知，基進相對的是保守（而保守所「佔住」或「體現」的就是權威系統），而它大多吸收了馬克思主義（尤其是新馬克思主義）的精髓作爲它的武器，進行對既有學科的建置大力批判，形成一種儼然是「立於不敗之地」的優勢。而從另一個角度來看，基進之後還得再基進（先前的基進終究會被後出的基進認爲「過時」或「不夠整備」而企圖加以超越），以至基進是「無限」的。這證諸當前相當「風光」的女性主義已經有後起的論說批判它（包括基進女性主義在內）「背叛」了女性主義而要回歸足以代表大多數婦女的運動（參見丹菲爾德〔R. Denfeld〕，1997），可以相信它的可能性。還有無限基進（不同於前面所說單向式的過度基進）的結果，「確保」了學科內部的彈性和活力，以至任何一種學科的遠景，大概就有賴基進的作爲來營造了。

第三節　基進兒童文學的嘗試與用意

既然別的學科有基進的作爲，那麼已經成型或被認爲可能的兒童文學，自然也可以有基進的作爲。這時它所要批判或顚覆的，就是那已經被「模塑」完成的兒童文學。至於基進的作爲所可以發揮的餘地，大體上可從兩方面來說：首先，照理兒童文學不等於「兒童」加「文學」，而應指「兒童」的「文學」。這是因爲「兒童」和「文學」分屬兩個不同的範疇，只可能發生「兒童」和「文學」的相互作用，而不可能發生「兒童」和「文學」的相互結合。如果有人一定要把它視爲「兒童」加「文學」，那就會面臨一種窘境：就是他將無從在既有的任何作品中分別找出「兒童」和「文學」的成分。其實，把兒童文學當作「兒童」的「文學」，也不是沒有問題。我們從兒童的立場來看，不論兒童文學是指「兒童」所能理解或批判的「文學」，還是兼指「兒童」所能言說或寫作的「文學」，誰都沒有能耐加以確定。理由是兒童的能力高低不同，有的能讀未經刪節改寫的《三國演義》、《西遊記》、《水滸傳》、《紅樓夢》等古典小說，有的連「大頭大頭／下雨不愁／你有雨傘／我有大頭」（喻麗清編，1978:26）、「大魚不來小魚來／小魚不來蝦蟹來／蝦蟹來了小魚來／小魚來了大魚來」（佚名編，1977:11）這類的白話童謠也礙難欣賞，這要如何劃定兒童文學的範圍？還有「兒童」所能言說或寫作的「文學」，跟「兒童」所能理解或批判的「文學」，可能差距很大（如愛看《亞森羅蘋》或《福爾摩斯探案》的兒童，就難以或根本無法寫出類似的作品），這要如何選定兒童文學的對象？既然這樣，兒童文學肯定是無可談論或不好談論的，但我們又看到許多標名爲兒童文學的論著和課程，這究竟又爲了什麼？我想這一切都是成人的觀念投射和理想期待的結果。本來人生充滿著各種可能（有人無所事事而虛度光陰、有人嬉遊墮落而自戕賊物、有人創造發明而益己利人），而文學一項，在成人世界中是被認為可以藉來美化人生的。把這種觀念推拓開來，自然可能想到及早在兒童身上「注入」或「發掘」文學的種子，而等待將來的開花結果。事實上，一個人所以會選擇文學（創作或研究）這條路，不大可能是由於讀了一些人家所「推銷」或「稱許」的文學作品，這中間不知要幾經轉折和變化（才可能接近或步上文學這條路）。我們實在沒有把握兒童確是需要我們所給的一切，而我們也沒有把握確是需要為我們所給的一切建立一套所謂的「兒童文學理論」。

其次，倘若我們一定要提倡兒童文學的話，它勢必得自我意識或自我宣稱：第一，兒童文學的存在，不是一個經驗事實，而是一個理論假定。換句話說，它是成人所認為的「兒童」的「文學」，跟兒童自己的文學經驗（如果有的話）不必然相關。所以一切的論說都有待經驗的檢證（而不是「不證自明」）。第二，「兒童」和「文學」兩個概念，處在游移不定或繼續發展的狀態，所賦予的意義都是為了方便研究、教學和創作，沒有「定於一尊」的意思。也就是說，有關「兒童」和「文學」的種種界定，終究不是絕對的，而是權宜的。第三，不論是整體論說，還是部分論說，都隱含著「與人對話」的空間。如果有人看出裏頭有多重且不協調的聲音，或質疑批判當中某些乖違不合理的成分，都將是再作彌補或改寫的最佳參照。此外，凡是論說所不及處（如為什麼有些兒童不喜歡兒童文學而大人寫作兒童文學常愛夾帶道德教訓之類的問題），也就是大家重新思考如何發展（新變）兒童文學的關鍵（參見周慶華，1994b）。

有了以上的理論基礎，我們還可以進一步考慮的是，如果姑且把兒童文學分爲「兒童文學作品」和「兒童文學理論」，其中「兒童文學理論」比照一般的文學理論再分爲「兒童文學的本體」、「兒童文學的現象」、「兒童文學的創作」、「兒童文學的批評」和「兒童文學批評的批評」（有關文學理論範疇的劃分，參見周慶華，1996a），那麼關於「兒童文學作品」的來源和認定，以及「兒童文學的本體」、「兒童文學的現象」、「兒童文學的創作」、「兒童文學的批評」和「兒童文學批評的批評」如何界定或主張，也就需要特別的智慧來給予衡量了。它可以形成如圖所示之：

□部分，是有待填入的；而□不確定多少，所以用刪節號來表示。當今談論兒童文學的人，大多極力要追求一種帶有「普遍性」或「終極性」的兒童文學，基本上就不明白兒童文學也跟一般文學一樣是個宣稱的問題；而有多少種不同的宣稱，就有多少種不同的兒童文學。這從上圖不確定會有怎樣的填入方框的方式（和內容），就可以了解執意追求一種「唯一」或「絕對」的兒童文學的作法是多麼的不切實際。在這種情況下，我們還要倡導兒童文學，就只得權宜的依某種觀念而建構一套兒童文學作爲引路，而不是妄想天底下有一種先驗的或不變的兒童文學觀等著

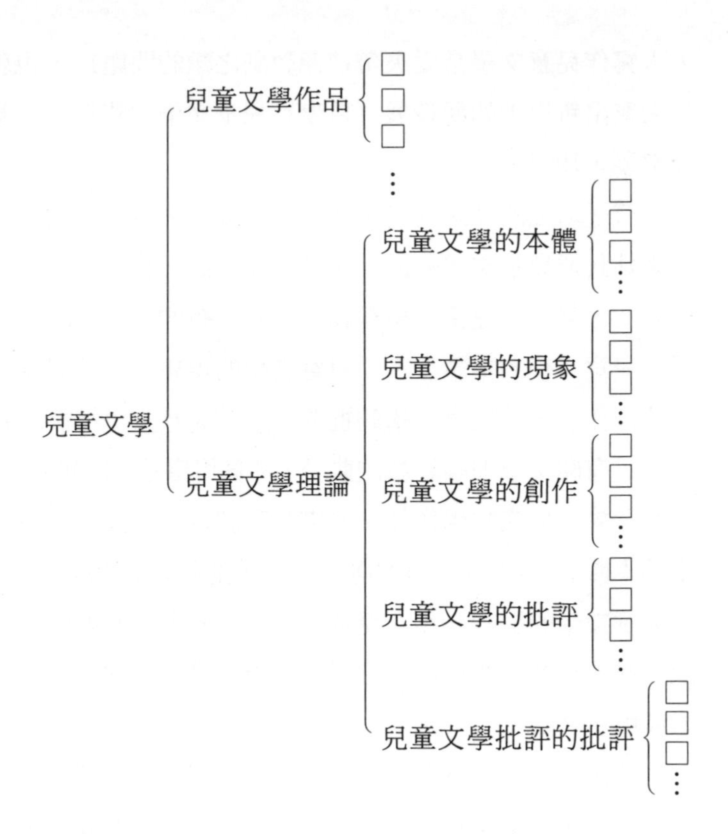

我們去符應。

基進兒童文學的主張，一方面就是要破除「只有一種兒童文學」的迷思，另一方面則是要展示什麼樣的兒童文學的建構是較有啓發性的。本書既然自命爲《兒童文學新論》，它的「挑戰性」和「示範性」自然也不能缺乏。這從後面各章的論述中，讀者將可以一一印證。當然，它作爲一種兒童文學主張所應承擔的被解構或被拋棄「風險」，也將一併計算在內。再來，就是等待讀者的回應了。

第二章　多元兒童文學與一元教育

第一節　站在後現代的臨界點上

解構、去中心、不確定性、平面化、無政府主義等等這些常見的後現代術語，經過大家一再使用後，現在已經變成陳腔濫調，讓原本對後現代的東西沒有感應或無力吸取的人，終於可以鬆口氣的說「後現代不過是那麼一回事」；同時也讓「玩」過頭的人，醒悟到「後現代的東西已經沒有什麼好玩，接下來該換點花樣了吧」。

這是個事實。以解構思想爲基礎的後現代主義，從六〇年代以來，在文化各領域所掀起的巨浪狂潮，不意在進入九〇年代後，突然現出了頹勢，甚至有人斷言「後現代主義已死」，而啓蒙時代的哲學、浪漫主義等等都將重新登上歷史舞臺（參見阿皮格納內西〔R. Appignanesi〕，1996：174～175），或者一種復歸式的「批判社會理論」或「新歷史主義」即將走上政治、經濟、社會或詩學的前臺（分別參見貝斯特〔S. Best〕等，1994：319；王岳川，1993：249）。如果大家肯仔細回顧，這三十多年來，人類整體文化似乎也沒有被解構掉多少。就以到現代主義所徹底建構起來的「表象文化」（以語言指涉事物）和「認知理性」爲例，也不見得眞的像某些論者所說已經被解構而淪爲「擬象文化」和「非理性」境地（沈清松，1993），因爲「擬象文化」（語言沒有實地指涉物）還是可由人的「慾望」來決定將它轉回「表象文化」（讓語言重新有所指涉），而「非理性」化也由於人潛在的權力意識並未消失，終將反覆的標立主體性或凸顯主體的理性掌控一切功能。只是在經過後現代的洗禮之後，個別主體的「能動性」已然養成（不再淪爲集體意識形態的附庸或奴僕），沒有人有能耐再像現代或前現代那樣塑造一個「大敍事體」，來迫使別人服從或冀望別人服從。因此，所有不願被解構的舊東西或刻意再建構的新東西，勢必都將享有同等合法的保障，然後各自去尋求支持者或等待支持者。

根據這一點來檢視相關的兒童文學論述，顯然會發現我們的兒童文學根本還沒有「大死過一回」，不然也不會出現大家競相在爭論一個已經存在或可能存在的「兒童文學」的場面（而不是「兒童文學」不過是「我所認爲」罷了）。這樣說，並不是要否定該爭論的合法性或必要性，而是要指出該爭論背後所隱含的競求「一元兒童文學」的迷思，以及論者不太自覺的權力慾望。未來的兒童文學論述及其實踐，倘若還希望它有點遠景可以期待，可能就是要從這個關口「離繪」起。換句話說，未來的兒童文學論述及其實踐，仍然得回應後現代主義的解構威脅，才有辦法走得穩當，並且接著開闢出一些新的道路。

第二節　競求一元兒童文學的迷思

所以說當今相關的兒童文學論述隱含有競求「一元兒童文學」的迷思，主要有三個原因：第一，兒童文學論述者在文學上加「兒童」限制詞後所衍生的界域爭論，基本上無法消除。本來「文學」並沒有限定是專屬於成人的或專屬於兒童的，可由任何人去感受生產和領會闡釋，但在限定它是專屬於「兒童」的以後，大家就開始忙於爲「兒童」作界定。於是有所謂「以二十五歲以前爲兒童期的說法，已爲當代生理學家、心理學家和教育家所公認」（吳鼎,1991：2）這類較寬泛（或較不確定）的講法；也有所謂「我們乾脆認自入幼稚園起至小學畢業（足四歲至十二歲）止的一段時期，爲『兒童文學』一詞中兒童時期的界限」（林守爲，1995：2）這類較緊縮的講法；還有所謂「『兒童文學』研究範圍，似以四～十二歲，能欣賞語文作品的兒童爲主要對象。當然可以向下延伸至零歲（如胎教），及向上延伸爲十五歲青少年（如小說期）」（李慕如,1993：2）這類「折衷」式的講法。在誰也不服誰的界定或誰也不認同誰的界定的情況下，又夾雜有一些「批判」的聲音，「如兒童文學仍爲文學的一支，它本身再分化爲青少年文學、少年文學、童年文學、幼年文學……至於合稱的『兒童文學』是否可以高到涵括青少年文學，則視兒童的上限界域而定。另外是否可以向下分化到再有嬰兒文學，則不屬兒童界域的問題，而是文學構成質素的問題，它的成立前提是有無嬰兒可理解又夠得上稱爲文學作品的東西」（洪文瓊，1994b：4）、「有鑒於『少年小說』久已納入『兒童文學』之中，從『名』『實』應該一致的觀點上考慮，筆者……均採『兒童少年文學』之名」（林政華，1994：2）等，這未必能起什麼「澄清」的作用，反而會使原有的問題更形複雜（又多了一個可讓他人反對或討論的對象）。而以上只是依年齡來區分出「兒童」，並未考慮到實際上的心智問題；如有些十來歲小孩已有二十幾歲大人的心智，而三、四十歲大人也有七、八歲小孩的心智之類，這又如何能強以或籠統的以年齡來範限兒童（而不是基於實地的考察來作一種有限制的界定）？這樣一來，大家所競求的「一元兒童文學」，在首關上就面臨了對象不確定的困難。

第二，原先存在於「文學」領域的爭論，並未獲得妥善的解決，而現在兒童文學論述者所有的「文學」觀念，正是人家持續在爭論的一個焦點。如「文學是具有思想、想像、情感的實質和體裁，美質的藝術，所以表現、指導、和批評人生，應人性最高部分的要求，用以豐富生活興趣和擴大喜悅同情」（吳鼎，1991：7）、「文學是以有組織的文字，來表達情感、想像、趣味、風格和思想的文字」

（杜淑貞，1994：82）、「兒童文學……它和一般文學一樣，都是透過典型的形象、典型的故事情節和生活畫面來反映現實生活，以喚起讀者的生活印象，打動讀者的心靈，影響讀者的思想感情和生活情趣」（祝士媛編，1989：1）等，先不說這些觀念之間可能互有衝突（如前二則的「表現說」和後一則的「反映說」經常難以並存），也不要說這些觀念有混「文學本質」和「文學功能」於文學界義之中（如第一則和第三則所示），就說這些觀念中的「反映」、「表達」（表現）等意涵在文學領域裏幾乎是人人有不同的表述，同時在本世紀另一種文學觀「文學自我指涉」（既不「反映」什麼，也不「表現」什麼）興起以來，所暴露出的彼此的內在疑點，也還有待細細清理（詳見周慶華，1996a：20～67），並不像一般所認爲的文學已經有定論了。在這種情況下，我們如何想像實際的「一元兒童文學」確是可能的？

第三，論者彼此所隱藏的論述動機，並未被列入考量，以至所論述的兒童文學未必可以有效的獲得印證，卻先流露了一種「既得利益者」的心態和再轉向讀者索求「回饋」的支配渴望（當今的兒童文學論述者，多半在大學院校教書，有穩定的收入和爲數不少的聽衆，出書後還可以提高知名度）。於是「假」競求一元兒童文學「眞」遂行權力慾望，逐漸浮上檯面，變成一條顚撲不破的鐵則。試想大家有意無意在追問的那一具有普遍性的「一元兒童文學」如何可能？

此外，還有任何被論者援引來作爲判斷某一環節「非此即彼」的標準，本身還得有別的東西作爲它的標準，以至「眞正的標準」是無限延後的，這一點也沒有受到論者的重視。如「所謂兒童文學，應該用兒童的思想，兒童的想像，兒童的語言，兒童的情感，透過文學的手法，描寫大自然的景象，動植物的生活，人和物的刻畫，動和靜的素描……根據這種說法，有幾件似是而非的兒童文學，要提出來討論。第一、是成人爲兒童編的韻語，雖適合兒童朗讀背誦，但不是兒童文學……第二、是成人揣摩兒童心理，仍用成人文學的手法寫成的作品，用來供兒童閱讀，雖是很好的讀物，但卻不是兒童文學……第三、是成人希望上進作好人，含有道德的訓誡意識，寫成文章供兒童閱讀，這些雖是好的教材，但不是兒童文學……第四、是神童（天才兒童〝gifed child〞）們一種靈感，他們具備了某種特長，和早熟的心理；以天眞的童年，寫出成人的感想或寄託，這類作品雖出自兒童之手，也算不得兒童文學」（吳鼎，1991：10～11）、「要寫好兒童文學作品，有效地提高作品的思想藝術質量，第一性的任務就是要深入、細緻和全面地了解少年兒童的生活、思想、性格、感情和情趣……第二……旣需要相對地保持自己的兒童特點，又要加強和成人文學的聯繫，注意文學的一般共同規律，學習和借鑒成人文學的某些長處」（祝士媛編，1989：179～182）等，所謂「應該如何如何」或「需要如何如何」標準，背後還得有標準作爲根據，依此類推，必然形成「無限後退」的現象。試問兒童文學論述者，如何來回應這種「後現代」式的拷問或刁難？如果不能，豈不預告自己所講的一切「不成論」？

顯然兒童文學論述者所構設的這套論述，像極「現代社會」中所見的「大敘事」或「崇高美學」，而這種「大敘事」或「崇高美學」在「後現代社會」已被瓦解得面目全非（參見羅青，1989；路況，1990）。上面的詰難，不過「比照辦理」罷了。因此，繼起的兒童文學論述（如果還有必要的話），勢必要改弦更張才行。

第三節　以肯定差異為前提的多元模式

整體看來，論者以爲兒童文學如何如何，無非假定了：㈠他對「兒童」的了解（包括兒童所需要或所能知道的一切），㈡他對「文學」的了解。然而，兒童和文學都有很多種講法，論者（或個別論者）所持的不過是其中一種講法，這如何回過頭來強加在「兒童」身上，說「兒童」就是這個樣子？同時如何回過頭來強加在「文學」這一空格上，說「文學」就是這個樣子？

實際上，每個人都知道兒童文學有不同的界定，可是最後卻不禁要尋找一種或自擬一種界定，這又是爲了什麼？如「兒童文學是什麼？就今天的概念來說，兒童文學應該是：爲兒童而寫的文學，不僅僅是：寫兒童的文學，也不應是：兒童寫的文學」（洪汎濤，1989：17）、「兒童文學既然是『文學』的一環，兒童故事的寫作，基本上理應服膺並攝取古今中外有價值的文學理論或規則（尤其是現代文學），以爲寫作遵循的準則」（蔡尙志，1992：4）、「『兒童文學』一詞自來許多名家爲它作詮釋……因此我們要說，『兒童文學』是以兒童爲對象，具有至眞、至善、至美的大學形式」（李慕如，1993：4）、「其實，各種界定劃分都只爲便於解說，難有十分淸楚的分界……因此我們認爲兒童文學在本質上乃是在於『遊戲的情趣』之追求；在實效上則是在於才能的啓發，而其終極目的則是在於人文的素養」（林文寶等，1996a：8）、「上列諸家高見爲求意義周延，但往往各有得失，筆者以爲：不妨衆端參觀，由各角度來探討，或許較能窺其全貌。㈠以成長階段界定……㈡以創作技巧界定……㈢以閱讀功能界定……由上述以『成長階段』、『創作技巧』、『閱讀功能』來界定『兒童文學』，固然有繁瑣的缺失，但是較能涵括『兒童文學』的精義，總比較爲了『精鍊』而強加定義，卻又掛一漏萬，要來得完整些」（張淸榮，1995：24～31）等，像這類「彼非我是」或「彼缺我全」的論調，觸處可見，道理又在那裏？這大略有兩種可能：

第一，彼此的觀念不同，無法強迫自己附和別人，正如黃宗羲《明儒學案・發凡》中所說的「學問之道，以各人自用得著爲眞，凡依門傍戶，依樣葫蘆者，非流俗之士，則經生之業也……以水濟水，豈是學問」。兒童文學論述者各人知識習成的背景不同、氣質性向的差異、存在處境的迥別等等，在在都會影響他的觀念的形塑，而終於難以跟他人的觀念合轍。這是理中合有的。

第二，彼此的觀念沒有不同，但有實質上的利益的衝突，如駭怕被人責爲「拾人牙慧」（不長進）或擔心沒有「賣點」（包括後起研究者不會引到他的說法、傳播媒體或出版社不採納他的稿子等等）。倘若不是爲了這個緣故（彼此的觀念又沒有什麼不同），又何必去「標新立異」、「求售己見」？

當然，如果現在有人（包括本人在內）再去分辨各家說法的優劣或合理不合理，那又是在成就或塑造一種新的講法，依舊不脫上面二點原因。不過，有一個現象卻值得注意，就是論者們喜歡用「應該」、「理應」、「要」、「認爲」、「不妨」這些規範詞，似乎都假定兒童文學就是他們所說的那樣，殊不知那只是他們在範限「兒童文學」這個對象；而這種範限所牽涉的問題就很多，比較重要的，如：是否有一個可供檢驗的標準？如果沒有，這種範限是否有意義？而論者在作範限時的動機、目的又是什麼？

這在論者那裏幾乎都還沒有進行後設的反省，但在本章中已經大致作過交代了。也就是說，那個「標準」永遠不可能存在現前（見前），任何人所提出的標準都是暫定的，無法作爲唯一的型範（但可以邀得一部分人姑且給予「認可」）。接下來就是論者的動機、目的分外顯得「重要」，其中爲了爭取利益（見前）一項，特別可觀。伊格頓（T. Eagleton）曾經指出：

> 文學理論家、批評家和教師們，這些人與其說是學說的供應商，不如說是某種話語（論述）的保管人。他們的工作是保存這一種話語，他們認爲有必要對之加以擴充和發揮，並捍衛它，使它免遭其他話語形式的破壞，以引導新來的學生入門並決定他們是否成功地掌握它。話語本身沒有確切的所指，這不是說它不體現什麼主張：它是一個能指的網路，能夠包括所有的意思、對象和實踐。某些作品被看作比其他作品更服從這種話語，因而被挑選出來，這些作品於是被稱作文學或「文學準則」。人們通常把這種準則看作十分固定，甚至在不同時代也是永恆不變的，這在某種意義上具有諷刺意味，因爲，文學批評話語沒有確切的所指，但它如果想要的話，卻可以把注意力或多或少地轉向任何一種作品（伊格頓，1987：192～193）。

不論兒童文學論述者所持的講法是據舊說而「補苴罅漏」，還是自己「獨出新解」，都無法不把它看成是一種利益競爭下的策略運作（而跟該論述本身是否可供普遍的驗證並無太大關係）。這也就是當代一些論述（言說或話語）理論所啓示給人的：一切論述都是意識形態的實踐。而這種實踐的方式，會隨著論述在它裏頭成形的各種制度設施和社會實踐的不同而有所不同，也會隨著那些論述者的立場和那些接受者的立場的不同而有所不同。因此，我們可以透過跟論述相關的制度設施、透過論述所出發的立場和爲論述者選定的立場來確認論述的「意義」（參見麥克唐納〔D. Macdonell〕，1990：11～13）。換句話說，任何對立論述或相異論述背後的情況，無非是一場你來我往互不相讓的信仰對抗或利益（權力）競爭。此刻已經沒有所謂絕對的是非對錯（有的只是各自所抱持的相對的是非對錯），也沒有什麼必要實現的「理想」（一切全看「利慾」的趨向而定）（參見周慶華，1996b：43～69）。

既然兒童文學論述所以可能，不在論述本身有什麼必然性或神聖性，而在論述者基於權力或其他利益的考量而「權爲發用」，那麼所有的兒童文學論述只要沒有自我矛盾或不相干或循環論證（這三種情況都沒有說什麼），就都得享有同等的合法的地位。至於各自合理性的高低（前提具有高度的「可驗證性」或「相互主觀性」），那就有待各人進一步再去評比斟酌了。而這說穿了，不過是要肯定兒童文學論述的差異性，以突破「一元兒童文學」的迷思，並爲「多元兒童文學」的模式奠定理論基礎。

其實，兒童文學論述者如果不老是念著要追求或成就「一元兒童文學」，他們所展現的「力求與人異」的論述，就是「多元兒童文學」最好的見證。因此，對於一些後設論述所建議的「於緒論的觀念探討上，兒童文學的定義、特色、分類和兒童身心發展特質的認識，雖是必具的內容，卻無須評論；倒是兒童文學和國小語文教育的關聯性、與其他學科的科技整合，較少爲人關注，論之者亦簡略，值得加以補充」（楊淑華，1996）、「想要釐清兒童文學基底的範疇問題，建立起共同的術語，筆者認爲非借助相關學科，特別是心理學、傳播學、文學和語言學等的研究成果不可（如兒童界域的劃定可借助心理學的研究）。也因借助的互動，兒童文學的範疇研究必然把科際整合觀念帶入兒童文學的研究。從而促使兒童文學的研究更爲深化，也更具活力」（洪文瓊，1996）等，就只能把它當作一種主張看待，接不接受由人自主，而無法想像它能普遍的實踐（除非那一天大家自動或被迫齊一了信仰或意志）。

第四節　策略性的一元教育

換個角度來看，人不能用文學談文學，只能用心理學、社會學、語言學、歷史學、哲學、符號學、美學等等談文學，於是有所謂精神分析學批評、社會學批評（或馬克思主義批評）、語言分析批評、歷史批評（或新歷史主義批評）、現象學批評（或詮釋學批評）、結構主義批評（或後結構主義批評）、形式主義批評等等方案的出現。這些方案的出現，明顯預示了大家對文學的認知或期待很難或根本不可能定於一尊，何況還有權力慾望等因素「強力」從中起作用呢！兒童文學的情況也是一樣（它比文學還要複雜些——卻反而被簡化了）。只是兒童文學是「大人」所命名的，它特別被賦予要負有教育性或含有教育性（參見林守爲，1995：10～11；祝士媛，1989：2～7；林文寶等，1996：15～18），以至兒童文學就不僅僅被構設來任人選擇的，它還得由大人帶領或介紹兒童去接受，而有實際教育（教學）的事實。這我們就得問兒童文學的教育究竟是如何可能的？它可以做得像一般的文學批評那麼複雜呢？

所謂「複雜」，它可以是大一元系統中含容衆多因素意義下的複雜，也可以是多元系統表面並存意義下的複雜。由於這裏是順著多元兒童文學這一脈絡來說的，所以複雜與否，就專指是否以多元兒童文學爲教學內涵。而把可以將一元兒童文學教得多樣化（如同可以用各種知識來理解和評判文學）那種情況暫時擱置不談。這首先要反問的是：兒童是否會排斥兒童文學的教育，直接使得兒童文學的教育本身無法順利進行？還有以多元兒童文學爲教學內涵是否確實可行？前者，答案明顯是有「肯定」的可能，理由略如一位兒童文學論述者所說的：

> 其實，兒童本身時常有「反兒童化」的表現，他們渴望超越自己，渴望成長。童年，向前延伸出一條未來發展線，我們一直無法迴避一個有目共睹的事實：兒童往往熱衷於那些並不是「兒童文學」的成人文學作品。於是，越來越多的人開始逐漸理解到，其

實兒童文學的本身便正具有著「模糊」現象，具有著「模糊」的高級功能。況且所謂的優良兒童文學，會因各人不同的生活背景及學習經驗、興趣和目的而有所不同。事實上，不論優良與否，任何兒童文學都可能具有負面的影響，這種弔詭的現象，是教師、父母們不可不注意的（林文寶，1995a）。

這未必應著了布魯姆（H. Bloom）的「影響焦慮」或「反影響」說（布魯姆，1990；1992），但會使兒童文學的教育大打折扣或沒有效率，卻是可預見的。尤其在當前的社會，有太多誘惑物或刺激源可以廉價取得或容易感受的情況下，「文學」這種需要絞腦汁、費心思才能領受的玩意兒，它會被兒童接納賞愛的機會就更少了。提倡兒童文學教育的人，多半高估了它的功效，所以在相對上他也會比別人多一分因工作難以推動而滋生的失望心情。補救的辦法，也許要從事「多元兒童文學」的教育；不但不限定教學的內涵（可吸引不同嗜好的兒童），還得多開發新的內涵。然而，這種做法也不禁要讓人懷疑。

雖然有研究文化多元主義的人指出：一個容許多元文化的社會，才是正常的社會；而所謂文化多元主義是指「在一個國家內，存在有多數的政治、社會團體，這些團體是由文化的差異（如語言、宗教、種姓階級、種族、地域等）所分殊化而成」（葛永光，1993：34～35）。但在這種社會中，各文化卻未必能脫離相互隸屬的命運而眞正獨立自主，它經常形成一個階層化的體系，「在此體系中，某一團體居支配性的地位，某些團體則居於附屬的地位。雖然，在政治權力的分配上不見得是平等的，但是，各種族的文化、語言、宗教等，都被允許存在和保留」（同上，7引庫帕〔L. Kuper〕等說）。因此，所謂的「多元文化」，實際上是一個「大一元文化」和幾個「小一元文化」的合體，彼此並不是享有同等的地位。而從「認同」的角度來看，大家也很難在認同某一文化傳統時，能夠相對（同樣）的肯定其他的文化傳統。因爲這種「相對主義」，即使在後現代社會裏也無法徹底實踐。它正如一位論者所評述的：

> 如羅蒂在《後哲學文化》一書中所說那樣，後現代主義不可能眞正走向相對主義，甚至可以說，無論任何一種哲學思想或文化理論，都不可能眞正走向相對主義。在羅蒂看來，這是因爲在各種理論之間總有一個相互比較的問題，透過比較，人們畢竟可以制定那種理論好些，那種理論差一些。如果有人能以相對主義的觀點來評價不同的理論，那它就只能得出結論：它評價的那些理論在價值上没有什麼不同。但是，「認爲每一個傳統與任何別的傳統一樣理性或一樣好的觀點，只能爲神所具有。神不需要使用『理性的』或『道德的』概念，因爲祂不需要研究或思考。」這也即是說，只要是對人類、地球、宇宙、世界等問

題進行的抽象思考，無論那一種「主義」的理論都不可能徹底相對主義的（蕭煒，1996：12）。

可見絕對的多元教育是不可能的。因此，像另一位論者所說「由於未來社會愈來愈講求族羣的融合、生態的平衡、身心的安頓及人文的精神，故而課程內容的設計和發展，必須本土和全球、經濟和環保、工作和休閒、科技和人文、民主和法治兼籌並顧。質言之，二十一世紀全方位的課程發展，宜朝多元化方向努力，重視鄉土教材、資訊科技、文化藝術、人生哲學、生涯發展、休閒生活及衛生保健等內涵」（廖春文，1996）就顯得太過樂觀了。這樣一來，兒童文學的教育，也就不得不侷限在一元教育了（不論是大一元教育還是小一元教育）。

這似乎跟前節所倡議的多元兒童文學相矛盾。但又不然，在理論上，「多元兒童文學」是不容或難以否認的；但在實際上，沒有人會眞正容許多元兒童文學並存，同時把它當作教學的內涵，理由是這裏頭有「利益衝突」在（未必逕如上引論者所說的會導至價值的崩潰）。於是在大家沒有意願或沒有能力去化解彼此的利益衝突時，一元兒童文學教育仍然會持續下去。只是一個通過後現代社會考驗的人，多少都會凜然於曉悟多元文化於理必須共存的道理（無法再強以權威讓他所信守的一元文化「絕對化」），而反過來調整自己的策略：宣稱所信守的一元文化的權宜性，並且容許別人跟他對諍權力意志的合理性

（參見周慶華，1994a：13～15）。這應該有助於大家看清什麼是比較合理的權力宰制、什麼是比較不合理的權力宰制，而讓彼此的衝突減到最低程度。

第五節　未來可能的景觀

如果以上的看法沒有什麼差池的話，那麼約略就可以斷定：在沒有利益衝突時，可以保證多元兒童文學的並存，以及兼納多元兒童文學教育的另一種權宜性（有別於一元兒童文學教育的權宜性那種情況）；否則就相反。未來的兒童文學及其教育，應當就是這個樣子了。不過，這裏還有一個問題必須解決：就是雖然今後期待它是個「各展精彩」的局面（力避競求一元兒童文學的迷思），但基於對話、共事（共謀兒童文學的發展）的必要性或不可避免性，大家所要面對的權力（利益）競爭「明朗化」（過去是暗鬥）而如何才能維持彼此的和諧相處？這也許得從底下一段論述看起：

> 傅柯依然堅持認爲，各種無中心、漫無邊際的實際「體現在技術過程、典章制度、習俗禮儀、團體機構、行爲舉止以及傳播交際的形式中」。但是，他也接受了尼采的那個前提，即認爲一種自私的興趣是先於權力和知識而存在的，是這種自私的興趣使權力和知識成型，並把它們納入自己的意志、慾望、歡樂和

> 追求中。傅柯越來越感到，權力是一種逃避的關係、一種論述的內在性、一種慾望的推測。他說：「很可能馬克思和佛洛伊德也無法滿足我們理解權力的願望，因爲它無處不在，既看得見又看不見，既在表面上又隱藏著。」……根據傅柯的看法，批評既是慾望的論述也是權力的論述，總之是一種論述，一種從個人的淵源上說是意欲的、動情的表達方式。然而像詹明信這樣的新馬克思主義者卻寧願把批評置於集體的現實上，而馬克思主義的傳統中辨別和「詳述以社會階級爲基礎的『正面解釋學』和受無政府主義的、個人主觀經驗限制的（『負面解釋學』）的區別，並把前者放在優先的位置上。」與此類似，像薩伊德這樣的左派批評家也願意堅持說，「權力和權威的現實……正是使文本能夠存在、能夠走向讀者、能夠引起批評注意的現實」（哈山〔I. Hassan〕，1993：272～273）。

不論是個別的權力慾望，還是集體的權力慾望，既然無法讓它不發生，那就承認它的合法性。但得進一步思考的是，怎樣才不會使權力腐化或濫用權力。個人覺得，比較有效的辦法是讓權力「分享再分享」；任何人想獨得權力或多得權力後不釋出，都會遭忌、引發抗爭，甚至造成流血衝突。今後兒童文學界要有一個良性而諧和的競爭環境，也得把這一點排到議程上來。而個人這種講法，已經不是後現代理論所能範圍，就姑且稱爲「後後現代論述」吧！

第三章　兒童文學教育的新向度

第一節　從前衛觀念談起

曾經流行於十九世紀末到二十世紀上半葉的「前衛」藝術和文學（包括達達主義、未來主義、表現主義、超現實主義等等。參見陳明臺，1994：2～7；陸蓉之，1990：58～65），據說已被沒有疆界的後現代主義這一「超前衛」藝術和文學所徹底取代。所謂「後現代主義在它自身和前衛藝術的概念範疇之間造成一種分裂，從另一邊來回顧它，結果造成一種歷史的分界。前衛和現代主義共有的歷史階段已經終結，似乎是一個明顯的事實，而不只是一個新聞的事實」（克勞絲〔R. E. Krauss〕，1995：240）、「如果說，二次大戰後不同形式的前衛主義，大都沿著根植於二十世紀初那些偉大運動的『語言學進化論』觀念，演化發展，那麼超前衛則在此界限之外，以游牧的姿態，主張過去所有語言的可轉換性。七〇年代的藝術沿著杜象（M. Duchamp）的道路嚴謹地發展，藝術作品有著非形體性以及不具個性技法的特點，然而這兩種傾向因手工繪畫的再興而被超越，這種技法之愉悅，使繪畫傳統再度回到藝術之中。超前衛推翻藝術中的進化觀念，因為這導至觀念的抽象化，它質疑之前藝術直線式發展只是多數可能性中的一種，且注意起那些被捨棄的語言」（奧利瓦〔A. B. Oliva〕等，1996：3），似乎都認為前衛主義已退出歷史舞臺了。

根據學者的考察，前衛藝術和文學所以會沒落，主要跟它的「自我墮落」和「媚俗傾向」有關：「（前衛派）曾經在十月革命的俄國、騷動的巴黎、在世紀初的意大利和德國出現過的歌頌無產階級的熱情，反對布爾喬亞的尖銳，在本世紀五〇年代之後的美國也幾乎沒有了痕跡，剩下的只是玩世不恭的嬉皮士趣味和對性暗示的反覆咀嚼，像沒有一點甜味的膠姆糖一般，只不過在證明著他在咀嚼」（朱銘等，1996：41）、「著名的捷克作家昆德拉曾尖銳地指出『現代派』（前衛派）的媚俗傾向，他寫道：『媚俗一詞指一種人的態度，他想付出一切代價向大多數人討好。為了使人高興，就要確認所有人想聽到的，並服務於既成思想。媚俗，是把既成的思想翻譯在美和激動的語言中。它使我們對我們自己，當我們思索的和感覺的平庸流下同情的眼淚……大眾傳播媒介的美學意識到必須討人高興和贏得最大多數人的注意，它不可避免地變成媚俗的美學。隨著大眾傳播媒介對我們整個生活的包圍和滲入，媚俗成為我們日常的美學觀和道德。直到最近的年代，現代主義還意味著反對隨波逐流及對既成思想和媚俗的反叛。然而今天，現代性和大衆傳播媒介的巨大活力混在一起，作現代派意味著瘋狂地努力地出現，隨波逐流。比最爲隨波逐流者更隨波逐流。現代性穿上了媚俗的長袍』」（劉納，1996：133）。「自我墮落」可以看成是自身的演變，而「媚俗傾向」則是無法控制的大環境所造成的。「結果」也不難透過底下這段評論來了解：

> 現代主義的顛覆性動力是西方文化的救贖之光；前衛主義是布爾喬亞文明的良心，它是西方文化內部所產生的唯一能反制世俗和科層意識散布的解毒劑……如果說現代主義源於商業價值和利益及宗教和藝術之精神意識的對立，那麼現代主義之死實際意味的是，藝術不再能夠保有這份對立。專業化、科層化和商業化的力量逐漸取代了前衛主義的激進意識，而使得它喪失了反抗的力量，也消滅了它的影響力。藝術不再能在資產階級的意識形態之外提供另一套可供選擇的價值觀。在這種新的情況之下，一個一度被貶低的價值觀，現在卻被大力宣揚：臣服於現存的規範（蓋伯利克〔S. Gablik〕，1995：49～50）。

前衛主義的「理想性」（爲人類的精神尋找出路），也就在專業化、科層化和商業化這一時代氛圍中長眠了。然而，一個講究「什麼都可以」的後現代社會，卻沒有給我們帶來多少幸福的保障，倒是不安、焦慮、空虛、厭世等情緒四處充斥（參見趙滋蕃，1988：〔緒論〕2～3；孟樊等主編，1997：62～64），使得許多人紛紛想要「回歸傳統」。其中自然也少不了重回前衛主義的呼聲：「傳統可以增加智慧，我們從現代主義（前衛主義）所學到的最後一課也許就是：我們需要自由和限制之間有益的緊張關係。善的概念必須立基於某些限制之上。在經歷了長時期的爲所欲爲之後，我們也許更能體會到目前最缺乏的就是一種受限制的感覺。由於不受傳統責任囿限的觀念本身已經變成一種傳統，所以我們應該以新的觀點回顧過去，體認到形式、結構和權威既可維繫我們的心靈，也可擴大我們的生活視野；它們是我們人生幸福的必要條件」（蓋伯利克，1995：119）。這未必眞能成爲事實；而且即使能回到傳統，也不得不把傳統「變形」（可回應後現代社會的挑戰）來行使（參見周慶華，1997a：216～224）。但前衛主義所預設的「經由美學上的斷裂和革新來發掘新的觀察、表現和行爲的模式」（文訊雜誌社主編，1996：250）而對「習以爲常的文化模式及品味發出挑戰」（蔡源煌，1988：88），的確很有啓發性。它可以在文化各個領域，不斷地刺激創新或帶領風潮。而所謂的「前衛」，不僅僅是一次性的，必要時可以一再的前衛，以至於無窮盡。這點對於當今已經流於平板或公式化的兒童文學教育來說，饒有一種「取鑑爲自謀改進」的意義。因此，這裏就以它爲引子，看看我們的兒童文學教育究竟該如何調整。

這首先得知道前衛主義一些比較具體的作法。「前衛」(avant—garde) 本來是法國軍事學院的戰略教科書中的一個專門名詞，指的是走在主力部隊前面偵察部隊，它短小精悍、迅速果斷，可以進行小規模的戰鬥，但在整體戰鬥中不起主要作用。後來轉用在藝術和文學運動或理論上。有人認爲是聖西門在他一篇〈關於文藝的意見〉中，談到文藝和科學的關係時，率先使用了這個名詞，「他在文章中用比喻的方式說：『藝術家會對科學家說：是我們藝術家將爲你們充當先鋒（前衛）！因爲文藝的力量事實上是最直接、最迅速的；當我們想要在人們中間散布新思想時，我們便會把這種新思想刻在大理石上，或畫在畫布上。最明智的公民們，不管是左派還是右派，都相信文藝會起那樣的作用。』」(朱銘等，1996：39～40) 它（前衛運動）的最主要目標，依學者普遍的看法是，要瓦解藝術和文學的體制或孤立狀態，好讓藝術和文學重新跟生活結合（參見陳東榮等主編，1995：293）。只是這都沒有提到前衛運動的形態。有人爬梳出前衛運動不外有四種情況：第一，原來運動的目的是要獲得一個正面的成果，達到一個圓滿的結果。最終的希望是使運動獲得成功，或肯定各種文化領域的前衛精神。但運動卻往往變成純爲滿足本身威力的一種工具，只追求激情的幻想，歡愉的刺激。這可稱作「行動主義」或「行動主義的行爲」。第二，任何行爲都是有目的和代價的，運動的形成也是爲反抗某人或某一現象。某一現象可能是傳統，也可能是學院；而某人則可能指某一大師，他具有權威的教學方式或影響是錯誤而且造成極大禍害的。我們提到這某人，常常是指那集合的羣衆。每當這種具有敵意的精神出現時，就顯露出前衛運動的特性。這種特性可稱作「對立」或「對立行爲」。第三，運動所標榜的「爲行動而行動」這個觀念，往往會使約制、顧慮、保留或規限失去控制。它經常陶醉於運動的狂熱中，打倒權威，摒除障礙，盲目地把擋在它面前的一切事物毀盡。這種態度可說已超越了敵對的行爲，只能稱它爲「虛無主義」或「虛無的行爲」。第四，向上述那種狂熱的激情內深入細看，往往會看出整個運動已不管他人的死活，甚至連自身的沈淪和造成災害也在所不惜。它還爲這種自我毀滅的行徑沾沾自喜，以爲是爲運動獲得成功的一種犧牲。這種行爲可稱它爲「苦悶」或「苦悶的行爲」(波奇歐里〔R. Poggioli〕，1992：22～23)。這類考察，顯然已兼及前衛運動的「末流」，不純粹是「初始」的狀態。如果只就該運動反對僵化的體制和抗拒不合理的權威的精神來說，仍具有時代的意義（人間社會總會有僵化的體制和不合理的權威存在），自然也可藉來對諍既有的兒童文學教育或根本就在兒童文學教育內部來一場前衛運動。

第二節　既有兒童文學教育的問題

中西方都不乏重視兒童文學教育的例子，但長期以來所謹守的一些規範，卻不免讓人詬病。本來在人類的文化中，兒童的存在，就被看作是成人生命的延續。而不論什麼樣的兒童觀，也無不蘊涵著成人對兒童寄予的希望，教育正是從這裏開端的。成人對兒童實施教育的方法和手段多種多樣，其中包括文學作品。凡是利用文學來達到教育兒童的目的，就是教育主義；教育主義在整個兒童文學的比例中甚爲可觀，它幾乎貫穿了全部兒童文學的發展歷程（參見王泉根，1992：105）。問題是這種教育主義背後所預設的一些觀念，如西方的「原罪論」和東方的「泛道論」，卻成了扼殺兒童性靈的根源。

以西方來說，根據原罪論的觀點，兒童是在罪惡中孕育，在罪惡中出生，生下後滿身是罪孽，而且必定在罪惡中成長（這種原罪是由他們的始祖亞當和夏娃偷食禁果所開啓。參見張灝，1989：5～6）；如果他今後不能積善去惡，最終也必將在罪惡中去世。由於兒童生性（邪惡的天性）具有強烈的慾望，充滿好奇心和多動症，所以最容易上當受騙，淪爲撒旦攻擊的目標；而那些消遣性、遊戲性的讀物和娛樂，正是誘使兒童靈魂墮落的主要媒介。爲了拯救兒童解脫罪惡，避免被打入地獄的刼難，得到飛升天國永生的機會，基督教徒認爲對兒童教育必須特別警覺。他們處心積慮地向兒童灌輸基督教教義，從小進行「敬畏神靈」的訓誡，用可怕的地獄和充滿恐怖的故事來恫嚇幼稚無知的心靈（柏拉圖在《法律》中也表示過對兒童必須嚴加訓誡的意見）。於是在西方兒童文學中，教育主義最早基督教爲兒童提供的讀物中找到了滋生的契機（歐洲在十六世紀廣泛流行的《入門書》和《角帖書》，就是兩種旨在向兒童進行基督教初步訓誡的讀物。爾後的《波士頓嬰兒的精神乳汁》、《新英格蘭兒童啓蒙讀本》、《留給孩子的紀念》、《對孩子們的教誨：關於七個兒童崇高而模範的一生及其死的故事》、《對新英格蘭孩子的教誨：關於臨死前而終知神可畏的孩子的故事》等書也是）。但這些讀物的精神實質，卻不啻是「摧殘幼芽的春天的冷子」。這種抹煞兒童性靈的說教傾向，在以後的西方兒童文學中雖然有所調整，但大家還是可以看到它根深蒂固的影響及其濃重的投影（參見王泉根，1992：105～111）。至於中國，傳統的社會是一個泛道主義的社會。在這個社會中，任何個人的言論或行爲都受到道德律令的制約和牽掣。由於泛道論偏重在道德的扶持、社會人際關係的調適，造成德力分離、德智分離和義利分離，形成道德對政治、道德對法治以及道德對文學藝術等各個領域的深刻制約和指導作用。具體到文學就是將它視爲達到政治、社會、道德或教化目的的一種工具，所謂要「文以載道」、「事父事君」、「有助王化」等等。這種文學觀念，同樣浸入到跟兒童教育密切相關的兒童文學。明朝呂得勝在《小兒語・序言》中說：「余不愧淺末，乃以立身要務，諧以音聲。如其鄙俚，使童子樂聞而易曉焉，名曰《小兒語》。是歡呼戲笑之間，莫非理義身心之學。一兒習之，可謂諸兒流布；童時習之，可爲終身體認，庶幾有小補云。」明朝刊行的《日記故事》作者序言說：「《日記故事》一書，乃童稚之學。誠質往行，實前言，以孝悌忠信禮義廉恥之事，悉舉而備，使資幼學者講習有所階梯也。」文以載道的傳統文學觀，對兒童文學價值功能的取向在於以「理義身心之學」、「孝悌忠信禮義廉恥之事」教育兒童，規範兒童，使之成爲符合傳統社會既定文化模式需要的社會成員，而不在於培養審美的機能或創造的心靈。在近代中國、兒童讀物和兒童文學首先是被一些文化改革者如梁啓超、黃遵憲等，視爲「啓我同胞警醒」、「有益民智」的啓蒙教育工具而開始得到重視的。不論是梁啓超的《愛國歌》、黃遵憲的《幼稚園上學歌》、《小學校學生相和歌十九章》，還是沈心工的《學校唱歌集》、曾志忞的《教育唱歌集》等兒童詩歌；也不論是《中國白話報》、《杭州白話報》、《教育世界》、《童子世界》等報刊推出的「教育小說」、「愛國小說」、「新童謠」、「寓言」、「童話」，還是盛極一時的外國兒童文學的改譯本，如包天笑的《馨兒就學記》、《孤雛感遇記》、《棄兒埋石記》，梁啓超的《十五小豪傑》，林紓的《愛國二童子傳》等等，它們主要傾向是爲了教育和啓蒙的目的，以灌輸愛國主義、民主主義思想爲宗旨，「以足鼓舞兒童之興趣，啓發兒童之智慧，培養兒童之德性爲主……輔教育之不及」（徐念慈《余之小說觀》）。由於作者們急於「勸懲」和「覺世」的事功，以至這些作品有不少還只限於宣教的層次，並未進入審美的領域。此外，發端於五四新文學時期的現代兒童文學，從一開始就以一種開放的態勢，全方位、多角度地探尋著兒童文學的價值尺度。但理論多於實踐，並沒有多可觀的發展（同上，111～117）。爾後海峽分隔兩岸，各自施行各自的政經制度，兒童文學教育依舊沒有受到忽視，只是泛道主義（海峽兩岸的人可以賦予它不同的新義）的影子仍然存在，並不因爲兩岸都有人疾呼要注重「審美特質」和「兒童本位」而有大幅度的改變。

雖然現在論者大多認爲兒童文學應該避免直接的、露骨的、乾枯的說教（參見傅林統，1990：67～73；林政華，1991：329～331；林文寶等，1996：15～18），但對於兒童文學必須「喚起兒童內在的理想，企圖改變兒童的心性」仍舊很執著；而且在評估兒童文學的價值或功能時，也不忘以「陶冶兒童品德」爲重心（參見吳鼎，1991：106～111；林守爲，1995：10～11；陳正治，1992：26～36；李慕如，1993：4～1；宋筱惠，1994：6～17；杜淑貞，1994：91～106）。「所謂教育性，並不意味著教訓性、道德性、倫理性。也就是說它不是指狹隘的教化，也不是指直接性、有意的、有形的、組織的、系統的、制度的有形教育；而是廣義的無形的教育，它是漫長的、漸進的。它的特點是經由耳濡目染而使人能夠潛移默化……兒童文學是教育兒童的文學，是兒童心靈的食糧，必須滿足他們在心理、生理和社會等發展的全面需要，這種需要是德、智、體、羣、美的全面性教育。我們相信兒童文學的先決條件應當是文學；同時也要具有『教育性』的目的，缺乏『教育性』的作品，根本不可能是兒童文學」（林文寶，1995a），這段話有總結前人論述的成分，也有論者個人論斷的成分。只不過它仍未脫離文學工具論的窠臼，跟過往泛道論的主張相去不遠。因爲有「缺乏『教育性』的作品，根本不可能是兒童文學」這道緊箍咒的存在，只要作品中有違反「道德訓誨」的意味，儘管它具備豐富的科學知識或高度的審美意識，依然會被排除在兒童文學範圍之外或明列爲「兒童不宜」的範圍（詳後），這跟泛道論的僵化情況又有什麼兩樣？顯然今人的兒童文學教育觀念「成長」得很有限。

由於論者始終不願調整「教育性」的思考模式，以至在言論中經常有相互衝突或自我牴觸的現象。如大陸有兩位論者分別這樣說：「我們要建設現代化的均富國家，我們的文學必須『爲人民服務，爲社會大衆服務』，成爲建設理想社會精神文明的一個重要組成部分。因此，如果說西方商業社會的（後）現代派的文學是『只要讀者喜歡看就行』的話，我們的現代社會文學卻一定需要有教育意義，總應當給予讀者以某種思想或情操上的積極的東西。這是不應當有任何懷疑的。並且，由於讀者對象的特點所決定，我們的兒童文學甚至比成人文學更需要有儘可能多的教育意義，以便從藝術的角度擔負起培養廣大少年兒童成爲德、智、體、羣、美全面發展的社會理想接班人的光榮任務，這是關係到我們社會國家命運和前途的一項非常重要的任務」（祝士媛編著，1989：163）、「對於兒童文學作家來說，教育觀念的不斷揚棄、更新、拓展、提升非常重要。兒童文學家要不斷地拋棄一些陳舊的教育觀念，而補充新生的教育觀念，對教育方法和教育內涵的認識必須具有先進性、當代性、超前性。如果死抱著陳舊的觀念，那麼就會失去創造、失去讀者……兒童文學的創作是一種創造活動，最怕人云亦云、亦步亦趨、僵化保守，作家的教育觀只能有利於創作，而不能限制、妨礙創作」（金燕玉，1991），一個說兒童文學要服務於社會國家，一個說兒童文學不能墨守一套教育觀念，彼此如何能搭調？又如此地有位論者在一篇文章中前後有兩段話說：「（文學教育有助民主教育的達成）英國倫敦教育學派的教育哲學家皮德思（R. S. Peters）在構思民主社會的教育目的時，曾提及一個民主社會的公民，至少會面對三種人生境遇：㈠自然世界：四季變化和風雨雷電、人體之身心發展和生老病死等情狀和歷程；㈡倫理世界：愛和恨、主和從、友誼和孤陋等複雜的人際關係；㈢社會政治世界：貧和富、權威和暴力、犯罪和懲罰、共識和歧異等政經社會現狀。羅氏（羅森布雷特）認爲文學教育能發展人們對自然世界的認知和人類各種境遇的了解，進而與萬物並育而不相害，與人互尊互愛，消除文化衝突，重建民主社會的秩序」「（重視兒童情意教育，加強兒童文藝的存養）今日學童對學校的疏離、犯罪事件不斷增加，即是學校過分重視智育，輕忽學生情感陶冶的結果。長久以來，文藝作品乃人性之甘泉，生命之佳釀。就消極意義而言：人羣喜怒哀樂之宣洩，感情生活的平衡和協調，常可從文藝作品中得到若干的滿足。就積極意義而言：文藝作品對於提振世道人心，開發人性潛能，恢宏志節道統，彰顯倫理綱常，更具有不可忽視的功效。學齡兒童，正值人生之黃金時期，青春可愛的生命，若能於文藝作品中更獲得陶養滋長，生命的彩翼，將更爲翩躚飛揚；生命的內涵，也將更爲充實華美。關心兒童的教育，非僅注重身體課業的成長，對其精神生活領域的提昇，人格的培養，更應多予關切。是故，兒童文藝的存養也該列爲學校教育的重點之一」（張湘君，1993），一邊強調對各種境遇（貧和富、權威和暴力、犯罪和懲罪、共識和歧異等政經社會現狀）的了解才有助於身心發展，一邊又提示只有從事光明面（具有可以「提振世道人心，開發人性潛能，恢宏志節道統，彰顯倫理綱常」成分的文藝作品）的教育才能培養兒童的人格，這又如何能不立顯鑿枘？類似這種無法相容或難以自圓其說的言論，觸處可見，使得問題更形「複雜」；而它們了無新意的「陶冶」、「存養」等等說詞，也體現了當今兒童文學教育的實質內容（因爲論者們本身就在從事兒童文學教學或文學教師的培訓）。

第三節　兒童／文學／教育的多層思考

其實，兒童文學教育所以會這樣僵化，主要是大家（兒童文學論者及兒童文學教育者）對於兒童、文學、教育三者及其關聯「認識」得不夠所致。有人把兒童當作一張白紙看待：「在孩童的內心可以找到人理想的面目：不知罪惡、不怕死、樸實、無邪氣、不知懷疑，這種童心才是人本來應有的面目」（李漢偉，1989引），這明顯不及底下這段對人性的論斷周到：「善和惡、美和醜、悲和喜、崇高和滑稽、聖潔和鄙俗、偉大和渺小、天使和魔鬼、光明和黑暗等的激烈拼搏……它不斷地動盪，不斷地突破平衡態，又不斷地回歸到平衡態，這種二重因素互相拼搏、互相轉化，便成爲人物性格多樣性和複雜性的內在機制」（劉再復，1988：69～70）。人性本來無法只靠一把尺去衡量，這幾乎是「人盡皆知」的事，但大家教育心切，往往不禁要作片面的預設，這就難免落入一種兩難困境：「大人把孩子當成是在成長中，未成熟的『有缺陷的人』，認爲孩子必須受保護和接受教育。不過，另一方面，他們卻又認爲孩子是天眞、盡善盡美的，是永遠不變的。他們的這種心理是矛盾的」（寺村輝夫，1985：42）。這不只對於兒童（天性）的認知是這樣，對於文學和教育以及彼此的關聯的認知也是這樣。

如果我們仔細看看，立刻會發現這幾個範疇都不是很容易掌握。如兒童部分，究竟是怎麼成長過來的，較早有認知發展理論（包括皮亞傑〔J. Piaget〕的智力發展理論和柯伯格〔L. Kohlberg〕的道德發展理論）、社會學習理論、社會心理發展理論、人本發展理論等分別從「人獲取知識的思考活動，如何從簡單到複雜化，在分化過程中達到系統化的歷程」、「認爲個人的道德行爲受環境因素的影響，經由學習的歷程而建立的」、「焦點放在行爲的社會心理而不是性心理的層面；強調個體的成長受社會背景及其文化傳統的影響；強調自我的作用或人格的理性部分而不是人格的非理性本能部分」、「強調人的獨特性、主觀感覺和人的價値」等角度或立場來貞定兒童發展的脈絡（參見洪文瓊，1994b：24～31），最近則有生命全程發展心理學以「個體發展是整個生命發展的過程」、「個體的發展是多方面的、多層次的」、「個體的發展有極大的可塑性」、「個體的發展是由多種因素共同決定的」等預設來考辨兒童發展的向度（參見申繼亮等，1995：96～101）。這些論說所描繪的兒童心智的情況不盡一致，想必它們各自能獲得印證，也只具有相對的眞，而不可能具有絕對的眞。這使得我們重新看待兒童時，注意他們的個別差異就遠比注意他們的共同性來得迫切而有意義。

又如文學部分，一般兒童文學論者都從反映論（摹擬論）或表現論的立場來討論文學，如「（文學）廣義泛指利用文字來記敍的一切思想和知識；狹義的認爲文學是一種藝術，而這種藝術是以人類生活爲素材、語言文字爲工具、思想情感爲冶爐而完成的。我們現在使用『文學』一詞，是依狹義的解釋」（林守爲，1995：2）、「（廣義的文學）泛指一切文字表達情意的作品而言……（狹義的文學）專指情意豐沛，音韻鏗鏘的純美之文而言」（李慕如，1993：2～3）、「文學是作家用語言表現思想的創作品，能給讀者很深的快感，並且淨化他們的精神」（傅林統，1990：23）等就是。殊不知在本世紀結構主義和解構主義出現以來，文學又有了新的定義，就是「自我指涉」（既不反映什麼，也不表現什麼）。所謂「結構主義認爲，文學不是冒牌宗教、心理學或社會學，與『摹仿』無關，文學是一種特殊的語言組織，有其自身特殊的規律、結構和方法。同樣，文學作品既不是傳達思想的工具、社會現實的反映，也不是某種先驗眞理的化身，它與『表現』無涉，它僅僅是一種物質性的事實。文學作品是由語言，而不是由客觀事物或情感所組成。語言在作品中起決定性的作用，它是使表層言語具有意義的深層結構」（王岳川，1994：29），這直指出「文學本質上就是一種語言的結構」。結構主義的這類見解，在它的後續發展中，旁出一系解構主義，更是推衍到極點：它把一切作品稱爲「文本」（text），而文本「非但不是語言的傳播和模擬功能的實踐，也不再是一個封閉的、穩定的、實存的系統（按：前者在批判反映論或表現論，後者在批判結構主義）；它是開放的、不定的、自我解構的一種創造力，一個衍生力量的表演場所或空間」（張漢良，1986：119），而在作品「文本性」的表演之下，「一切文類區分，包括政治宣言、戲劇、詩和菜單之別，都是不必要的了」（同上，112）。既然連文類區分都不必要，那文學和非文學的界線也不存在了。同為語言成品（文學作品由語言所組構成），卻有「文學反映現實生活」、「文學表現思想情感」、「文學自我指涉」等多種說法，這到底又是怎麼一回事？原來「文學」這玩意兒不過是人所創造的，大家都可以「隨己所好」的去界定它，也可以「漫無限制」的去演示它（證諸後現代派文學繁多的形式，可知一點也不假）。那麼今後我們只要遵守一些必要的規範（如滿足邏輯要求、宣稱論述的權宜性等等），也可以再提一種可能被人接受的文學定義（詳見周慶華，1996a；1997b）。這樣說來，既有兒童文學論者所抱持的文學觀，也只具有「個別性」（不具有「普遍性」），而且還嫌有點陳舊。今後勢必是一個多元文學並存的時代，不願正視這個「事實」而依然想閉關自守的人，一定會過得很「艱辛」（隨時都會遭人質疑和批判）。

又如教育部分，人類的教育，已經從傳統（以教人讀書識字為主）走向現代化（以傳授知識、培養人才為主），甚至後現代化（在現代化基礎上要求多元）。而就在現代化和後現代化的轉接時刻，有人倡言要努力追求後現代化：「從現代主義和後現代主義的觀點來看，強調國家化的很可能陷入柏林所說的單元主義之危險。而強調極端個人自由者，又容易進入無政府的狀態。後現代主義反對這兩種極端，而持多元主義的看法。這可說是上述現代主義兩種極端的折衷，只是要如何落實，仍有待努力，因為多元主義也可被用來為自己利益辯護，如廣設貴族式的私立學校，而不管弱勢團體的死活，因爲這也是『多元』。事實上，多元應該是要以『有差異但平等』爲理想。就如有男女、種族的差別，但如何在維持這個差異的同時，也顧及教育機會的均等，這恐怕是後現代教育的主要課題，也是努力的方向。國家在這方面，仍舊可以扮演相當重要的角色，只是不再像以往的獨攬大權。而任何要完全消除國家的教育權限的主張，也是不切實際的」（中華民國比較教育學會主編，1996：61）、「綜合後現代的比較教育學的特色有四：第一，代表一種新典範的轉移，重視少數民族、女性主義、生態保護教育學等他人的觀點；第二，重視關係的描述，尤其重視空間在研究多元社會意識形態中的影響；第三，重視微觀敍事，在研究方法上採用民族誌學、人類學方法及參與觀察等質的方法；第四，追求多元化的論點，主張多數並不代表多元。儘管，後現代主義有限制，然而，後現代主義鼓勵我們從不同的、多元的角度去看事物，使我們更能去解釋一些傳統邏輯多元論所無法了解的事物，也使我們的教育更能適應複雜多變的社會需求……」（同上，141～142）；也有人以「教育理念上統合連續斷層」、「跨時代的國際化教育觀」、「兼顧智育與德育——批判性思考的教育觀」和「多元化的教育理想與措施」爲綱目，力陳要一併超越後現代，「後現代的興起並不表示現代的一無可取；反之，正顯示現代性之不完足，並爲現代性之不完足提供補罅之道。因此，在現代和後現代之辯證關係下，教育亦應有回顧傳統、站穩現在、展望未來之胸襟和智慧。無論智育或德育上，教育均應顯現省思、解放和重建之自主性」（同上，110～120）。可見教育的形式和內涵也處在「多變之秋」，苦守一套成規的人，終將錯失參與共謀「美好」未來的行列。

以上面所述的爲準的，如果把兒童、文學、教育三者聯結起來看，應當會很快明白：論者所提出的兒童文學教育觀，雖然沒有什麼不可成立的地方，但也只有一種見解而已。它所要面對的是其他不同見解的挑戰，以及自我在開展上可能會遇到「變不出新花樣」的瓶頸。畢竟兒童、文學、教育三者都可以分別「衍生」出許多意義，而它們的聯結也可以像下列圖示那樣的多形式：

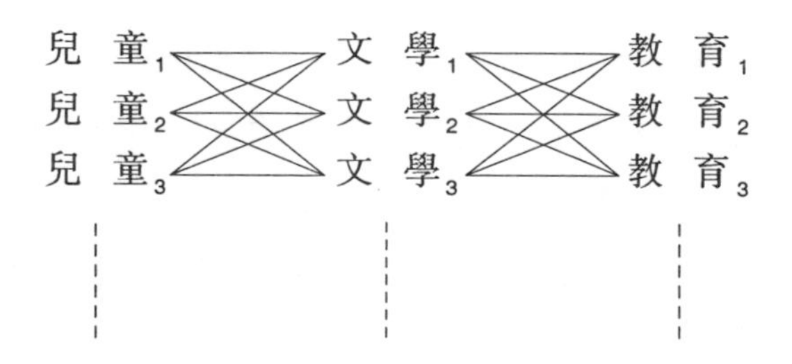

試問今天關心（談論）兒童文學教育的人，可有領悟到它的複雜性而亟思一點因應的辦法嗎？

第四節　重新省視有爭議的兒童文學作品

既然兒童、文學、教育三者及其關聯問題這麼複雜，那麼我們就不宜再呆板的看待兒童文學作品，並想當然耳的認為兒童會有什麼反應，以便為兒童文學教育「鋪路」。因此，就成人來說，儘管他可以這樣看待兒童文學作品：「『美麗』的『公主』和『英俊』的『王子』，讓我們這麼小就了解到權勢和美麗，曉得為了追求這些，是會有人不惜殺人的……只要用心觀察，你會發現毒蘋果並不只這一顆。像〈灰姑娘〉，鼓吹不勞而獲的哲學，仙女棒一揮之下，金碧輝煌，教人眩惑得分辨不出她的本來面目。國王擇后，徒求貌美；醜人從此不再有生存的價值；而衣飾裝扮之重要性，竟至於此，尤令人嘆為觀止。〈青蛙王子〉更是如此，那一位美麗而勢利的公主，對青蛙毫無愛心，抓起來就往牆上摔，但青蛙變成王子以後，兩人便立刻過著幸福快樂的生活……」（龔鵬程，1987：255～256）、「《格林童話》是非常重要的童話作品，無庸贅言。其中好些故事，中文讀者也相當熟悉，並一再被選錄或改寫出版。但若果從現代中國讀者的眼光，來審視《格林童話》二百篇作品，會發現其中有些故事或描寫，似乎並不適合兒童閱讀。其中有亂倫未遂（65〈雜毛丫頭〉）；有親手擊殺哥哥，取代他娶得公主（28〈會唱歌的骨頭〉）；或者砍掉丈夫的腦袋，好讓自己能嫁給心上人（126〈忠實的裴雷男和不忠實的裴雷男〉）；也有種族偏見（110〈荊棘叢中的猶太人〉）；和令人不安的恐怖氣氛（154〈騙來的銀子〉）。此外，更有血腥暴力的描寫，或是殘酷的刑罰，而且不見得和所犯的錯相稱。又有涉及男尊女卑思想和濃厚的宗教說教。這些不當的成分，都不應該因為《格林童話》的隆崇地位而被忽略」（廖卓成，1997）；但對兒童來說，他何必要跟成人一般「見識」而不會另發展一套解讀策略？

埃斯卡皮（R. Escarpit）《文學社會學》一書，曾提及兩個例子：《格列弗遊記》原本是一個憤世嫉俗、極盡諷刺能事的作品，《魯賓遜漂流記》則是替當時新興的殖民主義宣揚布道，這兩部作品如今卻成了獎勵小孩的贈書佳品，而兒童在這兩本書裏尋求的主要是情節奇特或異國情調的冒險經歷，跟它們原先的旨意根本就風馬牛不相及（埃斯卡皮，1990：137）。這正印證了前面所說兒童不可能像成人所想像的那個樣子去接受作品，他們自有一套閱讀的理則。再說即使有些「說教」意味濃厚的作品，他們也未必會懂得聆教或願意傾服，如有個例子說：「《天路歷程》是一部以成年人為對象的嚴肅作品，但它也受到了兒童的歡迎。兒童對它的興趣當然不在於其中對上帝的虔誠和敬畏神靈的訓誡，而是它所具有的豐富的幻想和引人入勝的懸念，諸如跟長者龍翼熊爪、腹中噴火的怪物搏鬥的冒險情節等」（王泉根，1992：108～109）。其實，從成人自己經常有的閱歷變化來看，我們也應該承認兒童有他們心境上的「不可測度」。所謂「少年不識愁滋味，愛上層樓，愛上層樓，為賦新詞強說愁。而今識盡愁滋味，欲說還休，欲說還休，卻道天涼好箇秋」（辛棄疾〈醜奴兒〉）、「少年聽雨歌樓上，紅燭昏羅帳。壯年聽雨客舟中，江闊雲低，斷雁叫西風。而今聽雨僧廬下，鬢已星星也。悲歡離合總無情，一任階前點滴到天明」（蔣捷〈虞美人〉）、「（青原惟信禪師說）老僧三十年前未參禪時，見山是山，見水是水；及至後來親見知識，有個入處，見山不是山，見水不是水；而今得個休歇處，依前見山只是山，見水只是水」（《指月錄》卷28），這不只對成人來說爲「眞」，對兒童來說也同樣爲「眞」（只是兒童的心境變遷情況跟成人的不一樣罷了）。這樣我們又如何能限定兒童「非此不可」的閱讀態度？因此，對於類似底下這一反覆宣稱「兒童不宜」的例子，就得重新給予評估：

> 一般人會覺得，童話應該敘述天眞爛漫、單純美好的理想王國，透過「王子和公主從此以後過著幸福快樂的生活」此一光明而封閉的結局公式，將一切罪惡、不幸、病態的人生黑暗面都排除到童話世界以外……然而，稍稍回憶一下幼小時的閱讀經驗，我們會發現，童話世界其實並不是那麼「想當然耳」的單純美好、健康光明；其中竟然不乏超乎成人限制級尺度的情節畫面：恐怖、噁心、殘酷、猥褻、怪力亂神等等不一而足。譬如說中國民間傳說的〈子咬母乳〉的故事，就是一則幾乎每個人小時候都聽過的「兒童不宜」的「童話」。故事中的兒子因爲母親的縱容溺愛而誤入歧途犯下死罪，臨刑前要求含一下母親的乳頭以慰孺慕之情，結果卻一口咬掉母親的乳頭。我們很

難想像如此血腥、殘忍、猥褻、噁心的一幕，會在每個童稚的心靈造成什麼驚慄扭曲的陰影和創傷？我們也很難理解，爲什麼要讓兒童接受這樣一則「養子不教誰之過」的故事教訓？相對於以「孝」爲中心，強調家長權威、天下無不是父母的傳統倫理觀，〈子咬母乳〉的故事似乎是極端的離經叛道和大逆不道……譬如說臺灣民間傳說的〈虎姑婆〉以及格林童話中的〈小紅帽〉都是訴諸動物變形食人的恐嚇形象，用來告誡兒童不要輕信陌生人，否則即有「不聽大人言，吃虧在眼前」的可怕教訓。但重點卻在動物變形食人的殘酷幽默過程。〈虎姑婆〉中的小女孩夜半聽到假扮成外婆的虎姑婆在吃東西，嚷著也要吃，虎姑婆就遞給她弟弟的指頭指甲……。〈小紅帽〉的黑色幽默則較具誇張瞎掰的卡通趣味。大野狼將小紅帽和外婆吞進肚裏，獵人剖開大野狼肚子，救出小紅帽和外婆，再裝上石頭重新縫好……實在有夠離譜，但這正是典型的兒童黑色幽默，完全不覺其殘忍的殘酷無傷。安徒生童話中的〈小紅鞋〉則已從「殘酷」上昇至「恐怖」的層次……〈小紅鞋〉述說的乃是「不聽大人言，吃虧在眼前」的典型教訓；但是小紅鞋所代表的一般兒童常有的貪玩任性，卻在整個宗教禁慾精神的背景中，遭致無以復加的懲罰報應。〈小紅鞋〉成爲一個踰越禁忌的恐怖象徵，一時的貪玩任性所付出的代價，是狂舞不止至死方休的終生詛咒，想要回頭，

> 則唯有承受削足的酷刑，還必須奉爲神恩的救贖……安徒生的另一故事〈小錫兵〉則同時是一則青少年思春期的淒美愛情童話，以及青少年步入啓蒙成年階段的犬儒寓言……〈小錫兵〉的淒美愛情童話是中世紀羅曼史的「騎士愛」一次現代性的動人轉化。小錫兵的心結和情結已超乎禁忌和恐怖的層次，而延伸入現代個體性啓蒙伊始的朦朧欲望和存在向度。不再面對禁忌懲罰的恐怖陰影，而是面對自我漫無止境的孤獨、畸零、缺憾，永遠無法抵達的慾望，永遠焦慮匱乏的存在和等待。太多的自我意識，零度的行動能力，動彈不得、任憑外在莫名力量左右的小錫兵，可說是現代犬儒意識無力無助無奈的典型象徵之一。最後「永結同心」的浴火儀式，正是典型現代犬儒的想像救贖……愈來愈犬儒的成年人，顯然已沒有勇氣再回過頭去重新面對逼視兒童世界的殘酷。然而，兒童有權無知於成人的世界，成人則似乎沒有理由對兒童的世界無知。否則，魯迅〈狂人日記〉的名言：「救救孩子們！」將只是犬儒的成人一個自我救贖的空洞藉口（路況，1993：150～154）。

論者固然可以用這種批判的眼光去看待兒童文學作品，但我們怎麼曉得兒童會依成人這種閱讀方式來閱讀？而又怎麼知道兒童閱讀後一定會有「不良」反應（而不是「反方向」而行）？

我這樣說，當然不是鼓勵被成人「一致」譴責的兒童文學作品繼續被大量創作（或一逕創作這類作品），而是考慮到兒童也有「知」的權利，成人憑什麼爲他們篩選這個、過濾那個？更何況兒童的性格如有「偏向」，也未必是讀幾本書所造成的，他的天生稟賦、後天環境、教育力量以及他自己的突發靈思等等，都有可能形塑了他的行爲模式，成人有多少能耐可爲兒童決定什麼？再說作品本身可分析的質素或蘊義，一向就很不容易確定（不然也不會有那麼多的批評理論在探索作品可被認知的各個面相），再加上讀者個人的「好惡」不同，所演繹出來的作品的「理路」更不可思議，這樣也無法期待成人「口徑一致」的去引導兒童。例子如「童謠是兒歌的一種，好似讖緯，有所根據，其言或中或否。或者以童謠可爲鑒戒，可爲將來所占驗的，更有以童謠是熒惑所作；熒惑從天而降，變爲童兒，造此妖言。這都是無稽之談。童謠乃是各時代民衆編排的，或頌讚德政、或抨擊時事，流行於世，便成爲兒童所歌誦的材料。也許是野心家故意造作童謠，使兒童傳誦歌唱，又是另有作用的了。我們以後世的眼光看童謠，童謠大都是政治的或歷史的性質」（林文寶，1995b：104引），這裏包含了好幾種童謠的看法（論者自己的和別人的），它們都可能在不同場合或不同時刻被「用來」教給兒童領受，誰能加以仲裁？又如「美國有一家小小的出版公司，叫做Creative Education，四年前印行了一系列改寫過的童話故事，改寫的宗旨是跳出迪斯奈電影的窠臼而在舊瓶中裝入新的時代意義。這樣的企圖裏，〈仙履奇緣〉的結局由婚後過著幸福快樂的日子延續下去，女主角成爲酗酒的老婦，在窗前凝眸……佳期如夢……她只能遙想著與王子成婚之日的光景。而〈小紅帽〉的故事也被搬演至現代叢林的大都市裏，新的版本中，狼在結尾前從未眞正地現形，但是它的陰影無處不在，狺狺地出沒於現代人惶恐的夢魘。故事告終時大野狼跳到小紅帽身上，把她一口吞了，機警的獵戶或好心的樵夫不曾打現場經過，沒有，全然沒有救援的到來！事實上，這樣的結尾更忠實於〈小紅帽〉的原版——在格林兄弟採集之初和修編之前的那個故事。而掃除了奇蹟的童話，正像魔咒失靈後的女主角，會不會，也更接近人生的眞相呢」（平路，1988），原版童話故事「如實」的詮釋和改版童話故事「引申」或「歪曲」的詮釋，都有可能存在於兒童文學教育中，誰又能說什麼？

現在討論兒童文學創作的人，往往有「主題先行」或「主題爲要」的主張（參見葛琳，1980；徐守濤，1979；洪中周，1982；陳宗顯，1985；蔡尚志，1994；何三本，1995；洪汎濤，1989；陳正治，1992；林文寶，1990；黃文進等，1986）。所謂「主題」，指的是貫串題材的一般觀念（參見劉昌元，1987：251），它雖然有可能像底下這段議論所肯定的那麼重要：「主題是作品的生命，作品的靈魂，作者所欲表達的思想意識情感。作品如果沒有主題，就像一艘沒有舵的船，隨波漂盪在海上，豈能達到目的，駛到彼岸？作品如果沒有主題，就像人類中的白痴，沒有思想、沒有智慧，只是一具行屍走肉，那能有什麼作爲？作品如果沒有主題，也就等於作者沒有寫作的目的。一篇茫無目的的作品，還能談什麼藝術的成就」（羅盤，1980：32），但問題是主題的認定只具有「相互主觀性」，不具有「絕對客觀性」（參見周慶華，1994a：212～237）；而且它還可從不同的角度看出不同的內涵。後者可以〈虬髯客傳〉爲例，如果我們順著作者的著眼點，固然能說它的主題是「人臣之謬思亂者，乃螳臂之拒走輪耳。我皇家垂福萬葉，豈虛然哉」（作者文末自語。這是從李靖、李世民的立場來說的）；但如果改從虬髯客的立場出發（別忘了，虬髯客是該文的男主角），我們是否也能說它的主題在倡導一種宿命論（虬髯客剛見一眼李世民就心死，落寞的改向海外去發展）？還有如果兼照顧到紅拂女（她敢脫離楊素的掌控而跟李靖私奔，也可說是一個不世出的女子），我們是否更能說它的主題含有歧視女性的意味（爲什麼大口吃肉、大碗喝酒的人不是紅拂女，而是虬髯客）？可見作品的主題究竟如何，也是說不準的。而要以它來「教」給兒童，自然也不可能帶有強制性（除非教者運用他的「權威」而迫使兒童暫時就範）。在這個前提下，告訴人創作要講究主題的「正面性」或「正確性」（參見黃麗貞，1983：14），也就沒有什麼意義。因此，凡是被論者評爲兒童不宜或不夠格的作品，無疑的都還有讓人重新省視的空間，不必那麼快就加以否定和棄絕。

第五節　一個突破性的想法

大體來說，今後的兒童文學教育勢必是多元或多元選擇的，否則它就不是建立在一個「合理性」的基礎上。而爲了使兒童文學教育有一種「前衛式」的改變，個人姑且在這裏倡議走多元選擇的路，而且所選擇的這一元「必然」是要有助於兒童領受文學作品的「震撼力」和「奇特感」，從而刺激創新的文思（或許還能進一步寬廣人生的視野）。這得從一些被稱爲荒誕或怪誕的作品說起。

所謂「荒誕」或「怪誕」，是指異質素的並置而顯出不合情理的現狀（參見欣奇利夫〔原名未詳〕，1992：1～11；姚一葦，1985a：272～293）。它似乎不包含「純粹無意識的活動，透過語言、文章或其他方法，表現內心的眞實動向，同時不受理性的監督，完全遠離審美的、邏輯的煩惱所作的敍述」（孫旗，1987：252引）這種一樣帶有荒謬性質的超現實主義，而是比較傾向於暴露虛無的場景或情境。正如卡繆（A. Camus）所說的「人和他的生命，演員和他的場景之間的離異，眞正構成了荒謬感。」在卡繆筆下，現代人都是異鄉人，被剝奪了故鄉的記憶，又失去基督教所應許的樂園遠景；整個宇宙不再存有任何目的，人也失去了中心，意義變得飄浮不定。人必須像薛西佛斯一般，永無止境地掌握意義和看著意義從手中滑落（參見鍾明德，1995：163）。不過，荒誕或怪誕的認定，多少也得有接受社羣或特定時空的限制，因爲「（荒誕或）怪誕——如果作爲一個美學體系流行——是藝術（文學）作品普遍的結果原則。儘管如此，怪誕只能在接受的過程中體驗到，這一點是正確的。但是人們仍有可能把一些事物說成是怪誕的，儘管從結構上我們說不出什麼可以這樣稱呼的理由。不了解印加文化的人，會認爲他們的許多雕塑是怪誕的，而我們認爲可怕和惡魔一般的東西，也就是表現了某種恐怖、痛苦和不可理解的驚懼的東西，對於這些人卻成了平凡而又簡單的參照架」（凱澤爾〔原名未詳〕，1991：218～219）；又如西方人總以中國「畫中的房屋和風景可以在空中飛翔或者從樹上長出來」爲怪誕（同上，27），而中國人自己卻習以爲常。

論者常以貝克特（S. Beckett）《等待果陀》一劇爲荒誕或怪誕派的代表作，但「《等待果陀》一劇的意義是不可解的，後現代作家也拒絕解釋，但一般人渴望解釋，認爲此劇主題爲『等待』，但等待什麼，果陀究竟是誰，爲什麼要等待它，卻不甚了了，衆說紛紜。1958年該劇在美國上演（按：該劇作於1952年），導演問作者果陀到底是什麼，他回答說：『我要是知道，早在戲裏說出來了。』貝克特像其他荒誕派作家一樣，把客觀世界看作是荒誕的、殘酷的、不可思議的，劇中的世界只是光禿禿樹的荒原，人物是癟三、奴隸和奴隸主。這些人物的言談和行爲都跟客觀世界一樣無聊和不可思議，尤其是幸運兒胡言亂語的長篇獨白。所以，有的評論家認爲此劇是『揭示人類在一個荒謬的宇宙中的尷尬處境』。從『反戲劇』的角度看，此劇也有典型性。從古典戲劇三一律的角度看，《等待果陀》能使觀衆明顯地感到時間的無聊和無窮無盡、地點的不可知及動作的荒謬和零碎，語言的雜亂無章」（孟樊等主編，1997：26）。此外，貝克特的《最後的一局》、尤涅斯可（E. Ionesco）的《椅子》和《禿頭歌女》、品特（H. Pinter）的《一間屋》和《生日晚會》、渦比（E. Albee）的《美國夢》和《誰怕弗吳爾芙》等劇，也是個中翹楚（同上，24）。其實，在其他文類作品中，早已存有荒誕或怪誕這一派，具體內容如一位論者所述：「荒誕（或怪誕）——獅身人面；蛇身獸頭；人會變成甲殼蟲；夫妻相處數十年卻又一朝不相識；他們等待，卻又不清楚等待什麼；他們歡送，卻不知道歡送誰；他是仇敵卻又是最親的人；他是親人卻又是不共戴天的仇敵；小草會歌唱；月是故鄉明；東邊月出西邊雨，道是無情卻有情；這一切情況和氣象（存在於作品中）謂之荒誕；語言是清晰的，卻重來複去，矛盾，一連串的悖論式的句子，粗鄙得不能容忍，荒誕得錯誤百出，這種阻拒性語體謂之荒誕」（童慶炳，1994：181）。以上涉及對荒誕或怪誕派的評論部分，僅僅是就「倫理」層面來說，如果改從「藝術」層面來說，它所演示的創新作品成分或質素一點，卻不可小覷，它也許就是改變人類文明的一大助緣。

在兒童文學作品中，也有這一類的作品，只是論者不太樂意去強調它。如曾在四川一帶傳唱的顛倒歌：

倒唱歌，順唱歌，河裏石頭滾上坡。
先養我，後生哥。爺討媽，我打鑼。
公公抓周我挑貨，一挑挑到外婆門前過。
外婆睡搖窩，小舅母在家搖外婆（朱介凡編著，1993：287）。

在河北東光一帶傳唱的顛倒歌：

我有幾句話，說起來顛槌倒打。
上言不答下語，東葫蘆扯到西架。
有一天是星期八，閒來無事活忙殺。
朝北走，上南窪；割麥子，拾棉花。
十三點鐘才回家；手走路，脚發麻。
塵土飛揚泥滑滑。
陰天出太陽，晴天降雪花。
大風下，大雨颳；慢慢走，跑到家。
抱熟了飯煮娃娃，累的屁股上長頭髮。
渴了吃乾飯，餓了就喝茶，撑的我活餓殺。
張著嘴哭媽媽，大放悲聲笑哈哈（同上，290）。

在陝西一帶傳唱的顛倒歌：

吃牛奶，喝麵包，

滴溜個火車上書包，
上了書包自個走，
看見後面人咬狗，
拿起狗來打磚頭，
唉喲喲，唉喲喲，
磚頭咬了我的手，
用手砍掉刀，
用刀當枕頭，
一個大翻身，
腦袋地下滾，
以爲是西瓜，
拿起就吃它，
唉呀呀，我的媽，
我的腦袋沒有啦，
趕緊摘個葫蘆安上吧（葉詠琍，1986：42～43引）！

對於這類作品，一般論者的看法，不外是「孩子們唸著唱著外，還可以訓練思考，發現錯誤加以指正，當他們能說出對的事實來，就可以獲得成功的滿足，這種小小成功的快樂，使幼小的心靈，對人生充滿信心，在艱難的人生旅程中，肯定了自己的價值，踏出愉快的第一步」（雷僑雲，1988：80引）、「本來，人到老年，神經衰退，每有語言顚倒的情形，想著要說『熱』，口裏卻說『冷』；本是要

『趙大』過來，卻硬喊做『錢二』；要吃『甜豆漿』，卻說成要『鹹豆漿』。總之，顛三倒四，語言生活裏，有特意以顛倒話來俏皮逗趣的。如大熱天，嬰兒長了滿身痱子，還要媽媽抱，媽媽免不了會打趣他說：『這幾涼快啊』。至於把心愛的意中人，叫做『可恨可惱的寃家哪』，乃爲甜極了的語詞，並非顛倒。孩子們喜唱顛倒歌，也並非認識不清或語言顛倒，這完全是遊戲的趣味。它助長孩子們想像力的擴張，活潑促進了思想推考的能力，讓這些宇宙人生顛三倒四的擬想情境，大大開啓了孩子們心靈嬉戲的虹彩」（朱介凡編著，1993：284～285）。如果這類作品眞能產生像論者所說的這些效果，自然再好也不過了。問題是萬一兒童所領會的不是這樣或礙難領會這些擬想的情境（該顛倒歌恐怕都是成人作給兒童唱唸的），那麼它的「用意」豈不是要落空了？論者的誨教心切，有時可能還會「斲傷」一顆創作的心靈。如敦煌變文中有一篇〈孔子項託相問書〉，在文末有段韻文（七言古詩）說孔子智不敵項託而使詐殺了對方。有位論者說：「這對兒童來說無疑是一項很嚴重的打擊。由於兒童心性純善，充滿愛心，無法接受小兒項託受到殘害的事實，這不但影響孩子的情緒，甚至對整個人生的價值都會感到懷疑，而破壞原有的人生觀，原本是個活潑、開朗、向上的孩子，只因讀到這裏，就可使他們立刻轉變成一個沈悶、憂鬱、怯弱不敢向前的小孩。由於後半段悲慘故事，與兒童文學理論難以配合，並不適合兒童閱讀，所以站在兒童文學立場，我個人很同意像〈小兒論〉、〈新編小兒難孔子〉的作者，刪除後段的傳說，保留書中的精華」（雷僑雲，1990：17）。姑且不論這是否有低（偏）估了兒童的領受能耐，就說她這一「刪除」的心態，不知使〈孔子項託相問書〉遜色多少！〈孔子項託相問書〉所以不同於先前一些有關孔子智不如項託（槖）的文獻記載（據說這是唐代三教論辯時，佛、道二家有意屈辱儒家所構設的枝詞遊說），正是因爲它展現了一種「反影響」的本事；而這種「反影響」的本事，恰恰是文學創造、更新和突破的根源（參見周慶華，1996：195～211）。後出的〈小兒論〉、〈新編小兒難孔子〉等，只能算是不甚高明的「抄襲」（把〈孔子項託相問書〉中「原創」的成分略去了）。因此，像顚倒歌、〈孔子項託相問書〉這類荒誕或怪誕的作品（顚倒歌中凡事都呈倒反狀、〈孔子項託相問書〉中堂堂一個大儒卻淪爲猥鄙小人，都很荒謬），正可以作爲向兒童展示「創新事物」或「新變作品成分或質素」途徑的極佳案例。

當然，我必須再聲明：我不是鼓勵暴力，也不是完全否定論者的兒童文學教育觀的效用，而是覺得人活著多半缺乏「生機」，所見事也常嫌凡熟。這似乎只有對尋常事物進行「逆向思考」，才有可能產生新的觀念，進而對自己的言行有「躍進式」的調整。我們從事兒童文學教育，也正是要在這個環節上下工夫，才可望有更好或更多的成績。而只要能達到這個目標的兒童文學作品，都可選來作爲教材。本章所提供的這一點，只是個引子，無妨把它看成是兒童文學教育的新向度，期待有心人一起來嘗試看看。

第四章　兒童文學研究的困境與突破

第一節　研究所牽涉的層面

「研究」一詞，經常見於各學科探討問題的指稱上，卻很少人對它進行後設的反省。以文學領域來說，諸如「文學研究」、「文學批評研究」、「文學理論研究」、「文學研究理論」等等，都有人在稱呼；但對於「研究」究竟是什麼，以及「研究」和「批評」、「理論」等分際在那裏，卻未置一詞或語焉不詳，造成論述本身的自我淆亂和讀者理解上的困難。因此，將「研究」這個概念作一點必要的剖析，實屬迫切而有益的事。

如上面所列，「研究」一詞和「批評」、「理論」等詞，照理用語不同，實質內涵也當有差異，但一般所說的「批評」是指對文學活動進行個案的描述、分析和評價，而「理論」是指對文學活動進行普遍的抽象性說明和解釋（參見周慶華，1996a；1996b），二者都屬「後設語言」，那麼「研究」還能有別於它們嗎？顯然是不能，「研究」

也得歸爲「後設語言」（當然它還可以無限後設下去，如「研究的研究」、「研究的研究的研究」等等），它跟「批評」、「理論」等所呈現的是一樣的，而該有的推論過程也沒有什麼不同，所以「研究」就等同於「批評」（當它在對文學活動進行個案的描述、分析和評價時）或等同於「理論」（當它在對文學活動進行普遍的抽象性說明或解釋時）。雖然如此，我們對「研究」的了解還是有限，如對文學活動進行「個案的描述、分析和評價」或「普遍的抽象性說明或解釋」的目的何在？它的範圍有多廣？它的功能是什麼？這些都有待釐清或建構。

如果說「研究」的性質顯現在「描述、分析和評價」文學活動的個別案例或「說明或解釋」文學活動的普遍道理上，那麼這一「描述、分析和評價」或「說明或解釋」的作爲本身，也應該有它的目的可言（我們不能說它的目的就在「描述、分析和評價」文學活動的個別案例或「說明或解釋」文學活動的普遍道理——否則就成了循環論證）。「人們總是爲解決某一問題而有意識地去研究的。因爲存在難解決的問題，才需要進行研究、探討，才有一系列的科學實踐活動。湯川秀澍爲說明核力的性質而提出介子理論，德伯呂克爲弄清基因的自我複製而研究噬菌體。基礎研究（實驗的和理論的）是如此，應用科學、工程技術研究也是如此。爲提高蒸汽機的熱效率，瓦特提出了分離凝汽器，卡諾提出了理想熱機循環。爲解決高層建築的沈陷、倒塌等問題，進行了地基承載能力的研究，出現了深基礎和表層處理的技術」（劉元亮等，1990：91），這說的是科學研究的目的在於解決問題。就文學研究來說，應當也是這樣。諸如文學的本體（本質）是什麼、文學的現象包含那些、文學的創作如何可能、文學的批評要成就那種知識、實際的批評方法怎麼來的等等問題，都需要透過研究去解決（如果是文學批評的研究或批評方法的研究，那就屬於後設研究）。不過，研究在高一層次上，可能還負有指引一新方向的任務：

「研究」爲一思想之活動。此活動之方向，決定於吾人之運用思想之態度。依態度而有方向，方向易而所對之世界，隨之以異；依方向與所對之世界之如何，而有所謂求知或研究之方法。依各種不同之態度、方向、方法，而有各種不同之學術研究。在哲學之研究中，其態度可與其他學術有相同之處，而不必全同。在其他學術，如於純理論科學之研究，可採客觀的理解態度；於應用科學，則或須兼實用實踐之態度；於藝術文學，須兼鑑賞的態度；於宗教學神學之研究，或須兼信仰與崇敬，或代爲辯護發揮宣揚，求有所體證受用的態度。緣於哲學之義理之統攝性與根原性，故哲學義理與各種學術之義理，皆可相關涉。又緣於哲學研究，須及於爲世所共崇敬之聖哲之教，故實際上人所表現之哲學研究之態度，兼有種種，而其方向，亦有種種。此可隨研究者個人之性格及時代文化之演

> 變而不同。當一時代之人，習於某一種之研究了解之態度，而感其不足，或其弊害已見之時，則宜有一新態度方向之提出。此所謂新，乃相對而言，亦即就其補偏救弊處，而見其爲新（韋政通編，1987：124～125）。

在文學方面，從現實環境來考量，要使它展現「生機」而爲它指出一新方向，大概沒有比「類型」或「方法」的創新更切實際了（參見周慶華；1997b），而這應該就是文學研究的終極性目標，也是文學研究一個最深層或最高層的質性。倘若還有需要留意的地方，那可能就是在形塑問題的過程中，避免出現一些無法解決的問題。這些問題包括「冒犯系統的問題」、「範疇不相干的問題」、「不當假定的問題」等（參見陶國璋，1993：125～127；何秀煌，1987：13～15），如「某甲的文學觀念是否比某乙的重呢」（輕重是量化概念，不能在觀念範圍內使用）、「你所寫的詩比他的新鮮多少倍呢」（「新鮮」是一種性質，不能用量化來計算，所以無法在量上比較兩人的詩作）、「文學的性質是冷的還是熱的呢」（冷熱是就可觸摸的物質來說，文學不可觸摸，不宜這樣假定）等就是。這無疑是在給自己找麻煩：不但解答不了什麼，也無從藉爲指出什麼新方向，最後只有白費力氣。至於還有人提到研究的目的有四項：㈠知識的增進；㈡社會、經濟、政治價值的獲取；㈢研究者的自利；㈣純粹好奇（呂亞力，1991：99

～101）。很顯然這是就研究者來說的，而不是就研究本身來說的。它也值得討論，但這裏暫時要予以擱置。

文學活動，本來是指文學創作和文學批評（二者才有「活動」性），但因爲文學創作和文學批評都涉及文學本身（本體和現象），還有政經背景、社會環境和歷史文化傳統等等，以至文學活動也包含後面這些範疇；而每一範疇又有無限多問題可討論。因此，研究的範圍可說是「無所止盡」。只是爲了容易看出未來的新走向，通常都要優先選擇能達到這個目標的問題進行探究。而就研究本身所含的進程來說，「形成概念」、「建立命題」和「進行推論」是不可缺少的三道手續（參見柴熙，1988；李明燦，1986）。我們不論是在對文學活動進行個案的描述、分析或評價，還是在對文學活動進行普遍的抽象性說明或解釋，都得有它們從中「摶成」。而「建立命題」一項，如果帶有假設性，那麼它就成了整體研究的假設（所謂假設，是指陳述兩個或數個變項間的關係。參見呂亞力，1991：29～30；布魯格〔W. M. Brugger〕編著，1989：262～263）。需要注意的是，該假設的成立必須具備一些要件（假設的標準），如㈠假設必須具有可驗證性，也就是所設立的假設可用實徵的方法決定其眞或假；㈡假設應該跟同一研究範圍內的已有知識相一致，而不宜有明顯的牴觸；㈢假設應該簡約，就是假設中宜避免採用不必要的複雜概念；㈣假設應該能夠針對所研究的問題提供答案，而無「文不對題」的情形；㈤假設應該具有邏輯的單純性，也就是所立假設可以直接解釋某一問題或現象，而不必附加其他假設；㈥假設應該以量化或便於量化的形式加以表達；㈦假設應該有相當的廣度，以便從而導出很多的推論等（參見陳秉璋，1989：103）。這雖然是專就社會科學而說的，但實際上人文科學也沒有什麼不適用。

至於研究的功能方面，得從研究本身要達到解決問題和指出一新方向等目的說起。我們當然不必認同這樣的講法：「一個敍述能夠告訴我們研究些什麼？如何去研究？它就是一個重要的敍述，可是它很少告訴我們研究的內容是什麼。套一句摩頓（R. K. Merton）的話：『敍述是告訴我們如何去接近研究的對象，而不是研究的結果』」（荷曼斯〔G. C. Homans〕，1987：14）、「誠如馬克思所言，人類只要能夠指出問題、提出問題，為自己設定職責，那麼遲早總有解決問題和完成任務的一天」（石之瑜，1995：推薦序7），這不認為解決問題和指出一新方向是急迫的事，顯然有浪費自己心力和讀者時間的嫌疑，還是少做為妙。

在文學上，解決一些關鍵性的問題，實在有難可取代的必要性，所謂「經濟學家凱恩斯曾經說過，那些厭惡理論或者聲稱沒有理論更好的經濟學家，不過是處在較為陳舊的理論的掌握之中。對於文學研究者和批評家來說，情況是同樣的。有些人抱怨文學理論過於深奧難懂，疑心它是某種神祕知識，是一個有些近似於核物理學的專家領域。的確，『文學教育』並不鼓勵分析思想；但是文學理論實際上並不比許多理論研究更困難，而比起有些理論研究來，文學理論則要容易得多……有些學者和批評家也反對文學理論『介入讀者和作品之間』。對於這種反對，有一個簡單的回答：如果沒有某種理論——無論其如何粗略或隱而不顯——我們首先就不會知道什麼是『文學作品』，也不會知道應該怎樣讀它。敵視理論通常意味著對他人理論的反對和對自己理論的健忘」（伊格頓，1987a：序1～2），而這些理論的呈現，就是個別研究解決問題後的結果。更有甚者，「人們正處於文學理論實踐的急劇變化的過程中，人們需要了解爲什麼形式主義、文學史、文學語言、讀者、作者以及文學標準公認的觀點開始受到了質疑、得到了修正或被取而代之。因爲，人們需要檢驗理論寫作爲什麼得到修正以及如何在經歷著修正。因爲，人們要認識到原有理論中那些部分仍在持續、那些業已廢棄，就需要檢驗文學轉變的過程本身。因爲，理論寫作隨著其結構的轉變，不但能具有認知功能，而且還能具有審美功能」（科恩〔R. Cohen〕主編，1993：序言1），這些具有時代性或切身性的問題，更有待研究者加以處理。處理後，也許會產生一些類似這樣的預測：「（文學理論在九〇年代乃至下世紀的發展態勢和走向）㈠政治運動和文學理論的修正；㈡解構實踐的相互融合、解構目標的廢棄；㈢非文學學科和文學理論的擴展；㈣新型理論的尋求、原有理論的重新界定、理論寫作的愉悅」（同上，2），而這對讀者來說，無異幫助他們開闢了通往文學領域或某一特定觀念文學的途徑。因此，讓人了解文學究竟是什麼或可以成爲什麼，就是文學研究的功能所在。至於還有所謂能引發人思索文學給予人生的慰藉和美化等等課題，那自然就是文學研究的附帶效益了。

根據以上所述，文學研究無疑是相當複雜的，它所需要具備的條件或需要考慮的事項，多得讓研究者永遠有「掌握不盡」的遺憾！然而，一般人往往小看了它，動輒冠上研究二字，卻顯不出什麼道理（理則）。這種情況，更往「旁」延伸到兒童文學研究（由於兒童文學研究仍屬文學研究領域，但爲後起，所以說從旁延伸而來），至今仍不見有什麼轉機。這實在值得大家來重視。

第二節　兒童文學研究的現況

兒童文學研究所以興起較晚，原因也許不容易追溯，但有關它發展（演變）到今天，到底成了什麼樣子，因爲研究著作大部分都在，將它理出一點頭緒，應該不是困難的事。而這種考察，也是重擬兒童文學研究方向必備或基礎的工夫；否則在整個過程中不免要發出的批判，可能會流於「無的放矢」。還有爲了讓此地同行方便「驗證」，所考察的對象只限於臺灣當代所見的一些兒童文學研究。當然，這也是個人不熟悉其他地區的兒童文學研究而不得不權作選擇的。

依現有的資料來看，臺灣地區有兒童文學研究成果出版的，是從六〇年代開始的，如劉錫蘭的《兒童文學研究》（1963）、林守爲的《兒童文學》（1964）、吳鼎的《兒童文學研究》（1965）、瞿述祖主編的《國語及兒童文學》（1966）、鄭蕤的《談兒童文學》（1969）、林守爲的《兒童讀物的寫作》（1969）等，這些著作雖然不全冠上研究二字，但審視它們的內容卻都是以「研究兒童文學」自居的（下同）。此外，小學生雜誌畫刊社於1965和1966出版的兩輯《兒童讀物研究》，所收的雖然都是單篇的談論兒童讀物的文章，但因爲它的性質跟前者沒有兩樣，也可以歸爲同類。以上都屬草創期，七〇年代以後，這類著作漸漸多起來，如葛琳的《兒童文學研究》（1973）、謝冰瑩等的《兒童文學研究㈠》（1974）、葉楚生等的《兒童文學研究㈡》（1974）、林良的《淺語的藝術》（1976）、許義宗的《我國兒童文學的演進與展望》（1976）、許義宗的《兒童文學論》（1977）、林守爲的《童話研究》（1977）、林鍾隆的《兒童詩研究》（1977）、王萬清的《兒童的文學教育》（1977）、許義宗的《西洋兒童文學史》（1978）、徐守濤的《兒童詩論》（1979）、許義宗的《兒童詩的理論與發展》（1979）、葛琳的《兒童文學——創作與欣賞》（1980）、王秀芝的《中國兒童文學》（1981）、邱阿塗的《兒童文學新境界》（1981）、高錦雪的《兒童文學與兒童圖書館》（1981）、余淑娅的《三十年來我國兒童讀物出版量的分析》（1981）、楊孝濚的《我國兒童讀物市場之調查分析》（1981）、葉詠琍的《西洋兒童文學史》（1982）、洪中周的《兒童詩欣賞與創作》（1982）、馮輝岳的《童謠探討與賞析》（1982）、李慕如的《兒童文學綜論》（1983）、司琦的《兒童讀物研究》（1983）、林仙龍的《快樂的童詩教室》（1983）、陳木城等的《童詩開門》（1983）、王振勳的《三十年來臺灣地區兒童讀物出版發展史》（1983）、陳正治的《中國兒歌研究》（1985）、林良等的《慈恩兒童文學論叢》（1985）、馬景賢主編的《認識兒童文學》（1985）、雷僑雲的《敦煌兒童文學》（1985）、葉詠琍的《兒童文學》（1986）、宋筱惠的《兒童詩歌的原理與教學》（1986）、吳英長的《從發展觀點論少年小說的適切性與教學運用》（1986）、杜榮琛的《拜訪童詩花園》（1987）、林文寶的《兒童文學故事體寫作論》（1987）、李漢偉的《兒童文學講話》（1988）、張清榮的《兒童文學理論與實務》（1988）、雷僑雲的《中國兒童文學研究》（1988）、林文寶的《兒童詩歌研究》（1988）、陳正治的《童話理論與作品賞析》（1988）、林清泉的《遨遊童詩國度》（1988）、蔡尚志的《兒童故事原理》（1989）、邱各容的《兒童文學史料初稿（1945～1989）》（1990）、葉詠琍的《兒童成長與文學》（1990）、傅林統的《兒童文學的思想與技巧》（1990）、林政華的《兒童少年文學》（1991）、洪文珍的《兒童文學評論集》（1991）、張清榮的《兒童文學創作論》（1991）、蔡尚志主編的《民俗與兒童文學研究》（1981）、蔡尚志的《兒童故事寫作研究》（1992）、趙天儀的《兒童詩初探》（1992）、林武憲的《兒童文學與兒童讀物的探索》（1993）、林文寶等的《兒童文學》（1993）、杜淑貞的《兒童文學析論》（1994）、洪文瓊的《臺灣兒童文學史》（1994）、洪文瓊的《兒童文學見思集》（1994）、洪文瓊的《兒童圖書的推廣與應用》（1994）、林政華的《瓶頸與突破——兒童少年文學觀念論集》（1994）、何三本的《幼兒故事學》（1995）、蔡尚志的《童話創作的原理與技巧》（1996）等，幾乎可說是「洋洋大觀」。

臺灣當代雖然有不少的兒童文學研究著作，展現了兒童文學研究者對於兒童文學創作、批評、教學、翻譯、編輯、推廣等多方面課題的關注，但也有幾個較少爲人知的面相，使得兒童文學研究在整體上並沒有顯出一種學科該有的特殊成果。如在研究的規模上，早期吳鼎的《兒童文學研究》一書，所列探討的項目，包括「兒童文學的意義」（下分「兒童的意義」、「文學的意義」、「兒童文學的意義」等子項）、「兒童文學與其他學科的關係」（下分「兒童文學與兒童學」、「兒童文學與生物學」、「兒童文學與心理學」、「兒童文學與社會學」等子項）、「西洋兒童文學發展史」（下分「西洋古代的兒童文學」、「文藝復興時期的兒童文學」、「十八十九世紀的兒童文學」、「二十世紀的兒童文學」等子項）、「中國兒童文學摭要」（下分「中國有沒有兒童文學」、「古籍中的兒童故事」、「史前的兒童神話」、「諸子中的兒童寓言」、「歷代淺近的兒童詩歌」、「宋元明清的白話小說」等子項）、「兒童文學的形式與內容」（下分「兒童文學的形式」、「兒童文學的內容」等子項）、「兒童文學的特質與功用」（下分「兒童文學的特質」、「兒童文學之功用」等子項）、「兒童文學的選擇與分階」（下分「兒童文學的選擇」、「兒童文學的分階」等子項）、「兒童文學之製作」（下分「兒童文學之搜集」、「兒童文學之譯述」、「兒童文學之改編」、「兒童文學之創作」等子項）、「兒童文學插圖之演進」（下分「兒童文學與插圖」、「早期兒童讀物之插圖」、「十九世紀兒童文學之插圖」、「二十世紀以來兒童文學之插圖」、「中國兒童文學之插圖」等子項）、「兒童文學之教學」（下分「講述故事的技術」、「兒童文學教學要項」、「閱讀能力的培養」、「新書介紹的方法」等子項）、「兒童文學之印刷」（下分「印刷術之發展」、「字體種類之認識」、「版面設計之研究」、「封面裝訂之研究」等子項）、「童話」（下分「童話的意義」、「葛林弟兄及其童話」、「安徒生及其童話」等子項）、「故事」（下分「故事的意義」、「故事的特質」、「故事種類及其實例」等子項）、「寓言」（下分「寓言的意義及其起源」、「大寓言家伊索小傳」、「伊索寓言的實例」等子項）、「小說」（下分「小說在兒童文學上的地位」、「兒童小說的分類」、「優良的兒童小說舉隅」等子項）、「神話」（下分「神話的意義」、「神話在兒童文學上的地位」、「中外神話的舉例」等子項）、「遊記」（下分「遊記的意義」、「遊記在兒童文學上的地位」、「遊記的種類」、「遊記的實例」等子項）、「傳記」（下分「傳記的意義」、「傳記在兒童文學上的地位」、「傳記的類例」、「傳記的實例」等子項）、「日記、謎語、笑話」（下分「日記」——日記的意義／日記在兒童文學上的地位／日記的種類及其實例、「謎語」——謎語的意義／謎語在兒童文學上的地位／謎語的種類及其實例、「笑話」——笑話的意義／笑話在兒童文學上的地位／笑話實例等子項）、「詩歌」（下分「詩歌的起源」、「詩歌的意義」、「詩歌的發展」、「詩歌的種類及其實例」等子項）、「戲劇」（下分「戲劇的意義及其在兒童文學上的地位」、「中國的兒童戲劇」、「外國的兒童戲劇」、「兒童劇本的實例」等子項）、「兒童連環圖書」（下分「連環圖畫的發展及其類別」、「連環圖畫可不可以作兒童讀物」、「理想的連環圖畫選編要點」、「連環圖畫的實例」等子項）等項，格局或氣派已不算小，但這三十多年來，相關的研究不論是綜合性，還是分類性的，無不層層相因，幾乎沒有突破性的進展；甚至所論的範圍越來越狹窄，並未將原來吳氏所立下的規模加以展開。以至一個學科還沒有建立完成，就已先呈現「衰頹」的態勢。

又如在討論的方式上，也可說是千篇一律，凡是涉及定義的問題，必定先羅列一堆別人的說法，然後才說類似

「兒童文學應該是表現兒童想像和情感的生活……用最簡單的說法,兒童文學就是兒童自己的文學」(吳鼎,1991:8)、「凡專爲兒童寫作,供給兒童閱讀的文學作品,就是『兒童文學』」(張清榮,1995:24)、「『兒童文學』就是適合兒童欣賞,兒童也都能看得懂、聽得懂的『文學』」(杜淑貞,1994:94)這樣自己定義了「算數」的話,而從來不會反省自己跟別人的歧見是怎麼產生的,以及所界定的對象「應該如何如何」實際上是如何可能的。還有每次探討次級兒童文學(如童話、童詩、兒歌、小說、戲劇、神話、傳說、寓言之類)時,總不外是追問次級兒童文學的意義、特質、類型、寫作(製作)原則等等,而不知這樣的追問需要具備什麼條件,以及背後隱藏了那一種意識形態。其實,這些問題已經有不少資源可以引來「對勘」,如當代的「言說理論」所說的:一切論述(言說)都是「意識形態」的實踐;而這種實踐的方式,會隨著論述在它裏頭成形的各種制度設施和社會實踐的不同而有所不同,也會隨著那些論述者的立場和那些接受者的立場的不同而有所不同。因此,我們可以透過跟論述相關的制度設施、透過論述所出發的立場和爲論述者選定的立場來確認論述的「意義」(參見麥克唐納,1990:11～13)。有關兒童文學的種種論說,豈能不跟意識形態相關聯?又如「後結構理論」所說的:文學理論家、批評家和教師們,這些人與其說是學說的供應商,不如說是某種話語(論述)的保管人。他們的工作是保存這一種話語,他們認爲有必要對之加以擴充和發揮，並捍衛它，使它免遭其他話語形式的破壞，以引導新來的學生入門並決定他們是否成功地掌握它。話語本身沒有確切的所指，這不是說它不體現什麼主張：它是一個能指的網絡，能夠包容所有的意思、對象和實踐。某些作品被看作比其他作品更服從這種話語，因而被挑選出來，這些作品於是被稱作文學或「文學準則」。人們通常把這種準則看作十分固定，甚至在不同時代也是永恆不變的。這在某種意義上具有諷刺意味，因爲文學批評話語沒有確切的所指，但它如果想要的話，卻可以把注意力或多或少地轉向任何一種作品（參見伊格頓，1987a：192～193）。有關兒童文學的種種發揮，又豈能不隨權力意志而展現？研究兒童文學的人，不能省察到這個環節，所論自然沒有什麼可看的。

又如在借鏡別的學科上，雖然也嘗試結合心理學、社會學、文藝學等等成果，企圖深化兒童文學的研究，但因爲沒有跟時代同步發展，依然不見什麼「耀眼」的成績。以心理學來說，先不提有前後期精神分析學（參見佛洛伊德〔S. Freud〕，1988；梁濃剛，1992）這一派心理學還沒有被引用，就說一般心理學也可分「心理學」和「變態心理學」（參見張春興，1989；張華葆，1989；卡桑〔R. C. Carson〕等，1993；林天德，1993），而兒童文學研究者卻只引進「心理學」，並且也僅僅提到發展（認知）心理學；還有這個學科涉及兒童（青少年）的部分，新近的「生命全程發展心理學」（參見申繼亮等，1995），也已有取代舊有發展心理學的態勢，更少有兒童文學研究者了解它的重要性而引爲論說。又以社會學來說，它內部繁複的理論流派（如功能理論、衝突理論、交換理論、互動理論、現象學、俗民方法學、依賴理論、世界體系理論、批判理論、辯證理論、綜合衝突理論、行爲社會學、行動理論、結構主義、系統理論、巨視結構主義、社會生物學等等。參見唐納〔J. H. Turner〕，1989；克萊博〔I. Craib〕，1988）固然不必說了，就連社會學和文藝學結合而發展出來的著重在文學生產、傳播、接受、交換等層面的一般「文學社會學」和著重在從意識形態、經濟基礎等層面來理解文學的馬克思主義「文學社會學」及其衍生的著重在文學跟社會之間互動多變關係的郭德曼（L. Goldmann）「文學社會學」（參見埃斯卡皮，1990；伊格頓，1987b；伊凡絲〔M. Evans〕，1990；何金蘭，1989），也都極少受到兒童文學研究者的重視而勉爲援引，有的只是一些「文學受社會影響」的素樸的觀念在運作而已。又以文藝學來說，在本世紀出現了新批評、形式主義、結構主義、解構主義、精神分析學批評、現象學、詮釋學、讀者反應論、接受美學、對話批評、系統論（混沌學批評）、新歷史主義、系譜學批評、後殖民主義、女性主義等等流派（參見伊格頓，1987a；阿特金斯〔G. D. Atkins〕等，1991；劉介民，1990；朱耀偉編譯，1992），所造成的轟動效應，似乎也尙未衝擊到兒童文學領域（最多吸收到由形式主義和結構主學發展出來的敍事學，以及部分的詮釋學、接受美學和讀者反應論），尤其是對話批評、混沌學批評、新歷史主義、後殖民主義、女性主義這些較後出而相當被看好的理論，根本還沒有在兒童文學研究中見著一點影子。就在缺乏新學科資源介入的情況下，兒童文學研究想走出一條「康莊大道」，顯然是很困難。

第三節　兒童文學研究的集體無意識

其實，兒童文學研究者也不是全然沒有意識到既有的兒童文學研究有問題，如「臺灣地區兒童文學發展雖然擁有四十多年的經驗，遺憾的是一直缺乏有系統的理論叢書；更何況師專改制爲師院，兒童文學課程也由點綴式的選修改爲共同必修的課程。如何積極培養兒童文學的師資？如何加強兒童文學研究資料的蒐集？如何建立兒童文學理論體系？是教育有關部門當前的重要課題」（邱各容，1990：74）、「由於臺灣的兒童文學研究環境尚未成熟，在成果方面，可說只有一些點的成就，以教科書式通論性的著作居多。專題性的研究，則泰半是屬於兒童文學邊緣性研究，如閱讀興趣、兒童讀物出版趨勢等等，以兒童文學各種類型或作家作品等作專題研究的，只有童詩這一部分較爲可觀。從研究方法來看，使用較嚴謹的現代學術規範來從事研究的，幾乎屈指可數。一般而言，較時髦的是使用調查研究法，其餘仍以蒐集各家資料，加以綜合論述的居多。由於缺乏原創性，因此對於理論的系統化和研究面的構成，亦即研究品質的整體提昇，助益不大。這一方面也是臺灣兒童文學研究者亟待努力的」（洪文瓊，1994a：112）、「對各類作品體裁的區分，各家略見分歧，大體詳於散文類，而略於戲劇類。如能於緒論或分體研究之前，將分類的基準、架構說明清楚，當可使論理結構、組織都更明晰……在兒童文學的媒體製作和教學實際方面，各書論述較少，相關的研究亦罕見，是值得加以研究、開發的領域」（楊淑華，1996）等，這都是略通「病理」的把脈手法。然而，當代的兒童文學研究還有比理論建構、領域擴展等更深層的問題，也就是底下所要談的一些妨礙兒童文學研究進展的集體無意識。

首先是兩值邏輯思考，如「兒童文學的製作，在理論上若缺少『遊戲的情趣』，則不能成爲兒童文學作品；當然也不能被兒童所接受。因爲這種作品缺少一種教育性的特別設計；這種作品或許具有知識性、教育性和美學性，可是卻因爲缺少兒童文學的理論基礎，而無法發揮實際效用，這也就是說他們忽略了兒童之所以爲兒童的根本原因」（林文寶等，1996a：31）、「眞正的神話，都是健康的、樂觀的，它反映了人們遼闊、自由的想像能力，也表達了人們善良、勇敢的美好願望，孩子讀了，不但不會掉入迷信的泥淖（他們日後的科學知識教育會讓他們認清自然奧祕的眞象），還會激起他們追求美滿生活的信念和力量，就和童話、童詩一樣，它們全不同於眞正的生活。可是，和眞正的生活是沒有牴觸的」（葉詠琍，1986：143～

144）、「『兒童故事』的特質是什麼？一言以蔽之，就是『兒童性』。所謂『兒童性』，就是故事中所呈露的『兒童特有的感覺，兒童特有的理論思考，兒童特有的心理反應，兒童特有的價值觀等等屬於兒童的「心」』：也就是林良先生所謂的『兒童的意識世界』」（蔡尚志，1994：18）、「茲為供給讀者有具體資料可以研究起見，特就各方面的意見和作者個人的主張，擬訂『中國兒童讀物選擇標準』如下：甲、內容方面——積極的標準：㈠崇尚人權、倡導民主、平等思想的；㈡承認人類是進步的，萬物會演變進化的；㈢發揚求眞、求善、求美的精神的；㈣弘揚民族固有文化、道德的；㈤尊重人性，尊重自由的；㈥崇尚科學倡導實事求是精神的；㈦宣揚三民主義思想的；㈧宣揚和平思想，促進世界大同的；㈨提倡恕道，發揚公德的；㈩提倡利他主義及人類愛的；⑪尊重創造、發明和勞動服務精神的；⑫強調積極、樂觀的生活態度的。乙、內容方面——消極的標準：㈠有暗示偷竊兇殺，誨淫誨盜的直接或間接思想的；㈡主旨乖謬，違悖倫理道德的；㈢提倡迷信，宣傳鬼怪的；㈣違反三民主義或當前國策的；㈤違反科學原理原則的；㈥宣傳自私自利思想的；㈦輕視勞動，反對創造發明的；㈧指示逃避現實或出世思想的；㈨引起消極悲觀的頹廢思想的；㈩違反自然原理原則的；⑪違反國家民族利益的；⑫宣傳帝國主義侵略思想的。凡讀物的內容，合於積極的標準的，我們應選取來供兒童閱讀；使他們建立起健全的世界觀、人生觀和生活態度。凡內容是屬於消極的標準的，我們應該禁止兒童閱讀，以免其嫩弱心靈，在有形或無形之間受其毒害……」（吳鼎，1991：113～114）等等，這不論是討論兒童文學製作的條件，還是討論兒童文學類型的特質，或是討論兒童讀物選取的標準，都屬於「不是……就是」的兩值邏輯思考（也就是「不是眞的就是假的、不是善的就是惡的、不是美的就是醜的」）。這種思考模式，顯然是忽略了還有介於兩者之間的第三值邏輯或更多值邏輯。所謂「使用『不是……就是……』這一句型的人（按：這一句型有時是隱含的，如上引幾個例子），假定在一個情況中僅有兩個可能或兩個選擇。然而，常常不只有兩個可能或選擇。譬如，試看在論證有關國際問題上使用『不是……就是……』句型時會發生什麼？有人說：『他國不是我們的朋友，就是我們的敵人。他們不是幫助我們對抗我們的敵人，就是幫助我們的敵人對抗我們。』這種思想方式是錯的，因爲它忽略了第三或第四種可能……在朋友和敵人之間還有中間餘地，就如同在愛和恨，在天使和魔鬼，或在幫助和傷害之間，都有中間餘地。但是，即使在只有兩種可能的情況，我們也可能落入另一種錯誤。試看我們將稱之爲『道德至善論』的壞思考習慣。至善論者建立了道德至善的理想和標準。然後說，每一個人不是至善，就是不至善。依據他的見解，每個人屬於這兩個類型之一個或另一個，即善或不善。一個人只要是少於至善，不論所犯是小罪或大罪，都會被認爲是壞的。依據善的某種定義，的確在善和不善之間沒有第三個可能。但是由於『不善』在實際上包括了整個人類（如不是整個人類，也包括了至善論者），『善』這個範疇就成為沒有用的用語。在討論可能存有不同程度的性質上我們處理兩種可能時，使用『不是……就是……』也有危險。譬如，有關人類行為的敍說便是這種性質。依據聰明的某種定義，我們可說：『每個人不是聰明，就是不聰明。』但是因聰明是程度問題，所以這不是一個有用的分類」（拉比〔原名未詳〕，1990：79～80）。因此，在兒童文學研究者的觀念裏，類似上引能／不能、會／不會、是／不是、好／不好等兩值邏輯一旦成立，不只會陷於嚴重排他的困境（他會一直忙於搜尋「非我族類」作為對立系），還會窮於應付來自別人的質疑（別人只要以「中間地帶」相示，就會讓他支吾個老半天）。不信，我們可以兒童文學研究者都會顧及的更根本的「文學」為例。文學是由語言所構成的，如果把它跟同樣為語言所構成的非文學（如哲學、科學之類）作一比較，立刻就會發現在這一語言連續譜上，一端是「無可爭議」（大多數人都能接受）的文學作品，另一端是數量大得多的非文學作品，中間總有一個模糊不清的區域（參見查普曼〔R. Chapman〕，1989：5）；就因為有這個模糊不清的區域的存在，直接威脅到了文學定義的必要性（非文學定義也是）。而兒童文學研究者在文學上再為它添加「兒童」一個限制詞，情況也類似；他終究要在兒童文學作品和非兒童文學作品之間，疲於奔命的作選擇、限定和排除的工作

（而且還會吃力不討好）。說穿了，這是兒童文學研究者尚未擺脫兩值邏輯思考習慣所帶來的「惡果」。由於兒童文學研究者還沒有察覺到這一點，所以可算是他們的一個集體無意識。

其次是不知一種文學觀念產生一種文學論述，如「『兒童文學』究屬何指，歷來中外學者、專家已爲其下過定義：兒童文學（Children Literature）是兒童自己的文學，是表現情感和想像的東西，兒童文學可增進兒童知識；陶冶兒童美感；堅定兒童意志；領導兒童向上。兒童文學可使兒童生活快樂，比如當他悶悶不樂時，他讀一本書，就會漸漸地忘記自己的不愉快，有的兒童還會從書本中找出樂趣，並能以這種樂趣滿足自己，所以兒童文學作品，對兒童是和食物同樣重要（石德萊語）。所謂兒童文學，應該用兒童的思想，兒童的語言，兒童的情感，透過文學的手法，描寫大自然的景象，動植物的生活，人和物的刻畫，動和靜的素描，用以增進兒童的知識，陶融兒童的美感，堅定兒童的意志，充實兒童的生活，誘導兒童的向上心理，便是兒童文學（吳鼎語）。『兒童文學』一詞最簡單的解釋：就是專爲兒童欣賞的文學（林守爲語）。兒童文學毫無異議的是屬於兒童的，因爲自古以來，兒童一直擁有他特殊的個性、觀點和心靈。兒童文學也自有他獨特的風格及發展的方向。因此特別爲兒童設計和寫作的作品，凡是能充實兒童生活、豐富兒童生命、滿足兒童需要、誘導兒童向上，以及引起兒童學習興趣的文藝作品，都是兒童文學（葛琳語）。以眞摯的感情，豐富的想像，優美的文字，有系統地敍述一個含有教育意義的故事，而能引起兒童的興趣，啓發兒童的智慧，培養兒童的品德者，叫做兒童文學（謝冰瑩語）。走入兒童的世界，以眞摯的情感，豐富的想像，優美的文字，藝術的形式，正直的思想，透過文學的手法，而能引起兒童的興趣，啓發兒童的智慧，擴充兒童的經驗，培養兒童的品德，激勵兒童奮發向前、向上、向善的志趣的作品，就是兒童文學（許義宗語）。上列諸家高見爲求意義周延，但往往各有得失，筆者以爲：不妨衆端參觀，由各角度來探討，或許較能窺其全貌⋯⋯」（張淸榮，1995：23～24）、「作者也會牽涉到兒童文學的範疇問題嗎？在國內兒童文學界來說，它確是存在的，特別是在童詩這方面。問題所在是兒童文學是否單指成人作家的作品，或者小孩的兒童文學作品也可包括在內。如果可以，成人作家的作品和小孩的作品是否一體看待？還是要作區隔？要作區隔的話，如何稱呼？民國六、七十年代，國內興起童詩創作及教學的風潮，如何稱呼兒童所創作的詩，以便與成人爲兒童而創作的詩有所區別，便曾引起論辯，有人主張大人爲兒童創作的詩叫『童詩』，兒童自己創作的詩叫『兒童詩』，有的看法剛好相反；也有人主張仿效日本的用法，大人爲兒童寫的叫『童年詩』或『童詩』（作者按：日本稱大人爲兒童寫的詩爲『少年詩』），兒童自己寫的叫『兒童詩』；有的認爲何必區隔，一律稱爲『童詩』即可，因爲好的作品，不必管它是大人或小孩寫的，就像不必管它是男作家或女作家寫的一樣……由前面的論述，可知兒童文學的範疇，不論從兒童或文學的角度來加以探討，都存在著一些足以再深究並應設法使之沈澱以形成共識的問題。這些問題不但牽涉到兒童文學範疇的廣狹，而且牽涉到兒童文學術語的統一問題。範疇的確定以及用語的統一，則又涉及相關週邊問題的進一步釐清，這就是兒童文學範疇的探究，可以拓展新的週邊或上層研究的原因。因而兒童文學範疇的問題，實不容我們加以忽視」（洪文瓊，1996）等等，這在羅列（檢討）別人相關的兒童文學觀念後，又加上自己的兒童文學觀念（不論是為求「周全」或為求「共識」而發），無非是要凸顯自己所信守的這一部分。然而，它卻無意中暴露出了尋求「唯一」文學觀的艱難。因為每個人都想要把自己的見解當作那個「唯一」（被論者引述的那些說法，在原論述脈絡裏幾乎也都是這樣自我看待），而在彼此的歧見無法調和時，自然而然就形成了一種「各吹各的調，各彈各的曲」的局面，以至勉強妥協或相互附和的情況就不易出現，終究要承認彼此見解的合法性。這好比蕭統在自述論纂《文選》的旨趣中提到：「若夫姬公之籍，孔父之書，與日月俱懸，鬼神爭奧，孝敬之准式，人倫之師友，豈可重以芟夷，加以翦截。《老》《莊》之作，《管》《孟》之流，蓋以立意為宗，不以能文為本，今之所撰，又以略諸……至於記事之史，繫年之書，所以褒貶是非，紀別異同，方之篇翰，亦已不同；若其讚論之綜緝辭采，序述之錯比文華，事出於沈思，義歸乎翰藻，故與夫篇什，雜而集之一」（《文選・序》），後人拈著這一點，就大加批判，說他該收的文章不收，不該收的文章偏偏收（參見駱鴻凱，1980；林聰明，1986）。殊不知《文選》不是七代的文學，而是一個觀念的文學（以「文質彬彬」爲準的），也就是說它是用一個觀念來統攝七代中合此觀念的文學，所以蕭統不必面面俱到，盡採天下的遺文（參見周慶華，1996b：235～256）。換作別人來編纂文學總集（或別集），也同樣要受到他所預設的文學觀念的制約。如果不承認別人所作的具有合法性，等於也否定了自己所作的具有合法性。類似的情況，更常見在文學史的撰述上。依照實際的經驗，史實的認定並沒有絕對客觀的標準（任何人所提出的「標準」，最多只具有相互主觀性），而這還不是「最」重要的；最重要的是史實認定者的企圖。正如尼采（Nietzsche）所提示的，並沒有所謂「純粹的認知」，認知本身就是一種詮釋和評價的活動，一種意義和價值的設置建構。因此，大家所認定的「史實」從來就不是什麼純粹的「史實」，而是一個意義價值界定的範疇。這個範疇，其實已形同一個崇高的「理念」，它不僅僅是可作爲討論相關問題的依據，更是指導行動、定位行動主體的最高價值體系。而當大家在爭論誰所認定的「史實」才是眞史實時，那並不是它更客觀或更眞確，而是因爲它更理想或更崇高。換句話說，史實的判定並不是認知層面上的「眞／假」問題，而是價值層面上的「信仰抉擇」或

「意識形態鬥爭」問題（參見路況，1993：122～123；周慶華，1996b：43～44）。看不到這一點，只好流於跟人作無謂的爭論。現在兒童文學研究者根本還沒有留意這個環節，以至常有人尚未處理好內部的歧見就「妄想」樹立一種「普遍的兒童文學」，結果是仍舊得不到應有的回響（或說沒有幾個人會甩它）。這也是兒童文學研究者的一個集體無意識。

再次是沒有研究方法論，如「兒童文學，有其不可忽視之價值。凡研究兒童文學的人，皆一致承認的……茲將兒童文學的特質，舉之如下：㈠天籟……㈡自然……㈢想像……㈣純情……㈤神奇……㈥眞摯……㈦崇善……㈧尙美……」（吳鼎，1991：99～106）、「兒童文學不同於成人，自有其獨特之處，以下試由三方面說：㈠兒童性：以兒童爲本性……㈡文學性……㈢教育性……」（李慕如：1993：8～11）、「兒童文學的特質爲何？以下謹依個人所見，分爲三綱九目：㈠追求『眞』——傳達不朽性，包括哲學的探索、邏輯的思考、永恆的魅力等；㈡追求『善』——展現親和性，包括鮮明的形象、濃郁的鄉土、雋永的趣味等；㈢追求『美』——彰顯藝術性，包括兒童的口語、文學的優美、獨特的創意等（按：以上撮取綱要）」（杜淑貞，1994：105～324）、「文學性和兒童性是兒童文學最重要的兩種屬性。兒童文學的基本條件是『文學性』，這是共性，也是共同規律，兒童文學也要遵循這種文學創作的規律。至於『兒童性』，則是兒童文學的特殊性或特點所在，也是它異於成人文學之處。兒童文學當然是文學，兒童文學的共性和文學的一般規律應當是一致的，如果單講特點而不講共同規律，兒童文學就會偏離藝術創作的軌道，成爲一種缺乏藝術特質的東西；如果單講共同規律不講特點，兒童文學又會失去自身存在的價値。兒童文學的特殊性是由於其特定的讀者對象所決定的。兒童文學本身就是文學上的年齡特點，三歲至十五歲的兒童，他們的生理、心理和社會發展狀況有明顯的特徵，而其中又以教育性、遊戲性最爲顯著。至於兒童文學的文學性雖是必然條件，但亦有異於成人文學的文學性。總之，兒童文學的基本屬性是兒童性和文學性，引申來說，其特殊屬性有四，試分述如下：㈠兒童性……㈡教育性……㈢遊戲性……㈣文學性……」（林文寶等，1996a：12～27）等等，這凸顯了兒童文學所以爲兒童文學的特質，卻沒有進一步反省這樣的特質是誰來認定的、認定的標準是什麼、該標準如何可靠以及爲什麼各人的認定會有差距、彼此要怎樣看待該差距等等問題，以至所論（兒童文學特質）有如懸在半空中而難以成爲認知的對象。這就是缺乏研究方法論的緣故。如果涉及具體的研究進程或步驟（探索或發掘兒童文學的特質），那就更顯無力去設計辨詰了。雖然也有部分兒童文學研究者留意到研究方法的重要性，而有這類的省悟：「兒童少年文學，既是一種『文學』，在『性質』上，它就必須受傳統『文學』的規範……在研究方面也一樣，有它的觀念演進，研究方法也日新月異……研究方法對學術探討成果具有莫大的決定作用。今後，在兒童少年文學的研究上，如果沒有正確的方法、發展的眼光，以及承傳古典的認識，而只是隨著不合文學屬性、規律要求的讀物打轉的話，將如何有長足的進步」（林政華，1994：26～28）、「在研究方法方面，兒童文學學目前也逐漸發展出專屬的研究方法。由於兒童文學學是新興的學門，本身又涵蓋兒童和文學兩個領域，因此兒童文學研究者常借用別的學門已發展的理論和方法，充分表現出科際整合的取向。大體上借用最多的理論是心理學有關各種發展的理論、現代文學批評理論（如新批評）和傳播學的模式理論、內容分析法等等」(洪文瓊，1994b：7)，但它仍缺乏對「採用某一方法或多種方法如何可能」的自覺，離建構兒童文學知識還有很長一段路。因爲兒童文學研究者普遍對研究方法論的陌生，致使兒童文學研究更不容易看出什麼可稱道的進展，這依然要歸爲兒童文學研究者集體無意識所造成的。

兒童文學研究者由於受到兩值邏輯思考的限制，只能在「兩極」或「二元」間游走，而不知還有「多極」或「多元」的存在，更乏於各極間差異的認知和研究方法論的自覺，以至兒童文學研究停滯不前也就「理所當然」了。

第四節　相關研究的問題解剖舉隅

從前面的分辨，可以知道兒童文學研究勢必從多元中選擇一元或自創一元作爲預設，然後才進行實際的研究工作。這種情況雖然也會有「排他」的問題存在，但所謂排他已經有「存異」作爲保證，它只是相對性的，目的是要爲研究者的意圖服務，而不在以「不容異己」爲能事。這跟二元論者帶有絕對或強烈的排他意識，迥然不同。這個道理也不難懂，因爲「一種邏輯系統（按：兒童文學也是一個邏輯系統），其中每一語式具有多於兩個的可能眞值。在多數的演繹邏輯裏，都把每一命題或爲眞或爲假，暗中假定進去。這個所假定的原理在設基命題演算裏，常當所謂排中律AV～A而出現。但在某些具體的場合，我們所使用的推理實際上並不適合這種簡單的架式的，這時候眞假的二分法似乎是不適當的。假如，萊興巴赫（Reichenbach）曾說，量子力學需要一種三值邏輯；在此理論一命題可能爲眞，爲假，或爲不可決定的。這種三值邏輯在形式上是可能的，其實不只三值，甚至n值都可以」（成中英主編，1983：245～246）。兒童文學研究者爲了方便論述，而選擇一值邏輯作爲基礎，該一值邏輯必然是權宜的或暫定的，容許別值邏輯相「對諍」或相「較量」。

以上所牽涉的只是一個兒童文學研究的基本立場問題。其實，在整體研究中所會碰到的問題更爲複雜，諸如命題的建立、方法的選擇（推論形式所依據原則的考量）、對象的確定（包括概念的形成和界定）等等，都可能讓人窮於應付。但當今的兒童文學研究者動輒斷言「兒童文學如何如何」，卻又說不出一個所以然來（或說無法找到一個可靠的理論依據），顯然是輕忽或根本不明白兒童文學研究的複雜性。爲了容易導出後面所要提供的疏解兒童文學研究困境的方針，不妨再花點力氣來一探目前兒童文學研究中所存在的一些較爲具體的問題。

這主要是研究所需的命題尚未建立。如有關兒童文學的類型方面，研究者通常都區分爲散文、韻文、戲劇等幾類，而在這幾類底下又分出一些次次級類型和次次次級類型，然後就自然的論述下去，絲毫也沒有察覺這樣的分類命題大有疑問。有人曾經指出文類的劃分不是我們所想像的那麼簡單：

> 某些常識性的分類，流於簡化，且會造成污染……最流行的便是散文、韻文之分。嚴格說來，以押韻與否區分韻、散（或文、筆）是一個相當健全的標準，但這種語言媒體之分，不幸地會因爲歧義而膨脹爲文類之別，如詩和散文兩種文類。在這種情形之下，詩固然可自立門户爲文類，散文卻又同時兼指媒體和文類，作爲媒體的散文復又分爲（文類的）散文和（以散文媒體寫的）小說。小說一出，又產生了長、中、短的篇幅問題，以及虛構、非虛構的問題。有趣的是，

> 如果仔細考慮語言媒體的傳眞性，虛構／非虛構（如小說／自傳）之分勢將不能成立。進一步而言，純文學／非文學之分也頗可置疑。類似過簡的二分法，如主觀／客觀文類（如抒情詩／戲劇）皆受到挑戰……因此，反諷地，近年的極端文學理論反而有破除文類，走向「元類」的趨向，但這種「元類」不再是浪漫主義的超越性「元詩」，而是「文本」（text。按：論者原譯作「正文」），在作品「文本性」（textuality）的表演之下，一切文類區分，包括政治宣言、戲劇、詩和菜單之別，都是不必的了。如果我們仍然暫時接受文類概念，那麼有一些謬見必須破除和揚棄。第一，没有先驗的、透明的、歷萬古而常新的文類……第二，文類產生的文學和非文學因素複雜，無論因素如何，它都受時空的制約（張漢良，1986：112～113）。

文中所說當代的極端文學理論（特指後結構主義或解構主義）出現以前，已經有人否定分類的可能性了：「有人懷疑文類理論對於文學史研究的有效性，凱塞爾就主張：理論家對於種類的劃分『對於文學史家的本行工作的影響是很少的……毋寧說，它可能造成紊亂。』更有甚者，爲數不少的學者乾脆否定分類的嘗試，英國學者凱姆斯指出：『文學類型互相包容，就像顏色一樣，往往你中有我，我中有你，有時很難區別彼此。』如果凱姆斯的話還比較委婉，那麼克羅齊這位表現論者兼直覺主義者的調侃和嘲諷就老實不客氣了：『藝術家們儘管在口頭上假裝同意……其實都把這些種類的規律拋到腦後。每一個眞正的藝術作品都破壞了某一種已成的種類，推翻了批評家們的觀念，批評家們於是不得不把那些種類加以擴充，以至到最後連那擴充的種類還是太窄，由於新的藝術作品出現，不免又有新的推翻和新的擴充跟著來。』」（陶東風，1994：52～53）。此外，即使能勉強分類，也有許多種不同的分法（參見王志健，1987；洪炎秋，1985；涂公遂，1988；趙滋蕃，1988；郭育新等，1991），不只像兒童文學研究者所區分的那樣。這又該怎麼看待？依我個人的研究，不論大家怎麼分類（甚至不分類），無不是爲了建構系統（不分類本身也是一個系統——一個更大的系統）。這個系統「創造」了文學類別（所分的類是一個詞或一個概念，它對應著事物，而事物就被創造了。所以這裏才說分類創造了文學類別），並且可以作爲文學創作或文學批評的一個屬類依據。至於系統間所存在的差異（如許多人所作的分類互有出入）或對立（如主張分類和主張取消分類兩種情況），那已經不關系統本身的功能問題，而牽涉到論者內在的權力意志（不論論者是否意識到這一點）。換句話說，論者所以要那樣分類（或取消分類），不是那樣分類更「眞實」或更「客觀」，而是那樣分類更「理想」或更「高超」，從而冀望它成爲一種支配論述（參見周慶華，1996a：74～86）。有關兒童文學研究所需的分類命題，也應該建立在這個基礎上，可被接受的程度才會比較高。但兒童文學研究者普遍都還沒有省察到這一點。

又如有關兒童文學的價值方面，研究者通常也都肯定它具備眞、善、美等價值。問題是這些價值，究竟是內在於兒童文學本身，還是由兒童文學接受者所賦予，研究者並沒有再作澄清；還有這些價值的性質到底是怎樣的，以及如何去判斷它們，研究者也都交代不清。在這種情況下，所形成的價值命題，怎能不令人懷疑？一般探討價值課題的人，大概都知道：價值存在的方式，約略有三種情況：㈠是依附在具體的事物上（如食物、風景、藝術品、文學作品、科學論文等）；㈡是依附在抽象的關係上（如倫理道德、禮法制度等）；㈢是依附在主觀的創意和想像上（如和平、民主、巫術、宗教等）。第一種價值是由人的認定而來，屬於事物價值；第二種價值是由人的賦予產生，屬於倫理價值；第三種價值是由人的創意和想像所致，屬於精神價值（參見陳秉璋等，1990：321～322）。倘若兒童文學具有眞、善、美等價值，那麼這些價值的存在就分屬不同的情況（至少眞和善就分屬上述第一種和第二種情況），試問這樣的價值命題的建立如何取得一致的標準？至於價值的性質，根據一些價值學的論述所示，價值不是價值對象本身（如一自然事件、一種理念、一個命題、一曲音樂、一項事業等），也不是價值對象的構成元素，而是價值對象所擁有的獨特屬性。換句話說，價值只是一種「寄生式」的存有。除了這種非實在性，價值還具有兩極性（如眞和僞、美和醜、善和惡、利和害等分別）

和層級性（從好到壞排列）（參見方迪啓〔R. Frondizi〕，1988：6～10；徐道鄰，1980：180～181；唐君毅，1989：438～439）。而這些性質，都會在人從事價值判斷的過程中顯現出來。試問兒童文學研究者在論述兒童文學的價值時，可也有對它稍加措意？如果沒有，要教人如何想像該價值命題的質性？更可慮的是價值的判斷，它要具備什麼條件才是可能的？這點不但兒童文學研究者不曾措意，連一般的價值學也很少考慮到。但我們得知道價值的判斷，必須植基在幾個條件上：第一是從事價值判斷的人，要有認識或熟悉價值對象所具有的特殊屬性的能力；第二是從事價值判斷的人，對於價值對象所具有的特殊屬性的掌握，不免會隨著風俗習慣、傳統思想、教育訓練、社會情境和心理狀況的不同而有所差異；第三是從事價值判斷的人，所得到的結果最多只具有相互主觀性（能獲得多數相似背景的人的認同），不可能具有絕對的客觀性，而且還有權力意志在起終極性的作用（試圖以他的價值觀感影響別人對該價值對象的反應）。試問兒童文學研究者如果不把這一點安置在他所建立的價值命題中，該價值命題的獲得如何可靠？

又如有關兒童文學的異時空影響或接受影響方面，研究者通常也都不疑有他的泛說「誰受誰影響」或「某類作品將如何影響讀者」，殊不知這種缺乏理論依據的影響觀，已經遭遇不少人的質疑和挑戰。兒童文學研究者沒有參酌這些意見，所建立的影響命題，當然也觸處可疑。一般所說的影響，包含「承繼」的影響和「啓示」的影響，這是人人都知道的。但這都只從正面來說，忽略了還有負面的影響。在負面的影響中，比較可觀的是被影響者對影響者有意的「反動」或「抗拒影響」（參見劉介民，1990：242）。這種對前人或同一時代人影響的反動，經常形成一種憂鬱症或焦慮原則，而激起或迫使受影響者採取各種可能的抗拒方式以爲解脫（參見布魯姆，1990；1992）。這如果發生在不同國別，很可能是「在一國文學中新出現的趨勢及信仰，常常受外來模式的激發，以對抗本國盛行的理論和實踐」或「以對外國作品的創造性誤解來闡揚其新觀點」（參見李達三等主編，1990：436～452；鄭樹森，1986：6～8）。此外，就是一些介於有意和無意之間的負面影響：

> 我們常常會發現，甲雖然受乙影響，但影響的方向，卻是朝著另外一目標邁進，大有「橘踰淮而北爲枳」的味道。究其原因，不外乎下列三點：其一，可能是受影響者對原著的精神，並不能十分把握，望文生義，匆忙引進，在自圓其說一番之後，便開始大張旗鼓的實行了起來；其二，可能是因爲受影響者，別有懷抱，專取原著中符合自己意願的部分，大爲宣揚。有時候可能還會犯了斷章取義的毛病，與原作者的意思背道而馳；其三，是受影響者，根本誤解了原著，借題發揮，憑空杜撰。然後，進一步鼓動風潮，呼風

喚雨，聚集來一羣喜好新奇的人，隨聲附和（李達三等主編，1990：463）。

當然，有關正面影響和負面影響的判斷，往往很難取得可靠的依據，只能說儘量做到使該判斷具有相互主觀性。就好比理解（詮釋），我們不便像康德（I. Kant）所下的豪語「我所了解的柏拉圖更甚於柏拉圖自己對自己的了解」，只合像伽達瑪（H. G. Gadamer）所提示的「我們不能自稱更加了解柏拉圖，我們只是了解的跟他本人的不同罷了」（參見霍伊〔D. C. Hoy〕，1988：32）；而這種情況（每一種理解的宣示）只能課以相互主觀性，無法期待它具有絕對客觀性。更何況這還會受到理解者的權力意志或其他意圖的左右呢（參見周慶華，1996b：1～19）！影響問題的複雜性，由此可見一斑。兒童文學研究者在建立影響命題時，如果也注意到這種複雜性，大概就不至於輕易的談論影響了。

其次是研究所需的方法過於素樸。目前所見兒童文學研究，除了少數還能運用一點比較文學研究法、心理學研究法和內容分析法（參見洪文瓊，1994b：54），其餘都是傳統式的「單一判斷法」（有人稱它爲「印象批評」，詳見周慶華，1993），研究結果自然了無新意。以其他學科來看，研究者大多會根據該學科的特性和他的研究目的而選擇或設立研究所需的方法，如「本研究所採取之方法計分三層。第一層方法是採用時下哲學界流行之現象學的方法來描述科技和文化的現代處境，並用詮釋學的方法來銜接不同的意義領域，並進而賦予吾人所重構之意義。第二層方法是採用溯源法，來追溯科技、人文等問題的歷史根源和理念根源。第三層方法是使用作者自一九八〇年以來所思索、發展的對比方法，來處理科技和人文、西方文化和中國文化之差異性和統一性及傳統和現代的連續性和斷裂性」，這就是一位研究科技對文化的衝擊的研究者所採取的方法（見沈清松,1986：5～11）；「以邏輯意義的理論還原爲始點，而以史學考證爲助力，以統攝個別哲學活動於一定設準之下爲歸宿」的「基源問題研究法」，這就是一位研究中國哲學史的研究者所採取的方法（見勞思光,1980：序言1～16）；「以下列的方式來掌握美學史上的資料：這部分資料所要解決的是些什麼問題？這些問題何以發生？作者對這些問題是怎樣解決的？他何以要這樣解決？這種解決的歷史根源何在？其中那些是正確的，那些是錯誤的？那些只有歷史意義，那些還有現實意義？」的「問題探索法」，這就是一位研究西方美學史的研究者所採取的方法（見朱光潛，1982：12）等。雖然這類方法的預設不無問題（參見周慶華，1996a：6～9；1997a：7～10），但它比起同類型的研究「漫無方法」顯然要有「開展性」（對讀者來說也比較有啓發性）。現在兒童文學研究，既無法以「兒童文學」所具有的特殊性（研究者還無法實際凸顯它）來限定研究的方法，又找不到新穎的方法來累進兒童文學的研究成果，以至面貌始終維持「單純」的狀態，不知何時才能展露一點「繁複」的美。

再次是研究的對象仍嫌狹隘。兒童文學也跟其他的文學一樣，在產生的前後，有五個必需的據點：㈠作者；㈡作者觀感的世界（物象、人、事件）；㈢作品；㈣承受作品的讀者；㈤作者所需要用以運思表達、作品所需要以爲成形體現、讀者所依賴來了解作品的語言領域（包括文化歷史因素）（參見葉維廉，1983）。這五個據點，就成了兒童文學研究「基本」的對象。倘若嫌這類區分的「總攝性」不夠或所含「意旨」難明，也可採「本體」、「現象」、「創作」、「批評」、「批評方法」等分類系統（參見周慶華，1996a）。然而，兒童文學研究者卻還顧不了這麼多對象，一逕在作品類型的分析、創作機制的追溯和閱讀心理的推測上展現「功夫」，無形中讓讀者誤以爲兒童文學只有「作品」、「創作」、「閱讀」等一些凡熟的對象可談。結果是研究者沒有「新花樣可變」，而讀者也沒有「特殊東西可感受」。兒童文學研究所以不能經常給人耳目一新的感覺，這種有意無意「自我設限」研究的對象，也是一個重要的因素。這些都值得繼起的兒童文學研究者省思再三。

第五節　疏解困境的幾個方向

兒童文學研究陷入重重的困境，已經是難以否認的「事實」；而要疏解困境才有助於開展兒童文學研究，也有如「箭在弦上，不得不發」。事實上，從前面一路論述下來，對於如何才能打開兒童文學研究的僵局，大致已經有了明顯的預示；也就是首重方法論的反省建構，其次配合方法論的反省建構而儘量拓展研究的對象和嘗試跨科的論述。

在方法論的反省建構方面，對於一般方法論所討論人類解決問題和建立理論所牽涉到的基本假定、取捨安排和評鑑標準等環節，應該有一個全盤性的考量。這些環節，具體一點來說，包括問題怎麼提出，問題所在的脈絡爲何，問題表現的形式怎樣；所用的語言有何特質，使用的推論規律怎樣；怎樣算是解決了問題，解決問題後到底成就了什麼知識，增廣或加深了什麼經驗；我們怎樣安排人類經驗，怎樣將知識加以系統化而成爲理論；理論的構作要素如何，它的成立條件怎樣；人類接受理論、修正理論和排斥理論的理由根據如何，這些理由根據本身又要如何加以反省和批判……等等這類原理性、基礎性，甚至可以說哲學性的問題（參見何秀煌，1988：55）。兒童文學研究者既然有意要研究兒童文學，就沒有理由不對自己所從事的研究工作進行這類的方法論反省；而且他還得依「兒童文學」這一特殊對象調整反省的方向（如第三、四節提及的那些問題，不妨列爲反省的重點）。如果還有需要「精密」一點的方法論作爲參考的依據，那麼不妨以社會學所建構起來的一套包括「知識方法論、科學方法論、研究方法論、理論方法論」的方法論（詳見陳秉璋，1989），加以斟酌損益，以備「不時之需」（參見周慶華，1996a：226～244）。

在拓展研究的對象方面，除了將第四節所列那些對象兼顧到並設法予以細分而進行研究，還可以衡量現實情境而開發一些新的領域，以便作爲研究的對象。如創作和閱讀（接受）的實證研究（可避免「憑空立論」的弊病）、製作和傳播的實證研究（相關理論已不缺，可加以應用）、邊緣兒童文學研究（如少數族羣、佛教、道教、基督教、回教等等兒童文學研究）、海峽兩岸或多邊兒童文學互動研究等，這些目前都還很少或根本沒有人考慮到，可以算是新的研究對象。在實際研究後，也許會有料想不到的成果。

在嘗試跨科的論述方面，這是一個新的趨勢（別的學科已經在做），兒童文學要展現「花樣的色彩」，捨棄跨科論述就很難成功。由於跨科沒有止限，所以兒童文學研究也就具有「無限可能」。只是需要留意所跨科本身的多樣性（如第二節所述），援引時得愼加選擇；不然泛說所引爲某科理論而實際卻「面目模糊」或「不夠先進」，難保不會貽笑大方。而這一切，都得以「正視多元兒童文學的『必然性』，然後從多元中選擇或再創具有特殊性或啓發性的一元而建構出跟時下所見『泛泛』不一樣的一種兒童文學」這個前提作爲指導方針，否則就無從保證什麼了。

第五章　兒童文學的跨科論述芻議

第一節　跨科論述議題的緣起

一部文學史，往往是保守觀念和創新觀念交互遞進或相互衝擊所促成的。以中國來說，保守觀念和創新觀念，觸處可見，前者如「自是閭閻年少，貴游總角，罔不擯落六藝，吟詠情性。學者以博依爲急務，謂章句爲專魯。淫文破典，斐爾爲功，無被於管絃，非止乎禮義。深心主卉木，遠致極風雲，其興浮，其志弱。巧而不要，隱而不深，討其宗途，亦有宋之風也」（裴子野〈雕蟲論〉，《全梁文》卷53）、「僕嘗謂詩文有不可易之法者，詞斷而意屬，聯類而比物也。上考古聖立言，中徵秦、漢緒論，下采魏、晉聲詩，莫之有易也。夫文靡於隋，韓力振之，然古文之法亡於韓；詩弱於陶，謝力振之，然古詩之法亦亡於謝」（何景明〈與李空同論詩書〉，《何大復先生全集》卷32）、「夫文與字一也，今人模臨古帖，即太似不嫌，反曰能書。何獨至於文，而欲自立一門戶邪？自立一門戶，必如陶之不冶，冶之不匠，如孔之不墨，墨之不楊邪？此亦足以類推矣」（李夢陽〈再與何氏書〉，《李空同全集》卷61）等；後者如「習玩爲理，事久則瀆，在乎文章，彌患凡舊，若無新變，不能代雄」（蕭子顯《南齊書・文學傳論》）、「詩文之所以代變，有不得不變者：一代之文，沿襲已久，不容人人皆道此語。今且千數百年矣，而猶取古人之陳言，一一而摹仿之，以是爲詩，可乎」（顧炎武《日知錄・詩體代降》）、「夫文學不能立古人之前，猶之人類不能出社會之外。然而改革社會，豪傑之所能爲；則變化古人，亦文學家之有事乎！變化如何？曰仍其義，變其例；仍其例，變其義」（金松岑〈文學觀〉，見郭紹虞等主編，1982a：514）等。而文學創作或文學批評，就是這兩種觀念從中「指導」或「推動」的（參見劉大杰，1979；郭紹虞，1982b）。

雖然如此，比較起來保守觀念所遭到的批評特別多，所謂「作者須知復變之道：反古曰復，不滯曰變。若惟復不變，則陷於相似之格；其壯如駑驥同廐，非造父不能變，能知復變之手，亦詩人之造父也。以此相似一類置於古集之中，能使弱手視之，眩目何異」（皎然《詩評》，見郭紹虞，1982b：211引）、「夫古有古之時，今有今之時，襲古人語言之跡而冒以爲古，是處嚴冬而襲夏之葛者也」（袁宏道〈雪濤閣集序〉，《袁中郎全集》卷1）、「吾讀五千年祖國文學史，而歎古之所謂著書者，著他人之書而已。甚矣作者之難也！夫著書之人，如英雄之爭天下。從古帝王之業，眞能赤手開創而無所憑藉者，歷史之上，多不過三四人。著書之業，眞能獨立改制而無所依傍者，經籍所志，多不過五六人。其他皆炳古人之燭，以爲榮光而已。何文學之無新紀元也」（金松岑〈文學觀〉，見郭紹虞等主編，1982a：513）等，就是專門針對保守觀念及其實踐而發的。相對的，創新觀念就常受到肯定和鼓勵，理由略如底下兩段話所說的：「夫設文之體有常，變文之數無方，何以明其然耶？凡詩賦書記，名理相因，此有常之體也；文詞氣力，通變則久，此無方之數也。名理有常，體必資於故實；通變無方，數必酌於新聲。故能騁無窮之路，飲不竭之源。然綆短者銜渴，足疲者輟塗，非文理之數盡，乃通變之術疏耳」（劉勰《文心雕龍・通變》）、「蓋文體通行既久，染指遂多，自成習套。豪傑之士亦難於其中自出新意，故遁而作他體以自解脫。一切文體，所以始盛終衰者，皆由於此」（王國維《人間詞話》）。前段話意味著不走創新路就沒有什麼好走了，後段話意味著不走創新路也就無法卓然成家了，彼此是一體的兩面。以上所引，雖然只就創作一事來說的，但我們也得知道批評一事同樣也講創新，否則依然會淪落「劣品」或「無謂」的地步。而這也就是爲什麼從二十世紀以來，由西方所發動同時也被我們國人所吸收的表現在文學論述（論述有關文學創作和文學批評的種種問題）上所呈顯的面貌那麼紛繁多姿了。有人對這一番波動作了概括性的評論：

> 大體上來說，傳統的文學研究在形式方面分文類和文體兩類，在精神方面則是以一元性的摹仿論爲主……二十世紀的文學理論卻打破了這一規範，這種轉變和傳統的文學哲理取背道而馳的立場，把「本質決定存在」這一觀念倒了過來，變爲「存在決定本質」。這是一個很大的改變，把傳統的「眞理」和「文學批評」的一元論打破了。因此我們説，二十世紀的文學理論是多采多姿，琳瑯滿目……這一種由傳統一元性的絕對標準進展到多元性批評的現象，在某一方面看來是「架空」了價值判斷，容納了多種批評的標準，各類不同的哲學觀念和依這些觀念所形成的文學理論，可是從另一方面來看，這也造成了現代文學理論的分歧（佛克馬〔D. Fokkema〕等，1987：譯序Ⅷ～Ⅹ）。

這沒有說出來的部分，正是各派理論家們「爭妍競秀」的心理（並藉此樹立個人或學派的權威性）。如果不是這樣，文學論述只合停滯不前，而文學論述者也只好沒沒無名了。

如今有關建構兒童文學的呼聲，已經歷有年所了（參見邱各容，1990；洪文瓊，1994a；王泉根，1992）。但實際所存在的論述成果卻不甚可觀。這不是說後繼的論述不夠多，而是說後繼的論述極少有「突出」的表現，無形中讓「兒童文學」這門學問處在「不進則退」的狀態裏，不斷地招引人前來「憑弔」！而依照我個人的考察，原因無它，正是緣於兒童文學論述者窮於創新或無力創新。要改變這種情況，大概只有借鏡其他學科（不能光汲取傳統的一些理論資源爲滿足），嘗試改變體質，以展現兒童文學也可以建構出多面相；而就以這多面相來讓人「刮目相看」。以前劉勰曾以「文律運周，日新其業。變則其久，通則不乏。趨時必果，乘機無怯。望今制奇，參古定法」（劉勰《文心雕龍‧通變》）數語期許文士，今天我們也可以把它列爲自課的座右銘；只是對於「望今制奇，參古定法」一語，依此情此境，必須落實在借鏡其他學科（尤其是一些先進的學科）上。這種借鏡，在當代有一個專用的名稱，叫做「科際整合」。兒童文學論述想有一番新的面貌，捨去科際整合一途，恐怕比登天還難。基於對兒童文學未來發展的關心，個人願意提供一點這方面的意見給大家參考。所以題爲「芻議」，正表示受限於個人觀察的角度，就只能談「這麼多」。不足處，大家還可以「觸類旁通」，再行增補。

第二節　跨科論述的特性與前例

大致說來，科際整合已經是這個時代的風氣，各學科多少都努力在尋找跟別的學科交融而開啓本學科研究的新契機。所謂「歷史學與其他科學，特別是與社會學、政治經濟學、心理學、語言學等科學之間跨學科聯繫的迅速發展，是史學思維進一步發展的最重要條件。所有社會科學家都在呼籲打破各學科之間的傳統隔閡。『在分化和尋求自立權的時代之後，各學科均感覺到需要統一。那種從其他學科借用所觀察現象的「宗派主義的竊癖」已被對匯聚了所有美德的「跨學科立場」的要求所取而代之。』無論是社會科學的『實踐家』，還是社會科學的理論家，在論述關於人的科學的狀況時，所表達的主題均是對社會科學已經失去的統一的『懷舊之情』」（米羅諾夫〔原名略〕，1988：142）、「當代的藝術批評存在兩種在思想方面更加具有客觀性的動向。一種是朝著心理學方面發展的動向，另一種是朝著形式分析方面發展的動向。兩者都受到本領域之外的其他知識的影響，但主要還是從藝術和批評語言中發展起來的」（門羅〔T. Munro〕，1987：10）、「對於非文學理論家來說，文學理論的未來會是什麼樣的呢？在努斯鮑姆看來，這一理論的未來提供了對主要的文學結構進行倫理分析的方法。它與論述倫理的主要哲學著作的文本相交叉，以對具體著作進行細緻的結構性分析的方式來檢驗這些文本，對其質疑並研究其主張。努斯鮑姆由此提供了一種有限的、具體的跨學科觀點，這一觀點旨在研究有關人類如何生活得更好的基本倫理問題」（科恩主編，1993：13）、「十九世紀法國作家福樓拜在創作他那著名的小說《包法利夫人》時曾天才般的指出：『越往前走，藝術越要科學化，同時科學也要藝術化。兩者從山麓分手，回頭又在山頂匯合。』這既是對歷史上科學和藝術關係的高度而形象的概括，同時也是對其未來發展的深刻預見。科學的藝術化，主要表現在科學及科學家對美的追求，而這也正是科學和藝術的交匯點，儘管科學美和藝術美具有不同的含義……人們相信，科學和藝術走向統一的種種跡象，預示著一個新的『文藝復興』時代的到來」（汪信硯，1994：211～215）等，這不論是預期還是陳述事實，都可看出人類已經感受到科際整合的重要性，並且積極的將要或正在實踐著。

當然，這種科際整合，在某種程度上是因爲強勢的科學技術的刺激（按：「科學」是就一門知識的求知方法來說的，而「學科」是就一門知識的對象範圍來說的，二者略有差別。至於技術，主要是指具體的求知方法或控制方法。參見李明燦，1986：2；魏鴻榮，1984：108～116；浦薛鳳，1984：16～17；國立編譯館主編，1989：239～240），「從人類的歷史發展來看，科學技術對於社會文化系統的滲透和影響，其不斷深化的層次依序爲：器物層次（生活娛樂用品、生產工具、軍事工具、科研工具、交通信息工具等）、制度層次（如國家政治制度，以及經濟制度、婚姻制度或其他各種社會制度）、行爲規範層次（各種風俗民情以及制度化的法律和條令）、價值觀念層次（審美觀念、道德觀念等）……科學技術對於社會文化系統的影響，到最後會形成一種結構性的制度變革，而對於價值觀念的影響，最主要表現爲『科學主義』的流行，而且其流行的程度與科學技術的示範效應的強度具有正比的關係」（李英明，1989：93～95）。科學技術所建立起來的典範，幾乎所向披靡的「侵入」社會文化各個領域，而相關的學術研究也開始「科學化」起來，並且彼此「觀摩」、「吸取」成效。然而，事實上也不盡是這樣「一面倒」的局面，「專業化的科學史學家的新軍正廣泛而深刻地以社會學、心理學和政治科學作為理論指導，來解釋科學的發展。專業化科學史包括各種具有理性但不完善的概念，這些概念在形成之時還能自圓其說，而後來為令人深信不疑的經驗檢驗所否定，或者為適應性更廣的概念所取代；它也包括錯誤的起步，包括現在已陳腐的學說和過去不結果實與結了果實的錯誤。科學史的基本原理是力圖了解事物是怎樣發展的，這正如某些學科或某一學科羣過去所做的那樣，而不僅僅按照年代順序編制科學理論的綱要。總而言之，這種歷史並不是用來在流行的操作理論、方法論和所屬學科的技術方面指導今天的科學家」（默頓〔R. K. Merton〕，1990：3～4）。也就是說，科學技術的研究也無法擺脫社會、人文學科的方法，彼此的交集點還相當多。這也等於暗示著在科際整合的過程中，強力去區分學科的主／從或中心／邊緣是一件吃力不討好的工作。在本論述中，自然也不存在這類的預設。

以文學研究來說，有人認為由於文學及外部學科的迅速發展，文學研究借鑒其他人文和社會學科的方法以及透過其他人文和社會學科跟文學的關係，研究文學的方法日漸明確地提出來，「美國學者巴利金里最先提出了『科際整合研究法』，強調不同學科之間的交流和運用，互補不足。這種以對象的某一特性和方面為主，從一特定的角度來實施研究的方法，表現出比較文學方法論的多樣化、分支化（按：論者特就比較文學方法論而說，其實一般的文學研究方法論也是）。如文學和藝術、電影、音樂、繪畫、戲劇；文學和社會學、人類學、心理學、語義學、思想史等等。這些不同的研究途徑立足於研究文學系統內不同的層次、特性，每一分支各有各的相對獨立範疇。這種細緻的多樣化研究方法，逐漸取代了過去在文學內部那種單向的、包羅萬象的傳統研究方法。多層次、多側面、多樣化的研究方法，有利於揭示文學的多種屬性和功能，同時也顯示出現代文學研究的豐富多采和廣闊前景」（劉介民，1990：57）。事實上，文學研究也已經借鑒到自然學科的方法（參見黃海澄，1993：317～359；劉介民，1990：523～541），並不只跨向其他人文和社會學科的領域而已。如果有人質疑二者如何能夠結合（文學研究重體會，科學理論重驗證）？這個回答，也許可以比照底下這一針對「政治是藝術而非科學」疑問的因應辦法：

「政治學是藝術而非科學」這一觀點是基於兩項謬誤：一方面把政治和政治研究兩者混淆，另一方面未能分辨「發現的系絡」和「驗證的系絡」二者的區別……主張政治學科學化的人必須指出：如何證明所「掌握」的事之眞僞？如何肯定藉與藝術表現相似的

> 過程獲致的成果是可靠的？主張政治學可以成為科學的人，認為任何表示某種觀念的命題，其能否成立，關鍵不在於此觀念是如何產生的，而在於事實的根據。換句話說：「發現的系絡」在這點上並不重要，「驗證的系絡」則絕不可忽略。一項重大的科學理論可能由一位天才的突發靈感產生，但其「驗證」則必待觀察和試驗經驗世界的現象（呂亞力，1991：8～9）。

同樣的，文學研究所建立的命題，也可以經由檢驗程序證明它的眞假。它跟科學理論一樣，都以「相互主觀」或「互為主體」作為判斷事實的依據（參見沈國鈞，1987：93；陳秉璋，1990a：241～246），而不是後者以「客觀」為依據而前者則否。

科際整合所以能夠成立，最重要的是相跨越的學科之間，有一些彼此都具備的條件，如㈠共同的設定：相跨越的學科都有或至少必須有共同的設定。這些共同的設定是它們據以出發來收攝經驗內容的起始點。㈡共同的構造：不論相跨越的學科的內容或題材怎樣不同，既然都是認知的知識，一定得有些骨幹；而這些骨幹，最後分析起來都是相同的。學科構造相同的型模的極致，可以是一個假設演繹式的系統。㈢共同的方法：相跨越的學科各自所要處理的題材雖然各不相同，但既然同為「研究」，在這些操作背後，總有一些程序是它們不能不共同的。這些程序，一般叫做方法，如演繹、歸納、統計、分析（解釋）、綜合、定義、假設、求證等等，相跨越的學科必須全部或至少部分地運用的。㈣共同的語言：雖然相跨越的學科都有各自專用的詞彙，但彼此還是要有一些共同的語言，交流知識或互相兌換各自所得概念內容才有可能。這些語言，如「一切」、「有些」、「因爲」、「所以」、「如果」、「那麼」、「不」、「是」、「包含（括）」、「或」、「與（和）」、「必然」、「可然」、「概然」等等，相跨越的學科都是全部或至少一部分地採用它們（參見殷海光，1989：325～327）。如果不是這樣，即使有再多的理由，也難以迫使科際整合的實現（倘若執意要那樣做，結果就不能算是科際整合）。

在具體的實踐上，有幾個例子可以讓我們會意一二：第一是有關歷史事件的心理學解釋：「近幾年來，科學界對歷史的解釋本質發生很大的爭辯，在此爭辯不休的聲浪中，哲學家韓波所採取的立場我最爲贊同，他認爲解釋一定要包含普遍的命題或法則，另外一個哲學家舍律文也曾說：『假如我們想解釋爲何征服者威廉從來不襲略蘇格蘭，答案很簡單了——因爲他沒有想獲得蘇格蘭貴族們的土地的慾念。他在戰場上非常君子的打敗蘇格蘭王莫爾康，使北方邊界得以保全——上面這種解釋根本無任何法則。』說實在的，在這樣的解釋中，的確沒有任何法則。如果按照我們的標準來衡量，這算不算一種解釋呢？依命題的功能而言，此種解釋一點演繹系統都沒有。唯有前提存在，解釋才有效。我們將上面敍述加以整理分析，形成下列三個符合演繹系統的解釋步驟。㈠一種鼓勵對個人的價值愈高，則他採取行動取得此鼓勵的可能性愈大。㈡在某一假設情況下，征服者威廉認爲對蘇格蘭的征服沒有多大的價值。㈢所以他不會採取行動來征服蘇格蘭。如果你嘗試去做的話，你也可以整理出如此合邏輯的分析方式」（荷曼斯，1987：34～35），這把一個（不）掠奪他國土地的歷史事件的前提和行爲心理學的一個命題視爲同一，並以它們爲彼此共有的設定，而展開一場論述，顯然是一種科際整合的作法。第二是有關犯罪行爲的解釋理論的評定：「理論通常以誰最能解釋犯罪或犯罪者一較長短。就大部分的情形而言，這並不完全是對的。有些理論解釋社會事件如何觸發犯罪，但不涉及爲什麼個人會變成犯罪者的過程；有些則正好相反。有些理論認爲社會因素對犯罪的產生非常重要，有些則認爲心理因素比較重要，還有些認爲內在生物因素比較重要。甚者，有些理論想把犯罪解釋爲一種社會現象，另一些則只關心犯罪者和犯罪行爲。顯然地，這些理論之間並無衝突，因爲它們適用於不同層次的犯罪和犯罪者問題」及「所有的理論以及整合的努力常常讓犯罪學的學生覺得無所適從。他們會問：爲什麼同一件事情有這麼多不同的解釋。答案是犯罪本身是一個非常複雜的現象，即使是決定犯罪行爲的定義都很複雜。此外，如果定義犯罪者根本不知道你做了某事，這到底算不算犯罪？如果立法剛通過決定某種行爲是不合法的，那麼在通過之前這種行爲到底算不算犯罪呢」（威廉斯三世等，1992：5、168），這把犯罪行爲隱含有多重的邏輯結構，看成跟生物學、心理學、社會學等合起來所呈現的多重的邏輯結構相似，而肯定該生物學、心理學、社會學等理論個別或聯合解釋犯罪行爲的必要性，這在後設論述上也是一種科際整合的作法。第三是有關性經驗的解釋方法的檢討：「當我們分析人的性經驗時，一方面需要科學地正視當事人的整體事實，參考其背景和他人經驗的共通性。另一方面，應要照顧其特殊性，透過其所顯示的世界尋求了解，考慮其性經驗所產生之意義，而不應只有概念化、公式化的方法提出解釋。要達到這個目的，必要細心聆聽對方的說話，這尤其應用在心理治療的方法上。例如一個女性接受治療者向治療員訴說她的夢境，說她是夢見自己處身在廣闊的平原，見到一個大的、紅的、熱的、刺眼的太陽，而周圍布滿奇特的樹，狀似人伸張雙手，不過這些樹都燒焦了。接受精神分析學的治療員便會將火熱的太陽理解爲當事人的性慾，如果性慾得到適當的發展和調節，就會予人溫暖的感覺；相反，若過分膨脹，就會如樹燒焦了，可傷害人。如果治療員要繼續解釋當事人的情形，他很可能會對她說：『你是否忘掉了某些事實；或者只是你不願講出來？』因爲在精神分析學的角度來說，那些忘記的事物就是最重要，而最重要的事物也就最容易忘記。若果當事人告訴他也夢見父親，當時他們同時在這平原上跑，而大家當時都沒有穿衣服，則治療員便會肯定她的夢境呈現出一種亂倫的性經驗。這種傾向只將個人的特殊經驗看作爲一個樣本，只關注如何去解釋，卻沒有尋求眞實的了解。就算當事人告訴他夢裏發覺與母親同坐一條船，治療員也可能得出同一的解釋和結論。另外，很多同工不承認自己在接觸求助者時，採用了一種道德教條主義，在經過簡短的聆聽之後，就將他判定爲某種狀態類型的個案。若將道德判斷作爲最基要的一步，則很容易要將當事人改變過來，依從其他人認爲是正確的健康的、優良的規範」（吳敏倫編，1990：81～83），這把性經驗的個別性提高到「人文科學」所能接納的程度，而「人文科學是從一個科學的立場，尋求面對事實的方法，接納不同的現象及承認它的特殊性。它跟好些所謂科學研究方法不同，所有科學研究都強調要面對事實，卻只是經過選擇、過濾的部分事實，那些不能符合其研究方法或分析系統的現象就被摒諸門外，視爲不重要」（同上，77），二者（指性經驗這一對象和人文科學這種方法）一結合而進行論述，最稱「圓滿」，這在方法論上也是一個科際整合的作法。第四是有關文學研究的理論架構的建立：「我們需要一個概念及方法架構來綜合處理文學的每一個面相：從它的內在文本形式到它的生產和接受過程，以及在整個社會和歷史環境下集體意義的建構。在本章中我提出一個多重交互作用的模式來整合文學社會學的不同層面，這個模式不僅適用於研究文學，也可廣泛應用於文化分析，如對電影、電視、建築、宗教……等任何象徵符碼的研究和分析。我首先提出文化分析的四個階段，這四個階段分別是：(1)形式／文本分析；(2)制度分析；(3)社會／歷史分析；(4)批判／二度詮釋分析。這四個階段主要是依據湯普森於《意識形態與現代文化》一書中所提出的文化分析模式。這四個階段又可再延伸爲八個單位：文本、作者、讀者、類型、文學社區（或其他專業團體）、文化工業、制度、以及社會。最後，我提出流程式的意義建構概念來對上述多元的分析階段及單位做一整合工作」（林芳玫，1994：18～19），這把文學或文學社會學和文化分析模式，當作同一個演繹系統而加以論述，這在後設理論上也是一個科際整合的作法。從上述幾個實例來看，相跨越學科之間的「共同點」，難免要由論述者來劃定（而不是該「共同點」有什麼客觀性），但它只要具有相互主觀性，大致就能取得高度的合理性。還有上述那些實例中，論述者雖然大多也反駁了另類科際整合的不合理或無效，這理當可以再行商議，但無妨他們所從事的科際整合工作的成立。未來的兒童文學論述，正好可以比照這類做法，嘗試走出一條新路來。

第三節　兒童文學跨科論述的潛力

以科際整合的方式來論述兒童文學，究竟有什麼「潛力」可說？這應該是大家會關心的一個問題。大體上，這可以從三方面給予回應：首先是爲「文學」冠上「兒童」

一個修飾詞，而變成「兒童文學」，這種作法本身就可以多角度探討。一般的兒童文學論著，都以爲兒童文學必然是兒童所能懂或了解的（也就是具有「兒童性」），於是紛紛從認知心理學或發展心理學的角度討論兒童文學的生產（創作）和接受（批評）情況（參見吳鼎，1991；洪汎濤，1989；王秀芝，1991；李慕如，1993；杜淑貞，1994；林文寶等，1996）。問題是所謂「懂」或「了解」要如何判斷？根據語意學的講法，我們一般所稱的「懂」（或「明白」、「了解」、「體會」），約略可分爲七種：第一種「懂」是能執行命令；第二種「懂」是能作預言；第三種「懂」是能使用適當的語言；第四種「懂」是一種共同行動的合作；第五種「懂」是一種問題的解決；第六種「懂」是能作適當的反應；第七種「懂」是能作適當的估計（參見徐道鄰，1980：48～51）。而所謂「『了解』某人的意思」可以是：㈠想到某人所想到的；㈡向某人所說的起反應；㈢向某人所指的發生感情；㈣向某人本身發生感情；㈤假定某人是想什麼；㈥假定某人是要求什麼（參見李安宅，1978：60）。試問兒童文學論述者所指的兒童能「懂」或「了解」是那一種情況？除了以認知心理學或發展心理學來處理這個課題，豈能不再運用語意學和社會科學的實證研究等一併給予解決？如果是這樣，那麼類似底下這種說法就得重新考慮：「所謂兒童文學，應該用兒童的思想，兒童的想像、兒童的語言、兒童的情感，透過文學的手法……誘導兒童的向上心理，便是兒童文學。根據這種說法，有幾件似是而非的兒童文學，要提出來討論一下。第一、是成人為兒童編的韻語，雖適合兒童朗讀背誦，但不是兒童文學。譬如我國宋代王應麟所編的《三字經》，每句三字，音韻鏗鏘，內容包括人倫道德、天文地理、歷史朝代，以及求學做人方法等，的確是一部好書，但卻不是兒童文學。又如梁周興嗣所編《千字文》，用一千個不同的單字綴成每句四字的韻文，陳義甚高，詞句典雅，也是一部好書，但卻不是兒童文學。第二、是成人揣摩兒童心理，仍用成人文學的手法寫成的作品，用來供兒童閱讀，雖是很好的讀物，但卻不是兒童文學。例如：小女才七歲，不知申與戌；一樣在堂前，學人拜新月。這首小詩，係作者揣摩兒童心理，描述幼兒行為，寫來情景逼眞，是一首很好的通俗的五絕詩，但不是兒童文學。第三、是成人希望上進做好人，含有道德的訓誡意識，寫成文章供兒童閱讀，這些雖是好的教材，但不是兒童文學。例如：天下事有難易乎？為之，則難者亦易矣；不為，則易者亦難矣。為學有難易乎？學之，則難者亦易矣；不學，則易者亦難矣……（彭端淑〈為學一首示子侄〉）這篇短文，文字淺顯，說理明白，啓發兒童上進心理，的確是一篇好的教材，但卻不是兒童文學。第四、是神童（天才兒童）們一種靈感，他們具備了某種特長和早熟的心理；以天眞的童年，寫出成人的感想或寄託，這類作品雖出兒童之手，也算不得兒童文學。如王守仁在十一歲時，當著祖父的許多朋友面前，寫出一首詩來：山近月遠覺月小，便道此山大於月；若人有眼大如天，還見山高月更闊。陽明先生勛業文章，以及他對於哲學的貢獻，迄今吾人猶深致敬佩之忱。他的這首七絕詩，寫出他的靈感和領悟，智慧和胸襟，不僅寄託深遠，而且豪邁不羈。以此等作品，出於十一歲的兒童之手，自屬難能可貴；可是這首詩的意境和文字，都不是一般兒童所能領會，所以他只是一首好詩，卻不是兒童文學」（吳鼎，1991：10～11）。這種「排除說」，究竟有什麼理論依據？兒童能不能「領會」以及所「領會」的方向，豈能這般輕易的武斷？可見這還得借重語意學和實證研究（實際了解兒童的感受，而不是一廂情願的代替兒童「立言」），才能理出一個所以然來。而這也等於證明了科際整合的必要性和可能性。

其次是兒童文學也隸屬於文學範疇，而文學本身發展到現階段，已經有越來越複雜的傾向，相對的它也容許人從不同角度去看待。所謂「文學不是一種孤立的現象，作爲一個複雜的系統，一方面它內部包含了許多構成因素，另一方面又必然受到多種外部系統的影響、制約，甚至是決定。文學研究不可避免的要涉及到其中所蘊涵的社會、歷史、思想、心理、道德、民族、宗教、文化等多種因素」（劉介民，1990：208），論者有這種想法，自然是可以理解的。即使以最基礎的文學文本（作品）來說，也不是僅僅可以有一、二種看法。在本世紀，就有新批評當它是「獨立自足的、有機的意義世界」、有形式主義當它是「一種特殊的語言組織」（對於普通語言的扭曲、變形）、有結構主義當它是「一個獨立自足的詞語結構」（由更大的語言系統所保證）、有後結構主義或解構主義當它是「跟其他文本相互指涉」或「意符的追蹤遊戲」、有對話批評當它是「一個對話性的結構」、有精神分析學當它是「不自覺的個人慾望或信念的流露」、有神話和原型批評當它是「社會的價值觀和社會關係的模塑」、有社會學批評當它是「時代精神或社會生活的反映」、有現象學當它是「主體意識的純粹體現」、有哲學詮釋學當它是「對存有的彰顯」、有批判理論或新馬克思主義批評當它是「意識形態和權力意志的展現」（參見伊格頓，1987a；朱耀偉編譯，1992；呂正惠主編，1991；麥克唐納，1990），這幾乎可以用萬花筒來形容。雖然文學文本不是本來就有這麼多不同的涵義（而是各種批評理論在形塑它），但經由各種批評理論有意無意的「揭露」（或說賦予），依然可以讓人感受到文學文本理當或可能有無窮的意涵，而哲學、語言學、美學、心理學、社會學等等方法，都可以用來解析或論述它。「方法多樣化，一方面文學本身包孕多方面課題，爲外部學科方法的滲透提供了可能性，使這些方法躋身於文學領域；另一方面由於文學內部從內容到形式，從流派到思潮的不斷湧現和更替，給文學研究提供了很多新的課題……不少自然科學原理和方法可以移置到文學研究中來。如反饋原理、系統論、信息論、耗散論、突變論等都可以用來解釋文學現象。由此看來，這種多樣化的研究方法，有助於揭示文學系統的諸多層次、功能和屬性」（劉介民，1990：57～58）。換句話說，文學本身也已經隱含著可以科際整合而予以論述的因子。它在冠上「兒童」這一修飾詞後，仍舊不會改變（除非論述者無知或刻意忽視它）。

再次是其他學科的現代化發展，無形中提供了一個刺激項，終究會讓關心兒童文學前途的人興起「其他學科能，兒童文學爲什麼不能」的念頭，進而「起而效尤」並吸取對方的成果爲可用的資源。在這些學科中，有一部分具有「統攝性」或「代表性」的，可以優先引來說明。如文化學，「文化學是以文化現象或文化體系爲其研究的對象，而企圖發現其產生的原因，說明其演進的歷程，求得其變動的因素，形成一般的法則，據以預測和統制其將來的趨勢與變遷之科學」，而文化學研究的模式，「約而言之，大概有下列數端：第一、是文化『類型關係』之研究。文化現象如民型、德型之類，從表面看來，本沒有特殊的時地限制。關於這類現象的研究，要清晰地確定其一般的狀態，摹述其類型的關係，然後可使先前認爲不相關的事實，作比較的探討。孫末南的《民俗學》，便是這種研究的好例。第二、是『文化敍列』之找尋。這種研究在於推論文化演進的時間的敍列，審知其發展的情形。文化學者通常採取兩種方法：㈠先史古物學的；㈡形態比較學的，來建立先史文化的時間的敍列，如納邇遜對於美洲先史文化敍列之決定，奧柏米爾對於歐洲先史文化區之史的相互關係的認識，皆是現例。第三、是文化變動的探討。文化的系統的敍述，固可以表現文化的特徵，然而文化的靜的類型之分析，絕不足以說明其動的狀態之發展，故文化變動的研究，殆屬文化上最重要的部分。文化變動，蓋指物象經過一敍列的階段而言。向來學者對於這種階段有兩方面的看法：㈠以文化變動爲世界史的歷程之一形象，經過非覆演的敍列者，如摩爾根研究婚姻制度，謂最初的兩性關係爲『亂交』，第二爲『血族結婚』，第三爲『亞血結婚』（羣婚），第四爲『數家同居』，第五爲『父權家庭』，最後才是現代社會的『偶婚制』。又如〈禮運〉之由『小康』進至『大同』，康有爲《大同書》以春秋三世之義說〈禮運〉，謂『升平世』爲『小康』，『太平世』爲『大同』，今日則仍爲『據亂世』，皆屬這種看法。㈡以文化變動爲世界史的歷程之一形相，但同時許多種文化都經過相類的階段者，如史賓格勒的《西方沒落論》，把文化史當作繼續的輪化的記載看待——相信許多文化，也許同時並存，可是每種文化必然地經過比較的階段，如有機體的形態，由『生』到『住』，由『住』到『滅』然。第四、以文化變動當作相互關係的變動之一種函數來研究者。所謂關係的觀念，並非單指過去和未來（時間敍列）而言，也指事象和事象的關係來說。文化變動蓋由許多因素造成，如心理的、地理的、生物的、經濟的等等皆是。向來社會科學家對於這種因果關係的研究之方法，有注重非實驗非數學的研究者。例如從理論上研究文化和種族、文化和環境的關係是；有注重非實驗的數學的研究者，如達萊發和克魯伯著的《文化關係之數量的表達》是；最後還有注重實驗的數學的研究者，如朱賓的研究文化變動是」（黃文山，1986：28、40～41）。兒童文學在更大的範圍上，也是文化的一環。因此，兒童文學研究自然也可以仿照上述這個文化學研究的模式而進行實際的理論演繹或實證探討。

又如傳播理論，「任何想對一種現象加以解釋或呈現的嘗試，即是理論……傳播理論旨在了解這類（傳播）活動的過程」（李鐸強〔S. W. Littlejohn〕，1993：14），而「傳播是一種非常複雜的過程。而且實際的傳播活動中，每一個事物都在變動，所以我們需要簡化並歸納出主要的傳播因素和過程，才可以解釋並了解傳播的結構和功能。研究傳播的人，用圖解或列表的方法來說明其看法，這就是所謂的傳播模式……比較周延的是貝羅的傳播模式，它融合哲學、心理學、社會學、語言學、人類學、大衆傳播學、行為科學等新理論，試著解釋在傳播過程中的各個不同要素（附圖略）。其四個基本要素是：來源、訊息、通道和受播者。㈠來源和製碼者：如要研究來源和製碼者，我們需要考慮他們傳播的技術（來源部分是指說話和寫作，受播者部分是指收聽和閱讀）、他們的態度、他們的知識程度、他們所身處的社會系統、及他們所從事操作的文化背景等，茲分述如下：a、傳播技術：來源和製碼者不論以說話或寫作來傳播，對於傳播的方式必須思考或探究，才能保持訊息本身的信實性和趣味性。傳播技術包括語言（如語言的清晰及講說的技巧）、文字（如文字描寫的技巧）、思想（如思考周密）、手勢（如動作自然）、及表情（如逼眞）等。b、態度：傳播者是否有自信？對於傳播的主題是否喜歡？對受播者是否了解？c、知識：傳播者對傳播的內容是否徹底了解？有無豐富的知識？d、社會系統：傳播者在社會中的地位如何？e、文化：傳播者的文化背景怎樣等。㈡受播者和譯碼者：傳播『來源』及『製碼者』和『譯碼者』及『受播者』，雖在傳播歷程的兩端，但因傳播行爲多係一種連續活動，所以『來源』可以變爲『受播者』，『受播者』也可以變爲『來源』，所以影響受播者和譯碼者的因素，亦爲a、傳播技術，b、態度，c、知識，d、社會系統，e、文化等。㈢訊息：影響訊息的因素如下：a、符碼：包括語言、文字、及音樂等。b、內容：訊息內容是『來源』爲達到其目的而選取的材料，它除了包括訊息的成分以外，還應包括訊息結構。c、處理：處理是『來源』對選擇及安排符碼和內容所做的種種決定，所以應注意處理的方式是否恰當。㈣通道：通道就是傳播訊息的各種工具，如各種感覺器官，載送訊息的聲、光、空氣、電波、動物、人、報紙、播音、電影、電視、電話、唱片、圖畫、圖表等等（按：還有一般圖書、電子書、網際網路等）。在傳播中，何種訊息應用語言傳送？何類訊息應用視覺的方式傳送？何類訊息應用圖片的方式傳送？何類訊息應用實物、利用觸覺、嗅覺、味覺方式傳送？因此，很顯然的，訊息對於通道選擇的關係，至爲密切。換言之，訊息的內容、符號及處理，均能影響通道的選擇」（李茂政，1986：36～47）。兒童文學一樣要透過傳播，才能發揮它的影響力，而吸收類似的傳播理論和傳播模式，對於開展兒童文學研究的範圍（增多研究的對象），諒必會有實質上的幫助。

又如價值學，「哲學上，對於『價值』的發現和『價值學』的建立，其重要性和地位並不下於認識論或倫理學的意義」（陳秉璋等，1990b：45），而「西方近代哲學逐漸重視價值問題，但其主流仍在知識之建立。現代中國哲學則逐漸注重知識的問題（如近來對朱子哲學的知識論及方法論的重視），但仍以對生命最基本價值的體認為中心。我在對中西哲學發展的交互反省中，特別感受到價值和知識問題的同等重要。價值的重要性在於價值不能為知識所排除，而要與知識相結合，與知識相批判。同理，知識問題的重要性在於知識不能為價值所排斥，而要與價值相結合、相批判。從知識層面去了解價值、批評價值，進而建立價值、認清價值的眞相。同樣，自價值層面去了解知識、批評知識，進而建立知識，認清知識的眞相，是多年來我的心力所投注，也是我認為重建中國哲學應循的方向。基於此項了解，我認為有必要分辨『價值的知識論』和『知識的價值論』。所謂『價值的知識論』，是指自知識的立場來宣示、了解及認知價值的形成條件及本源，同時也是了解、認知價值的結構和意義。進而了解、認知知識對價值之形成和重建，以及對意志活動的影響。更進而整建吾人對生命應有的整體關係的認識。此即『價值的知識論』。所謂『知識的價值論』，就是對於知識如何引導價值，理性如何引導意志，如何發揮知識在價值上的意義，如何使知識配合整體的價值、基本價值的認識，促使知識的宇宙切合人的需要；同時也探尋出知識宇宙的意志基礎何在，使生命的意義不限於知識的平面，而是用知識來開拓生命的平面，使生命發揮內在的意義。孔恩了解科學知識體系基於內在限制，而進行革命性的突破，這種突破是意志之事，是某一階段的知識自我認知其有限性而興起意志上知的躍進，而用新的觀念取代舊系統。費亞本承認知識的多元系統。他以為科學的理論不應只在一個基礎、一個平面上去討論。理性可以允許知識的跳躍、觀念的冒險，這也可以說是在知識中認清意志活動的重要性。至於利用知識來改造社會、改造人生，那更是知識價值化的要項。對知識價值化、對知識說明意志活動，以及知識對於整體的生命意志的貢獻及其間關係的認知，以取得與價值相輔相成的關係地位。如是的分析和了解，不論是在何種層次，我們都可以稱為『知識的價值論』。以上兩種研究對和諧化的本體論和形上學都極具重要性，因為和諧化的本體論和形上學在生命本體上肯定知識和價值最原始的和諧及最終的和諧」（成中英，1989：代序15～17）。兒童文學研究本來就不乏這類「文學從三個方面反映出它的價值：文學傳授知識並激發兒童對他們所生活的世界產生興趣；文學有助於發展積極的自我形象和對他人的寬容；文學幫助兒童和共同閱讀者以及書中的人物三者密切聯繫在一起」（索耶爾〔W. Sawyer〕等，1996：17）對（兒童）文學價值的探討，但有關更基本的價值課題卻極少或根本沒有觸及，以至所謂「兒童文學的價值」本身究竟是什麼（或怎麼可能），仍然「莫知其詳」。因此，上述價值學的理論架構就頗有啓發性，多少可以把兒童文學的價值提昇到知識層次來討論（而不至於「隨人說法」仍籠統含混）。

第四節　兒童文學跨科論述的重點發展

既然兒童文學有可供跨科論述的潛力，那麼這樣的機會就不可錯過，而有意要在兒童文學研究上一展雄圖（包括樹立權威、謀取利益、行使教化等等）的人，朝跨科論述這條路走，理當是最可靠的了。然而，盱衡時代的趨勢，某些跨科論述的作法，未必能產生新意，這就促使我們還得在各種「可能」中挑選一些比較有看頭的「可能」，才能跟時代同步發展，進而思考具有前瞻性的指標。

一般倡導跨科論述的人，大多會提到在人文科學內部，研究文學和哲學、宗教、音樂、繪畫、戲劇等的關係，有助於「對文學本質的認識」；而在社會科學內部，研究文學和社會學、人類學、心理學、語義學、聲韻學等的關係，有助於「從作品中找到並說明每一種『世界』的戀愛、婚姻、生意、職業、戰爭、搏鬥等等」、「增進對人類行爲模式的了解」、「窺知創作者的心理類型」、「掌握隱喻或象徵手法」、「產生對節奏和韻律的美感」等；而在自然科學內部，研究文學和系統論、控制論、訊息論、耗散論、突變論、協同論等的關係，有助於「了解文學整體的功能和價值、創作者的思維過程和精神訊息、作品的非平衡有序結構和突變因子等」（參見劉介民，1990：58～71）。這當然可以嘗試去實踐，只是難保會有什麼可觀的成果。因爲這大部分得出的論斷，對讀者來說不免會感到「常熟」（自然科學那部分，既有的實例很少，可以暫時不論），仍舊缺乏新鮮感。因此，聯合「搭配」來做，可能還能發揮一點「複雜而多彩」的效果，單獨選用勢必難有吸引力。倘若兒童文學研究也照著上述的提示去做，同樣會「無功而返」。這又該怎麼辦？

其實，當代已經從各種學科中混合或融會的發展出一些帶有新穎名目和特殊內涵的批評理論，正在刺激文化各領域的「成長」和推動時代的「進步」，很可以優先考慮跟它們結合。就以實踐在一般文學批評領域而連番引發風潮的解構主義、女性主義、對話批評、系譜學批評、新歷史主義、後殖民主義、混沌學批評等來說，如果不運用這些（新潮的）批評理論，相關兒童文學的論述如何能避免繼續「黯然失色」？爲了方便開啓思路，不妨將這些批評理論略作鋪敘：

首先是解構主義：解構主義從結構主義的世界觀中脫殼而出，是當代思想界和文學研究領域中的一件大事。解構主義大家德希達曾指出：解構主義並非虛無主義，而是

「向異己開放」的態度；在文學批評的運用上，他則認爲無法以任何一種專斷的方法概括一切的文學作品，任何閱讀方法都只是許多方法中的某一種方法。透過解構主義，德希達向所有基於先驗概念的批評觀點宣戰，而解構主義文論本身也被德希達視爲創作（等待被讀者重新賦予意義的創作）（參見鄭明娳等，1991：51～52）。

其次是女性主義：女性主義是一種正不斷展開而尚未完成的批評方法。它以批判的眼光對傳統的文學觀、批評尺度和價值觀加以質疑，暴露所有作品中潛藏的、若隱若現的「性歧視」；它不僅要闡述女性形象中的政治含義，而且要透過文學和社會慣例的研究，以一種全新的理論觀點發掘被遺忘的女性文學史；它不僅要發掘在科技擴張和生存競爭中迷失的人類之愛的本質，而且從對女性尋找男人——否定男人——回歸自我（跟父權意識決裂）的精神軌跡中，獲得超越性愛的昇華。女性主義所顯現出的特殊女性意識，重申了女性和男性在藝術體驗、想像、表述、思維定勢、掌握世界的方式上的根本差異（參見王岳川，1993：389～390）。

再次是對話批評：巴赫汀（M. Bakhtin）在建立他的文本理論時，總是把文本視爲作者的言語，而衆聲喧嘩的效果，只是來自他者的言語對作者言語的滲透；是作者了解到意識形態都有它的合法性，但這些「他者」的言語，終不免爲作者所「說」，被納入他的言語脈絡中，或接受、或批判，替他的意圖服務。在作者／角色、看／被看、我／他的對話關係上，巴赫汀進一步建立了讀者／文本的對話關係，作爲人文科學領域中研究方法的基礎。他把作者的言語（文本）視爲第一主體，而讀者則是第二主體。在閱讀過程中，第二主體把第一主體的文本再製造，產生一個框架式的文本，把第一文本圍住，框架式的文本隱含了第二主體的評價和異議（參見呂正惠主編，1991：71～72）。

再次是系譜學批評：傅柯（M. Foucault）以爲系譜學跟傳統史學相反，因爲它專注於顯示歷史事件或思想中難以歸結或系統化的部位。系譜學輕忽事物固定不變的本質，也否定任何形而上的思維歸宿。藉著孜孜不倦的追本溯源工作，系譜學發現所謂脈絡相連的傳統其實是柔腸寸斷，人人稱道的進步或發明不過僅是海市蜃樓；而尤其具有挑釁性的是，我們自始立意從事的正「本」清「源」大業將徒然引領我們了解，所謂的「本源」可能只是一項偶發事件、一場權力的「遊戲」、一個指向無窮詮釋的中途點而已（參見傅柯，1993：導讀二43～44）。

再次是新歷史主義：過去的「歷史主義」往往將重點放在版本、校讎、思想史、社會政治實況上，認爲文學分析旨在重新把握過去的知識態度、文化理想、世界觀及作者的原意等。「新歷史觀」視歷史研究爲諸多意義的系統，絕非只是某些意義而已，因此不屬於詮釋學，而是記號學的範疇。「新歷史觀」倡導記號學，用意在㈠打破「意符」和「意指」的對等關係（A＝B），進一步視「意指」爲一連串的「意符」；㈡揚棄「超驗意指」的看法，不再設立「本意」或作品之外的目的論、指涉；㈢當所有的符號都具有研究價值，不將任何一個符號放在另一個符號之上，形成階級等第或不必要的對立關係；㈣觀察記號及記號主體所闢出的權力關係：支持權威，撥用或推翻現有的論述，或轉變通行的意識形態，加以批評或諷刺等。因此，新歷史主義學者㈠不認定僅有一個或固定幾種歷史意義；㈡不是向後回顧，而是向前的，已理解到過去無法復返；㈢反對人爲的等第及系統；㈣主張文學研究具批評性，是反省、質疑、推翻性的知識活動（參見廖炳惠，1990：205～207）。

再次是後殖民主義：文學活動只是文化論述的一環，不可能脫離意識形態錯綜糾纏的廣大網絡而超然獨立。後殖民文學論述者指出，殖民壓迫的最大特色就是將語言書寫化爲文化意識鬥爭的戰場。後殖民理論家認爲，後殖民論述脫胎於被殖民經驗，強調和殖民勢力之間的張力，並抵制殖民者本位論述。以「抵中心」出發的後殖民論述，因而視論述架構的重整爲當務之急。殖民壓迫既然透過語言階級制完成，後殖民論述意圖瓦解殖民壓迫自然要從瓦解語言階級著手。在策略上，後殖民論述更替、並重新定位語言。主要步驟有二：第一、抵制殖民語言本位論調；第二、進行語言文化整合，建構足以表達本身被殖民經驗的語言（參見邱貴芬，1992）。

再次是混沌學批評：在美國文學界有兩位學者以混沌

爲基礎，審視近代及當代文學思想的遞變而著書立說，有意彌補文學論述和科學典範之間的鴻溝。賀爾斯（N. K. Hayles）的《混沌之境》是至今爲止唯一規模混沌科學理論，並且將它跟文學理論比擬的專書。賀爾斯在《混沌之境》中指出一種跨科際的平行發展：當科學界正浮現非線性動力學之際，文學研究也由中心趨向局部的、零碎的分析模式，根據這一點，新的閱讀觀是文本不再是可確定的或可預測的實體。另一位深究混沌和文學因緣的學者是柏森（W. Paulson）。柏森特別鍾情於熱力學的第二定律（能趨疲定律），並以這個定律的核心術語「耗散結構」爲基點，分析資訊傳播及文學理論（參見邱錦榮，1993）。

以上這些批評理論，彼此之間雖然有精神或原理的相通處（同屬後現代思潮），但更重要的是它們各自所展現出來的立場或方法的獨特性，彼此都能「獨當一面」的去處理或解決問題。今後的兒童文學研究，也可以依據所要探討的問題，援引上述批評理論中的一種或多種去因應，應該會有不同於往昔的結果。而在比較跨科論述的可行方案後，個人認爲結合這些新潮的批評理論，可以列爲重點發展的目標。等到有一些成績後，再擴大規模（包括論述對象的開發和論述方法的更新等）。否則，就不知道兒童文學研究還有什麼好展望的。

第六章　女性教師與兒童文學教學

第一節　論題緣起與關懷重點

對於語言的變遷稍爲敏感的人，可能都會發現任何「標準語」的訂定，無不違反了自然語言的（自然演變）規則，它勢必離開經驗現實而純粹基於個人主觀的想像建立一套形上的信仰。因此，標準語其實只是個信仰的對象，一種意識形態，沒有什麼經驗的實存地位（參見黃宣範，1993：120～123）。由這一點來看當今從國外引進而在國內日漸流行的女性主義、女性學、女權運動等等對「女性」一詞的形塑和發皇，也不禁讓人聯想到又有一個標準語誕生了；它的名字就叫「女性」，是專屬於這個時代的新用法。

當然，把「女性」歸爲標準語，不免會逸離一般就語音或語法而說的標準語範圍。但語詞本身是語言得以存在的關鍵（憑藉），說「女性」一詞爲新的標準語，分量並不會遜於某一被強制限定的語音或語法而呈現的新的標準語。以至眞正可以質疑的是「女性」作爲一個標準語的性質，而不是它跟標準語根本無關。那麼這又該怎麼看待？個人的想法是這樣的：「女性」一詞所以有意義，是相對於「男性」一詞來說的。只是從「女性」一詞冒出後，「男性」一詞就始終處於被批判、被顚覆的尷尬的地位；即使它也同樣來自某些有心人的形塑或虛構，但總不及「女性」一詞那樣看俏。而我們回顧（本國）傳統文獻，不可能會發現有所謂的「女性」或「男性」，有的只是「女」、「男」和「性」等等稱呼。其中「性」是指「生之所以然」（《荀子‧正名》）或「天地之所生」（董仲舒《春秋繁露‧深察名號》），爲人的「存在」依據或經驗全體的一個屬性（參見周慶華，1996b：99～107），它通見於「女」和「男」。比較有問題的是，從不分「女」「男」到分「女」「男」這個過程，多少都蘊涵了意識形態的糾葛或權力利益的衝突，而這種意識形態的糾葛或權力利益的衝突又會被人有意無意的加以渲染或誇大。如「男」從田力構字，意指「男子力於田」，是「以字形來暗示男性的特有社會職能」（見黃德寬等，1995：167）；而「女」字形，透顯女子柔順模樣，連甲骨文「娶、妊、娠、妹、姪、姘、娑、嬪、婪、娶」等以「女」爲意符的形聲字，也「在向人們提示某種具體事物、行爲或屬性之前，首先便向人們展示了女子那種斂手屈膝、婀娜柔婉的體態」（同上，6）。這種劃分，已經不是出於對等的考慮；如果再加上對「女」方有一些額外的道德要求（如「守貞」、「三從四德」之類），很容易就會被判定為「語言的暴虐」（見葉維廉，1988：233～238）。殊不知傳統在相對上也沒有寬待過「男」方，所謂「艷冶之貌，則代有之矣；潔朗之操，則人鮮聞。故士矜才則德薄，女衒色則情私。若能如執盈，如臨深，則皆為端士淑女矣」（皇甫枚〈步飛煙〉，《三水小牘》），這也以「端正」型範「男」方，並不像一般人所想像只對「女」方加以框限而已。又如一些帶「女」字形而蘊義不好的詞（如妒、佞、妨、妄、奴、妖、奸、婬、娼、嫖、姘、婊、姦、嫌、嫉、媒、嫚、媮、婁、嬾、嫱等），固然會讓人覺得礙眼，好像是刻意造來羞辱「女」方的，但仔細檢查一下，還有不少讚美「女」方的詞（如好、妙、妞、妍、姝、姣、姤、娉婷、婀娜、嬋娟、娥、婉、媛、嫈、嫣、嫵媚、嫻、嬌、嬿、孌等）（參見何九盈等主編，1995：262～263），也沒有像一般人所猜想那樣「女」方向來就是賤貨。可見「女」「男」角色價位的轉換，實在不是「女」「男」本身具有什麼能耐，而是劃分「女」「男」的人從中操縱的結果。這種情況演變到今天，由於實際的女方爭權益「孤峯獨起」，而四處標立新旗幟，將「女」換裝為「女性」，終於再度重重勾起意識形態的糾葛或權力利益的衝突。因此，這裏才肯定「女性」是一個即將被推銷成功的新的標準語。

隨著「女性」一詞的塑造完成，背後支持它的一套理論，也如排山倒海般的衝向政治、社會、文化各個領域（參見石之瑜等，1994；張小虹，1993；呂秀蓮，1990；李臺芳，1996）。這套理論，大家統稱它爲「女性主義」，「女性主義是一種政治。它是一種旨向改變社會中男性和女性之間現存權力關係的政治。這些權力關係構成了生活的所有領域——家庭、教育和福利、勞動和政治世界、文化和休閒。它們決定了誰做了什麼以及爲了誰，我們是誰以及我們將是誰」（維登〔C. Weedon〕，1994：1）。在女性主義意涵下的「女性」，是頗不能以尋常眼光相看待的，「（依索緒爾的理論來說）『女性』的意義或那些被視同爲『女性的』特質，並不是爲一自然的世界所固定並且反映於『女性』這個詞語之中，而是在語言之內被社會地產生出來的，它是複數的並受制於改變。然而，爲滿足女性主義利益，我們必須超越索緒爾的語言抽象體系的理論。要從索緒爾的意義理論那裏獲得完全的用處，我們需要視語言爲一個始終存在於歷史地特定的話語中的系統。一旦語言被理解爲相互競爭的話語、相互競爭爲世界賦予意義的方式，而這些方式意味著社會權力的組織之中的差異，那麼語言就成爲政治鬥爭的重要場域了」（同上，28）。所以「女性」就不同於「婦女」或「女人」（純生物學上的性別區劃），而是一種文化構成（由文化和社會標準所造成的性別特徵和行爲模式）（參見王逢振，1996：19～20），最終底定爲向男權抗爭或假設爲男權所抑的話語。

由於「女性」這種話語隱含著可以隨時突進的「戰鬥力」，促使許多女性主義者據以爲構設一套略帶終極性而有別於以男權爲中心的歷史體系。這套歷史體系包含著舊事件的重構和新事件的建構：前者是女性主義者在書寫女性歷史，後者是女性主義者在創造女性歷史。而就個案來看，也不妨說（一個）女性主義者在書寫自己的歷史或在創造自己的歷史，而有所謂「女性自傳」的事實。這一「女性自傳」的演示，可以在各種領域裏存在。其中兒童文學教學，自然也不例外會發生女性教師（具有「女性」特徵的女教師）藉它來敍述自我或構設自我，而使兒童文學教學可能因多了一分新意識形態的介入而出現不可逆料的變化。個人眼看著女性主義已經在一般文學論述上產生一種顚覆性的「再型塑」作用或醱酵性的「連鎖式」刺激（參見莫伊〔T. Moi〕，1995；格林（G. Greene）等編，1995；鄭明娳主編，1994），而兒童文學研究者至今還沒有察覺到這種情況而及早設法加以因應，不免要代爲懷抱即將失去「競爭力」或缺乏「開展性」的危機意識。這是個人在選擇論題上的一個因緣，並且直接從立刻可以查驗的「女性自傳」一點切入，展演一段較爲新型的兒童文學論述，以爲同好再求「進境」時的參考。還有援引女性主義作爲突破各種「禁區」的一項利器，固然「銳不可擋」，但在相對上它也成了一種選擇、限制和排除的原則，容易忽略人間所以會有衝突的關鍵原因，也就是權力或利益的分配不均（而不是性別，甚至階級、種族那些因素）。以至個人還要導到女性主義不需過度激進的關懷上，好讓整體論述再擔負一點「啓導未來」的任務。

第二節 從「自傳」到「女性自傳」

所謂「女性自傳」，是一個複合概念，並以「女性」作爲「自傳」的修飾詞。而「自傳」又是「傳記」的一種形態，跟它相對的是「他傳」。因此，由「傳記」到「自傳」到「女性自傳」，就構成了一個連環。在這個連環中，「傳記」的圈口最大，其次是「自傳」，再次是「女性自傳」。由於「自傳」居中，可以「承上啓下」，從它開始談論，自然有不少方便處。這種傳記形態，主要是「有人宣稱自己是說話者，並根據人稱系統組織說話的內容」；而跟它相對的「他傳」，則是「以敍述過去的事件爲其特徵……敍述過去事件時，並未有說話者穿梭其間」（參見張漢良，1986：275）。兩者的最大差別是，一個由第一人稱來敍述，而另一個由第三人稱來敍述。它們長期以來都被認爲是「追求眞實」（記實）的典範，也是歷史呈現的重要形式。然而，它們在當代已經遭到不少的質疑。這些質疑，主要顯現在下列兩個層面：

第一，從敍述本身來看，（他傳）傳記作者「必須對他的文書、信札、目擊者的記述、回憶錄、自述等加以詮釋，並且還要決定眞僞問題、證人的可靠性等等。在傳記的實際寫作中，他更會碰到年代說明的問題、取捨的問題，以及坦白和含蓄的問題」（韋勒克〔R. Wellek〕等，1979：116），而這些他都可以動手脚讓它「失眞」，或者從某一特定意識形態出發而刻意加以取捨，循至背離事實。後者在當今有新歷史主義以「歷史的文本性」給予指稱（參見盛寧，1995），可說相當貼切。

第二，從文體特徵來看，傳記也得運用喻詞、覆沓、敍述、對話、情景及人物刻劃等文學技巧，使得傳記所呈現的世界並非事實本身；同時傳記作者賦予一個人物某種目的論的形象時，也等於暗示他所從事的是虛構的工作（參見張漢良，1992：82）。以至有類似底下的這一論斷，也就不足爲奇了：「一些正在興起的非洲國家的小說家，諸如阿卡比、諾古基、索英加，還有一些美國的黑人作家，如鮑德溫、威廉斯、吐勒等，以及其他一些小說家，都認爲自傳體小說並非總結一個人一生智慧的工具，而是確定一個人自我本質的一種手段。在此情況下，小說和自傳的區別變得毫無意義。埃里森的小說《隱身人》和克拉克的自傳《美國，他們的美國》儘管形式迥異，然而在激情洋溢和自我暴露方面是並無二致的」（福勒〔R. Fowler〕，1987：32～33）。

即使有人認爲像「自傳」這種傳記形態有可能十分坦誠地把「事實完全記錄下來」，但進一步想想，大家就會了解，這更加需要保留。因爲有幾個理由容易使自傳性的敍述變得不準確或變得虛假：第一是人會忘記事情；第二是基於美學理由而故意挑選某些事件、行爲；第三是心智對於任何不適意的事物會施加完全自然的壓制；第四是由羞恥感而刻意壓抑一些事實或慾望（如性生活或性慾望）；第五是人會在事件發生之後創造出感覺或想法（這些感覺或想法可能是事件的原因，但事實上卻是人在事件發生之後所虛構的）；第六是人有一種正當的慾望想在他所描寫的事件中保護他的同伴。所以，「重拾過去是不可能的；人們總會以無意識的方式去改變過去，還有人們也總會有意識地改變過去」（參見莫洛亞〔A. Maurois〕，1986：114～128）。在這種情況下，如果還有人堅信「當我們凸顯歷史著作中的虛構成分時，絕對不可以顛倒前提和結論，認為任何『虛構』的『文本』也是歷史。因為小說家可以杜撰人物、故事情節，歷史家卻永遠沒有虛構事實的權利」（周樑楷，1996：59），這就太昧於「實情」了；殊不知有「歷史的文本性」，自然也有「文本的歷史性」，如何強為區分？

從「女性自傳」往上追溯「自傳」，會碰到上述那種情況，那麼「女性自傳」不免也要帶著「虛構性」跟我們覿面，使得它自動降低了可被單獨討論的「突出性」。但也不然，縱是「女性」本身就含有虛構的成分，由它來限定自傳的內容，不過益發顯出「女性自傳」這個概念的可塑造性；但它對自傳內容的限定，已經表明它有別於一般的「自傳」，正需要我們另外（特別）加以討論。而從整個趨勢來看，「婦女、黑人、區域團體、各種少數民族等，都在找尋他們的昨天（而由於過去可以、也將會證實無數的故事，他們也找到了）。他們由這些過去，解釋目前存在的事物和未來的計畫。在較早的一個時代，工人階級也想要用在歷史上創製出的軌道爲自己紮根。在更早的一個時代，布爾喬亞階級找到其世系並且開始爲自己（和別人）制定歷史。就這個意義來說，所有的階級和羣體都在寫他們集體的自傳。歷史有幾分是人們（民族）創造其身分的方法」（詹京斯〔K. Jenkins〕，1996：76）。因此，「女性自傳」又帶有集體行動的性質，它遠比常具有個別性的一般「自傳」，更値得我們來考辨。也就是說，「女性自傳」雖然有高比例會由個別女性主義者去完成，但它撰寫的結果卻同屬於一個「女性」範圍，有如集體行動時顯示一致的步調，而這已經不是一般「自傳」所能相比擬，特別有論辯的價値。雖然如此，「女性自傳」未必是「完成式」的，它也可能是「現在進行式」或「未來進行式」的。如果是後者，那就不需要有「女性自傳」的實例作爲討論依據，可逕以「女性」的內涵爲前提而推論「女性自傳」可能的情況。後面連到兒童文學教學來談論時，正是要從這裏著眼。

那麼「女性自傳」以「女性」標榜它的特性，究竟又有什麼較爲具體而可被認知的東西？大致說來，所以強調「女性」，是爲了區別於「男性」，而爭取婦女應得或想要的權益，於是支持它的那套理論，大家有時也逕稱爲「女權主義」（不一定只稱爲「女性主義」），「女權主義作爲後現代主義思潮的重要流派，是對『厭女主義話語』的反動，同時也是對女性禁忌和等級秩序的質疑。它從西方馬克思主義那裏獲得了『否定意識』和『批判』性話語；

從解構主義那裏獲得了『消解』男性／女性二元對立和顚覆既定等級秩序的解放策略；從新解釋學那裏獲得了『重寫文學史』的視界和對歷史重新闡釋的最佳角度。這樣，女權主義作爲一種新的理論話語置入了當代文化，從而使長期被放逐在男性中心權力文化之外的女性『邊緣文化』，成爲二十世紀後半葉的熱門話題」（王岳川，1993：383～384）。以它向男權中心挑戰，背後少不了會有些預設。這些預設，歸結起來不外有下列三項：第一是性別的建構方式使女性經驗淪於男性經驗之下（也就是女性沒有得到同等的自我表達機會）。所謂的「文化性別」不是指「生物性別」，生物性別是生理的、生物的；文化性別是社會和心理的建構，涉及對男性和女性適當行爲的文化觀點。文化性別的建構使女性經驗居於從屬地位。第二是女性的認知、意義和經驗是珍貴的。女性的生物特徵、對女性有特定期望的社會化過程，以及女性被壓迫的經驗等，使女性的生活和男性有明顯的不同。女性經驗中一些共同的價值和特質如相互依賴性、感性、自我質疑、易受傷害、整體性、權力的平等性、關注過程而非產物、以關懷和矛盾爲基礎的倫理等，相關學者在建構理論和概念時會認眞考量這些女性經驗的特質。第三是研究是爲了改善女性的生活。相關研究是爲了賦予女性力量（幫助女性在她們被否定某些地位和聲音的世界裏，如何發展出理解和行動的策略）。採取這種觀點的研究可說是激進的，因爲它深入男性和女性基本建構的根基，甚至企圖改變這些基本概念。因此，這類研究的最終目標是要改變社會（參見佛思等，1996：297）。可見「女性」不是中性的概念；而以它來限定自傳的內容，該自傳也一樣帶有價值的印記。這麼一來，「女性自傳」就不只創新了自傳的類型，還改變了既有自傳的刻板的印象。

第三節　兒童文學教學的女性自傳成分蠡測

既然有「女性」自覺的婦女都可能從女性觀點來書寫自己的歷史或創造自己的歷史，那在兒童文學教學的領域無疑也會發生。即使目前相當高比例的女教師都不覺得突顯女性有何重要性，也難保將來不會突破現狀而專門致力於女性的發揚，屆時再來省察就有失先機了。但由於「女性自傳」可以是現在進行式或未來進行式的（見前），不必依賴實證的經驗（只就理論加以演繹），所以「兒童文學教學的女性自傳成分」就是虛擬的，它容許日後有心人去「驗證」，卻無法在此刻應讀者要求（如果有的話）給予「指實」。

照理說，性別身分跟「生理性別」沒有必然的聯繫，「生理性別不直接或根本不會產生在常規上和它相關的各種特徵。是文化、社會和歷史而不是天性規定了性別」（蘭特利奇〔F. Lentricchia〕等編，1994：359）。因此，「女性」的自覺就不一定只會發生在婦女身上（也可能發生在非婦女身上），這樣本章把它限定在女教師方面，就顯得有點獨斷且不合實情。但又不然，強調女性特質的目的是要爭取權益，而這種情況多半由自覺居於弱勢的婦女所發起，非婦女團體或個人基於同情而「仗義執言」的畢竟是少數，這就不妨礙本章暫時把男教師排除在討論的範圍以外。還有文學教學本身也是一種批評，它可以讓有女性自覺的人來構設自我或創造自我，相對的被批評的文學作品也會含有類似的成分。正如底下這段論述所說的：「把文學和社會發展過程聯繫起來，賦予文學一種相對性。如果性別是培養的而不是天生的，那麼小說中按慣例歸入男人和女人名下的性格特徵便反映了歷史和文化而非本性或天性，並且小說、詩歌和戲劇都不是永久無限的或超驗的。相對歷史觀促成這樣一種批評，它在哈姆雷特的性格特徵中，看到的不是普遍男性更不是普遍人性的圖畫，而是對英國文藝復興時期英國年輕男性貴族的傑出反映和細緻描寫（統治階級的年輕男性就是全體的代表，這是其他特有的觀點中最典型的假設）。如果文學論及性別、階級和種族，那批評家就必須研究歷史和意識形態」（同上，361）。如果兒童文學作品中也有「女性自傳」的成分，自然也值得去探討，只是它在個人一番權衡後確認不及教學時所具有的「可塑性」（或說能讓個人藉以發揮論說），不免要先將它懸置起來，等以後有機會再作討論。

一般所說的兒童文學，普遍被認爲負有「開發兒童智識、陶冶兒童性靈、健全兒童人格、培養正確觀念的任務」，所以「在作品中，或多或少都含有教育的意義，藉著兒童文學的傳遞，培養正確的意識和健全的人格，將兒童導向正確的生活態度，進而追求人生崇高的理想。使他們由那些生動的故事、寓言、神話、詩歌等各種文體的描述中，體會到是、非、善、惡、義、利、取、捨的標準。從而受到潛移默化的暗示，而臻於眞、善、美的境界」（參見王秀芝，1991：21）。這也就是兒童文學蘊涵「教育性」的因緣所在（參見林守爲，1995：10～11；祝士媛編，1989：2～7；林文寶等，1996a：15～18）。而從事兒童文學教學或倡導兒童文學教學的人，似乎也都儘可能或確信該朝這個方向去引領兒童，以至在規畫兒童文學教學的活動時也只在「技術」層面作考量（見吳鼎，1991：212～229；林守爲，1995：407～446；李慕如，1993：519～528），根本不會懷疑所謂的「眞善美」境界是否只是個烏托邦。然而，從很多跡象看來，兒童文學教學不可能會是這麼「樂觀」的。就以跟本論題有關的來說，兒童文學作品中所隱含的性偏見或性歧視，觸處可見，一個有女性自覺的人不致會放過它而不去處理；而一旦要去處理，就難免危及主題的「正當性」（被認爲可以啓迪兒童的心智）而失去原先所預設的教育功能。如有一首不知名的童話詩說：

南一家，北一家，家家兒女都叫花。
花姐兒眞美麗，花哥兒眞不差。
兩個長得一般大，一個娶，一個嫁。

蜂大姐，蝶大姐，雙雙媒人來傳話。
甜蜜酒，請朋友，蜂姐蝶娘喝一口，帶著花粉兩家走。
傳花粉，入花房，花哥花姐結成雙。
不多幾時生兒女，東一行又西一行（吳鼎，1991：163引）。

這以「蜂蝶傳送花粉而使植物得以結實」，隱喻男女由媒妁的撮合而結成連理。不論這是不是舊社會才有的現象，以及無意中透露了對「同性不婚」禁忌的突破，都不可否認這裏隱含著女方必須「美麗」才有得嫁和婚後有責任「生育子女成羣」（不好形容爲「母豬生一窩小豬」）的偏見。倘若我們強調（或不得不強調）後面這一偏見，又如何正常的來教學前面的隱喻義？

又如有一則題爲〈我的媽媽是世界上最美麗的女人〉的兒童故事說：

收成的季節到了，農夫們忙著收割麥子。萊克夫婦每天都帶著他們六歲的女兒莉莉到麥田工作，直到太陽西下……小莉莉又熱又累，忽然她發現一排還沒收割的麥穗陰影非常涼快，不知不覺地坐了下來，一會兒就沈沈睡去了。當她醒來，發覺田裏只剩她孤單單的一個人……這時她驚恐的喊著：「媽媽！媽媽！」但仍沒有人回答……她遇到許多人圍在一起聊天，可惜他們一個個都是陌生的面孔……「你叫什麼名字？你的父母叫什麼？家住那裏？」……可是她一直不能回答，過了一會兒才羞答答的說：「我的媽媽是世界上最美麗的女人。」大家都笑了……這時遠遠的跑來了一個女人，圓胖胖的臉，小小的眼睛——像一條縫似的，圓形的鼻子，口裏沒有牙齒。莉莉飛也似的跑到她的懷裏，兩人哭成一團。過了好一會兒，莉莉又高興的說：「這是我的媽媽，世界上最美麗的女人！」村裏的人都笑了起來。村長說：「我們並不會因爲一個人長得漂亮才會喜歡他，但是我們喜歡的人，看起來就很漂亮」（葛琳，1973：83～86引）。

文末村長那句話，無疑道出了整個故事的主題（讀者可能會不喜歡作者這樣剝奪他自行「發現」的樂趣），而該主題似乎也很值得讚賞。但我們別忘了，在這一「原本醜陋卻說成美麗」的反諷裏，親情無形中被「犧牲」掉了：爲什麼很單純的親情要被扯上美醜觀念，並且還以女人爲「祭品」？試問經由這番詰問之後，我們是否還能欣慰的跟兒童談論上述的主題？

又如有一首閩南語兒歌〈火金姑〉說：

火金姑，十五暝，
叫恁姨仔來吃茶。
茶米香，茶米紅。

紅大妗，做媒人。

做何位？做大房。

大房人刣豬。

二房人刣羊。

打鑼打鼓娶新娘。

新娘躲燕尾。

舉煙吹在點火，

舉户扇使目尾（陳正治，1985：142引）。

舊社會人家嫁娶前後喝茶、說媒、迎娶的情景，在這首兒歌中暴露無疑；而它的主題也顯現在整體婚事的「公開性」和「仲介性」上。但整首兒歌也隱含著「男受女聽」和「男尊女卑」的性偏見或性壓抑（前者由女方家長暗示男方家長請人來作媒可知，後者由迎娶過程中男方抽煙管所表露的高姿態及女方持陽傘偷瞄對方所表露的低姿態可知），實在令人難以卒睹！有這個「鬱結」存在，我們又如何能樂道整首兒歌的主題？

又如今人渡也有一首題爲〈南山大俠〉的童詩說：

今天下午小強來找我出去打仗

他左腰挿著一根破竹棒

媽媽站在門口告訴他：

「我們家的阿明生病了，

改天再來玩好不好？」

小強說吃了他的仙丹
病馬上就會好的
還從口袋裏摸出兩粒
髒兮兮的健素糖
很正經地說：
「是要給貴府的南山大俠吃的。」
媽媽聽了
捧腹大笑起來
小強就很生氣
頭也不回地走了（林煥彰編，1980：172～173）

顯然這把兒童受武俠小說影響而表現出一副天眞兼好強的模樣寫活了；而它無非也在傳達人能執著於自己所認知的眞理或事物的可貴。只是詩中那段「破壞性」的揷曲（阿明媽媽嘲笑小強的舉動），卻由女人來擔綱，似乎暗示著女人才會破壞人家的「好事」，這豈不是一種性歧視？面對這一會讓人難堪的重要鏡頭，我們那能跳過去而大談該詩的主題？

任何一個有女性自覺的女教師，的確可以依照上述的模式，在兒童文學教學中揭發女性受壓抑、受虐待的事實，進而重構一套女性觀點的兒童文學學。而這套新的兒童文學學，因爲有女教師主體的參與，形同女教師自我書寫的（女性）傳記。這種作法，已經不只是意識形態上的抗衡，更涉及實際的權益的爭取或維護（女教師如果睜一隻眼閉一隻眼女性受壓抑、受虧待的事實，她又將如何自處呢——而該女性意識形態正好是用來支持爭取或維護權益的本錢）。不論如何，女教師藉兒童文學教學來構設自我或創造自我的風氣，可以想見在往後的日子裏會逐漸瀰漫開來，而變成大家不可忽視的一個盛大景觀。

第四節　女性自傳介入教學所存在的變數

其實，在女性意識形態「左衝右突」企圖顛覆男性話語中心的時刻，並非沒有受到批判或反彈，而這可能會動搖到繼起的「女性自傳」的合理性。如「女權主義的問題可能在於，正如伍爾夫在《三個基尼金幣》中所擔心的：如果婦女進入公共領域，那麼她們只會默許男性的活動，但如果她們只顧個人生活的狀況，那麼她們就放棄了改造父權統治集團的機會……（因此）像『男性的』和『女性的』概念之間的巨大分歧……或許最終只能透過談判來解決」（科恩主編，1993：208～209）、「女權批評似乎有以下幾個問題亟待澄清：㈠意識的開放結構，也就是男性文化能被推翻，即表示它並不是一貫或封閉的……女性主義若要繼續發展，絕不能拿『辯證』代替『互動』，以『對立』扼殺『對話』的機會。㈡歷史的因果變化，目前的女權批評往往以十九、二十世紀的觀點，去重新考察歷史上的某一事件或作品，完全忽略了文化差異……也許我們最好注意到個別時期的特殊文化現象，看男、女性如何發言，道出他們的權力，而不應只看他們是否出了聲。㈢文化、藝術的機構論，女權批評家對文學和社會的關係，大多以男、女性的典範爲主，因而對社會的複雜藝術條件，如技藝、機構、經濟因素無法提出圓滿的解釋……㈣『雙重束縛』的邏輯，亦即如與男性不同，但又不像他們那麼排外？如果女性主義堅持男女二元論，最後勢必走向『抑或』的雙重束縛：女性不應像男性，因爲在生理、心理、社會上，女性是受壓迫的、被否定的性別；女性應該像男性，同樣爭取權力、自由、獨立。㈤批評架構的排斥性，以女性的觀點讀作品，如何避免讓女性本身的利益流於專制，以至無視於作品中的其他成分」（廖炳惠，1990：168～169）、「迄今，女性主義批評的一項通病是：它只是學院理論的一部分。Spivak也提出警告說，一旦走出教室之外，它就危險叢生（意思是，一旦面對了現實就唯恐站不住脚了）……依目前的情況來看，我寧可將女性主義的批評當作是人文主義者的掙扎來贊揚。也許透過女性主義批評的努力，可以軟化人們在父權體系下孕育出來的功利思想和行爲上予奪予取的侵略性。這一點如果能辦得到，也無疑是大功一件，可是究竟能否達成，誰敢樂觀呢？人文主義不是已經在科技、經濟掛帥的社會價值中失落了嗎」（蔡源煌，1988：304）等，一個抱持女性觀點的人，假使一味的自我構設或自我創造而不理會既有的非難，試想那種舉動可以維持多久？所以這就不免讓人擔憂「女性自傳」介入兒童文學教學，究竟能成就什麼。

雖然如此，女教師還是可以照常藉兒童文學教學來構設自我或創造自我，而不必為這類質疑傷透腦筋。因為連來自外界最嚴厲的批判「婦女還是逃不開生殖定義（生兒育女）的一環」，都有人以女性可以拒絕生產或生產但不養育（由男性負責養育）或乾脆發展雌雄同體（可以一起解決性壓迫和生育苦惱）來回應（參見佟恩〔R. Tong〕，1996：123～235），後出的女教師還有什麼「難題」不能克服？依個人所見，眞正有問題的，恐怕在於女性主義（女權主義）發展到今天，出現了派別林立，幾乎各有各的訴求目的。面對這種情況，女教師到底要援引那一派理論作為構設自我或創造自我的憑藉（資源）？如自由主義女性主義，強調人性不分性別，女人也具有理性思辨能力，男女不平等是習俗以及兩性差別教育造成的，為了消弭人為不平等，應給予女性同質的教育；同時由於在興趣、才能方面個人差異遠大於性別差異，女性應有充分和平等的機會做選擇，以便人盡其才，為社會提供更充沛的人力資源，提高競爭力；此外，法律應不分性別，男女一視同仁。早期社會主義女性主義，主張人類社會為一有機整體，互相依存，所以應以合作的集體主義取代自私的個人主義；婦女應從個別的家庭中解放出來，直接參與社會生產工作，成為社會一分子，不再依賴個別男人；婚姻應以個人情慾為基礎，而不再是經濟的、社會的、消費的單位；並且以集體化生活取代私人家庭和家務。存在主義女性主義，提出「女人不是天生的，而是形成的」，主張沒有永恆固定的女性氣質或女人的宿命；儘管女人這樣一個「跟全體人類一樣自由而獨立的存在，卻發現自己在這世界上為男人逼迫，不得不採取『他者』的身分」，但透過存在主義所強調的誠實面對自我和處境，勇敢地作抉擇，努力改變處境，女人仍然可以重新定義自己的存在，進而全面參與塑造過去一直由男人所塑造的世界。基進女性主義，主張婦女的受壓迫是所有其他種族的、經濟的、政治的等等壓迫的根源，必須加以根除，否則它將繼續生長各種壓迫的枝椏，因此，消弭婦女所受的壓迫將創造一個新形式的革命性變化，遠勝先前所知的任何變革。精神分析女性主義，以佛洛伊德和拉岡（J. Lacan）的「陽具欽羨、亂倫恐懼、性愉悅等理論」或依蕊格萊（L. Irigaray）主張的「自體快感、多重性感覺及其跟女性語言的對應關係」為依據，創設出跟前面幾種女性主義不太一樣的女性主義。當代社會主義女性主義，主張所追求的改變不只是全新的、平等的社會制度，更是意識結構、本能需求的根本改變：使人的本能由宰制和剝削的欲求中解脫出來，不只利用生產力削減異化勞動和勞動時間，並且以生命本身為目標，使知性和感性都得到充分開發，讓人類能夠享用自己的「生存」。女同志理論，強調以女人愛女人、女人認同女人的行動來擺脫男人的控制和定義，不再以男人為中心，並且認為女人對女人產生情慾已不只是性偏好，也是自覺的、政治的選擇，用以徹底挑戰異性戀體制的「正常性」和異性戀關係中的男性主控權。後殖民女性主義，聲稱先前女性主義是產生於西方白人中產階級的文化脈絡之內，難免有種族、階級、國家利益的盲點，那種以西方經驗爲中心的觀點爲帝國主義女性主義，不僅將婦女視爲一元化的羣體，忽略了第三世界被殖民的歷史處境以及婦女之間不同的政經利益，也無視前殖民時期第三世界國家中已存的男女平等思想，將第三世界婦女視爲純粹的受害者，不具任何反抗精神，而且過分強調性文化，而認爲對第三世界婦女來說，女性主義以性別抗爭爲焦點的作法過於窄化，爭取男女平等應同時反對種族歧視和經濟壓迫，才能達到全球女性的眞正解放。生態女性主義，總結各流派女性主義對人和人、人和自然之間宰制和附庸關係的檢討，批判啓蒙運動以後歐洲文化所衍生的男權至上和人類中心思想，抗議其製造的生態災難，進而以具體行動防止環境破壞，追求世界萬物的永續共存，反對資本主義社會的發展模式和商品邏輯，主張整合生產和消費，以達到去工業化和去商品化的目標，強調身體力行和社區改造的重要，不僅在行動上實踐生活環保和參與式民主，也堅持以行動來體現其價值觀：互助、關愛、非暴力、非競爭、普遍性參與、整體性思考等（詳見顧燕翎主編，1996）。女性主義的流派及其理論複雜到這種程度，女教師如何才能爲自己訂立一個取捨的標準？

大家都看得出來，每一種女性主義，相對於其他的女性主義，在理論上都有所偏重，也可能引發爭議。女教師在這個關卡上倘若沒有好好的評估，如何確信所構設或所創造的自我是一個怎樣的自我？這才是「女性自傳」介入兒童文學教學所存在的最大變數。換句話說，「女性自傳」中所謂的「女性」觀點，意涵是不確定的，最後如果出現多元「女性自傳」，而且不免有相衝突的現象，又該如何看待它（進而容許它）？一個女教師可以不必懷疑自己所從事的自我構設或自我創造工作，但作爲旁觀者卻未必不需關心自己所看到的一些「異狀」或「怪景」。大體說來，「女性自傳」的成立，還有不少困難有待解決，這裏所拈出的只是犖犖大者而已。

第五節　未來必要的策略調整

當年波娃（S. de Beauvoir）語帶怒意的說：「一個人之爲女人，與其說是『天生』的，不如說是『形成』的。沒有任何生理上、心理上，或經濟上的定命，能決斷女人在社會中的地位；而是人類文化之整體，產生出這居間於男性和無性中的所謂『女性』」（波娃，1994a：6）、「我必須再重複一次，在人類社會中沒有一樣是自然產生的，女人就像其他的事物一樣是文明塑造出來的產物：別人對她命運的干涉形成女人的命運；假如是以另外一種方式去指導，那麼女人的命運將會有另外一種結果」（波娃，1994b：151）。這不知曾讓多少人動容過，至少它已經成了一種流行語言；而繼起的偌多派別的女性主義（波娃本人主要被歸爲存在主義女性主義者），恰巧從另一面印證了她的「形塑」說（也就是社會、文化形塑了「女性」，而各派別女性主義又額外的給「女性」添加東西）。這同時也暗示著：「女性」是被建構的，那它就可能被無限的建構或重新再建構（多元化的女性主義對「女性」有不同的界定，就是最好的見證）。而有意完成「女性自傳」或開啓「女性自傳」的人，正好可以從這裏「取材」來自我形塑。然而，也正因爲「女性」在被建構後出現面貌多重或模糊的現象，使得想要完成「女性自傳」或開啓「女性自傳」的人頓失書寫或演示的對象（或說不知如何選取一種女權理論作爲書寫或演示的依據）；更何況「女性」如果是被建構的，那跟它相對的「男性」同樣也是被建構的，彼此強調差異性只會更爲對立，而使原先的平等訴求難以達到。這是任何一種「女性自傳」在成立的過程中最大的考驗。除非它只是「隨意」的書寫或演示，不然一旦它要藉這樣的書寫或演示來「突顯」什麼或「抗議」什麼，就勢必要嚴肅面對。

本章把考察點定在女教師藉兒童文學教學來構設自我或創造自我上，已經證明它可以成就一個實在的「女性自傳」；甚至爲了方便該「女性自傳」的演出，女教師還可能在教學過程中將兒童文學作品「改造」來符應自我要求，間接達到構設自我或創造自我的目的（證諸沃克〔B. G. Walker〕《醜女與野獸——女性主義顛覆書寫》一書那種改寫法，可以確定它的可能性。該書，見沃克，1996）。只是「女性自傳」的演出，不可能純粹爲演出而演出，它所附帶的爭權益訴求，將是引人不得不注視的焦點。但我們也需要留意，男女衝突的關鍵在「權益」而不在「性別」，女權運動（「女性自傳」的演出也是女權運動的一環）過度發展後，可能會造成原無權益衝突，卻因女權運動出現而發生權益衝突。以這點來指責男性中心或試圖瓦解男性中心，可被完全接受的機率，相對的就會減少。女教師所演出的「女性自傳」如果偏向極端，兒童雖然不會反彈（或不知反彈），但多少會影響他們日後的發展。因此，這應該再愼重考慮。

個人的想法是這樣的：女教師或其他有女性自覺的人要演出一段「女性自傳」，並沒有什麼不可以；而她所用來支持該「女性自傳」演出的理論，只要能滿足邏輯的要求，就具有合法性。但最重要的是，它必須容許其他的論述來相對諍（而不是專橫的要人片面的接受或信服）。因爲任何論述都附帶了權力目的（想要影響別人或支配別人，進而謀取其他好處），只有透過對諍才能防止權力的腐化或濫用。這好比有人對傅柯性學論述的批判：「從表面上看，傅柯是反性學的。他認爲性解放的美麗世界只是神話，因爲性自由只是性壓制的另一形式，人文科學家和性學家只是利用『正常和變態』、『健康和疾病』、『性快感和性不滿』等概念來製造性問題，以遂其奪取權力和控制人類生活的目的……傅柯的論說唯一合乎事實的，是有關權力轉移。性愈開放，性學知識便愈支配人的生活，性學家便愈重要。現時的歐美國家，性治療家就如雨後春笱。但權力本身並無什麼可恥，一般人生活在權力之下亦無什麼可恥可怕的，只是腐化和濫用的權力」（吳敏倫編，1990：105～107）。而要防止權力的腐化和濫用，除了不斷的對諍，恐怕再也沒有更好的辦法了。「女性自傳」的存在，自然也得建立在這個基礎上。

第七章　童年史的建構與兒童文學

第一節　發現兒童

從文學冠上「兒童」這個修飾詞（限制詞）後，有關文學的議題，無形中又多了一個「兒童性」可討論。凡是提到兒童文學的人，多半都會對兒童這個概念或範疇進行界定。但弔詭的是，它又不是相對於成人文學。因爲一般所謂的文學，並沒有限定所屬的對象；即使是成人所創作的文學，往往也會被認爲適合兒童閱讀或可作爲語文教材。而當兒童文學一語出現時，它的「孤立性」使得大家不放心而要爲它說個明白，於是在這個地方兒童的重要性似乎遠超過文學，這的確是個奇特的景象。

在無法忘懷於兒童的情況下，所謂「眞正的兒童文學是立基於『兒童學』的文學」（洪文瓊，1994b：6）這樣的結論，也就四處可見了。至於「兒童學」又是什麼？有位論者說：「嘗考兒童學（paidology）這個名詞，是從希臘語而來。paido是希臘語『兒童』的意思，logos是希臘語『學』的意思。二字結合起來，便成paidology，就是『兒童學』了。世界上第一位提出『兒童學』研究的人，是1896年德人克利司曼在德國耶那大學的博士論文。他的願望是使兒童學成爲一種獨立的學科，他所下的兒童學的定義是：『兒童學是一種純粹的科學，它的職能，在研究兒童的生活、發育、觀念及其本體。兒童學之對於兒童，和植物學之對於植物，礦物學之對於礦物沒有兩樣；兒童學不是教育學，因爲教育學是應用科學，兒童學卻不能作應用科學看待的。』後來，日本學者關寬之亦對兒童學下一定義云：『兒童學是一種科學，不問兒童之爲正常或異常，凡和他個體的及系統的（或稱現在的及歷史的），兩方面有關係的事，像兒童身體及精神的構成，機能和發達及他對於環境的生活等，皆在研究之列。』其後，各國研究兒童學的人士日多，而生物學、心理學、社會學及若干與兒童學有關的科學不斷的進步，因而兒童學研究的範圍，也就日趨廣泛。舉凡兒童的由來，遺傳和環境，身心的發育，思想和語言，感情和意志，健康和疾病，正常兒童和特殊兒童，古代兒童和現代兒童，文明地區兒童和落後地區兒童，以及兒童研究的方法等等，都是研究的範圍。所以，兒童學是由各種有關係的科學組成的：第一、基本科學：主要的是生物學、醫學及生理學；第二、補助科學：其範圍尤爲廣泛，從人類學、社會學、犯罪學、倫理學、語言學、統計學、數學、解剖學、衛生學、病理學起，到宗教學、文學、哲學、美學、史學等止，皆與補助科學有關。第三是應用科學，主要的是教育學」（吳鼎，1991：15）。然而兒童學從無到有，以及兒童從未受到關注（特指在文學領域）到逐漸受到關注，這又顯示了什麼？是不是兒童這個「東西」是被刻意發現的，而不是人人可見的事實存在（我們沒有理由抓住一個人，說他是兒童——他只是一個人，而兒童是別有涵義的）？否則爲什麼大家可以在兒童上添加很多意涵而不覺得所指涉對象是否能「承受」（被稱爲兒童的人，大概不知道他是人家所說的那個樣子），因爲在發現的過程中，是要借助許多「學理」的，而每一種學理都會讓研究者看到某一面相，最後就以他所看到的這一面相，權充爲實際存在的那些被稱爲兒童的個體的部分或全部內涵。而旁人要了解兒童，正好可以透過已有的研究成果來進行。因此，兒童不是先驗存在的，它是被人逐漸發現的，當中夾有研究者的意識形態、價值觀、教育動機等等東西。

由於發現本身必須有可被發現的潛能，才能稱爲發現（不然就成了發明），這就出現了兒童本有（才會被發現）而這裏卻宣稱非先驗存在的矛盾現象。但又不然，發現是可以假定發現對象的存在，而由經驗或推理來檢證，於是可能出現該假定不成立，從此終結原先的發現意圖。因此，發現只是一個「運用性」的概念，它可適用於事實存在、可能存在和想像存在的對象。而在這裏，毋寧是把兒童當成想像存在的對象，它正被研究者以各種可能的手段發掘出來。而當兒童和文學這兩種範疇發生銜接時，可以想見兒童受到重視的程度一定會超過文學（通常論者在談兒童文學時，只不過將「現有」的文學知識拿來充數而後就一逕關照兒童）。底下有段議論，可以看出一斑：「兒童文學是什麼呢？就今天的概念來說，兒童文學應該是：爲兒童而寫的文學，不僅僅是：寫兒童的文學，也不應是：兒童寫的文學。現階段，在世界上，有的專家把兒童文學的範圍包括得很大，即把兒童所喜歡閱讀的成人文學中的那一部分也包括進來了。美國兒童文學家梅格斯說：『兒童文學在長久的年代以來，兒童們接納的文學的巨大總體，有的是跟成人共享，有的是他們所獨占的。』他們認爲『兒童文學』和『文學』並不對立。『兒童文學』位於移向『文學』的連續線，因此在界限的劃分上，不可能有一個明確的接點。認爲兒童對於文學不僅具有被動地位，同時也要有選擇的主動地位，這是一種廣義的說法。日本坪田讓治的說法，跟我們的觀念比較接近，他認爲：『兒童文學是爲兒童而寫的文學，雖然兒童們自己寫的作文或童詩也是的，但還是以成人寫給兒童們的童話、童詩、小說爲主。』至於兒童主動地位和被動地位的問題，作爲讀者，可以從『兒童文學』中去選擇自己所需要所喜愛的作品來讀；同時，也可以從『成人文學』中去選擇自己愛讀能讀的作品來讀。兒童可以任意去讀那些『文學』作品，如愛讀《三國演義》；但似乎就不必把《三國演義》也叫做『兒童文學』了吧。爲兒童而寫的文學，不能說那只是寫作者的動機，而應該看到它包容著爲兒童所需要所歡迎所能接受這個效果的。如若把爲兒童而寫，理解爲不管效果如何，只講良好動機，大人強加給兒童，是不對的。兒童文學應該具有成人給予和兒童索取的一致性。這一致性就是兒童文學需要有兒童特點……一切兒童文學樣式，都應該充分注意讀者對象是兒童的這一特點」（洪汎濤，1989：17～18）。這從頭到尾都不離兒童，文學反而成了「點綴」。但問題就出在這裏：如果原來文學是專屬於成人的，現在「降格以求」（淺易化）而爲兒童所能接受，所憑的究竟是什麼？兒童的思想觀念、文化素養、人生經驗等等，都被假定爲不及成人複雜和豐富，他又如何能了解（甚至進而創作）成人所認可的文學？就以詩爲例，它被認爲有這樣的特色：

> 和《愛麗斯漫遊鏡中世界》中的白皇后一樣，詩人在早餐之前可以相信六件不可能之事爲可能的。下面是我所開列的詩歌使其成爲可能的各種學理上的不可能：㈠字面不可能；㈡非我存在的不可能；㈢做前所未有之事的不可能；㈣改變不可改變事物的不可能；㈤等同對立雙方的不可能；㈥完全翻譯的不可能。詩運用包括比喻和想像的聯想跳躍在內的許多手段使這些不可能成爲可能（戴維斯〔原名未詳〕等編，1992：284）。

試問兒童（被設想的兒童）能參透這個道理嗎？倘若不能

的話，那麼一些已經被分劃好的「童詩」（兒童詩），又那能被「完全」接受或成爲所謂兒童文學的一個類別？可見兒童因需要而被發現後，並不是一般人所想像的那麼容易可以跟文學合在一起談論，它還得細加審視才行。換句話說，發現兒童是一回事，建構專屬於兒童的文學又是另一回事，兩者之間未必有緊密的關聯。一般論者動輒把兒童和文學連繫起來，那不是有意簡化問題，就是見識有所不足。

第二節　兒童歷史的建構

　　爲了讓兒童文學中的兒童能「名正言順」的成爲一個類屬依據，在研究者來說，最迫切的事可能就是替兒童勾繪一幅生理和心理的圖象來。而在既有的文獻中，這一部分資料自然也特別多。如涉及兒童生理機能的階段發展方面，有這類的說法：「依心理學家的說法：自誕生至性機能成熟，總稱兒童期。兒童期又分前後二期：㈠前兒童期：最初六年，通稱『前兒童期』或『未屆學齡期』。這一時期，又可分爲：⑴初生期——大約指初生後的十天或一個月間。⑵嬰兒期——大約指會說話和走路以前的那一年多光陰。⑶幼兒期——一歲多至六歲。㈡後兒童期：自滿屆學齡至性成熟，是爲後兒童期，大部分相當於小學的時期。但也有部分心理學家把兒童期定在新生期（誕生後的二星期）、嬰兒期（自第二星期末至第十二或十四個月）之後。又把這一時期分為：⑴兒童前期——自一歲至六歲；⑵兒童中期——自六歲至九歲或十歲；⑶兒童後期——自九歲或十歲起，女孩約至十二歲；男孩約至十四歲。不論兒童時期怎樣劃分，一個兒童要能欣賞以語言或文字作為傳達工具的文學作品，在生理的成熟、心理的發展以及學習的經驗等方面，總要在四、五歲以後。因而我們乾脆認自入幼稚園起至小學畢業（足四歲至十二歲）止的一段時期，為『兒童文學』一詞中兒童時期的界限」（林守為，1995：1～2）、「教育學者們承認人類的兒童期是接受教育的最好時期。他們根據兒童身心發展狀況，決定各級適當教育的機會。其分法及各級教育名稱如下：㈠從出生到四歲，稱為嬰兒期，受保育教育。㈡從四歲到六歲，稱為幼兒期，受幼稚園教育。㈢從六歲到十二歲，稱為兒童期，受小學教育。㈣從十二歲到十五歲，稱為少年期，受初中教育。㈤從十五歲到十八歲，稱為前青年期，受高中教育。㈥從十八歲到二十五歲，稱為後青年期，受大學及研究院所教育。這種分法，大體上尚屬合理……從上面的敘述中，我們可以明白，兒童期是人生發展過程中的第一個時期，從受胎起至二十五歲左右，人類的生理器官和社會適應才能成熟。所以把二十五歲以前的這個階段，統稱之為兒童期。教育家們就根據這種理論，將兒童期規定為接受教育的時期，並將這段時期劃分為各級教育時期，而幼稚期和小學期的兒童，又是兒童期的基礎，以後少年期及青年期的一切行為，都奠定於這個時期，這個時期的教育，更為重要。兒童文學上所指的兒童，就是泛指幼稚園和小學兒童而言。換言之，就是四歲至十二歲的兒童。可以向下延伸到二三歲的嬰兒，也可以向上延展至十四五歲的少年。因爲在生命的過程上，兒童和幼兒，兒童和少年，有其延續性。兒童身心發育，有早有遲，很難依年齡來劃分的。英美各國，對於十四五歲以上的少年和青年，另有『青少年文學』，則可知兒童文學中的兒童，係指十四五歲以下的兒童而言了」（吳鼎，1991：2～3）、「據生理學家的見解，人類大約可分成四個時期：第一是幼兒期，是人類身心兩方面發育最快的時期，因自己無法攝取食物、保護身體，必須仰賴父母及周圍人們的餵食力量來抵抗外力的傷害；第二是兒童期，是能夠獨立自我攝食、維生、適應外界環境的茁壯時期；第三是成年期，是身心兩方面都達到完全成熟、獨立的時期；第四是衰老期，是身心兩方面都逐漸呈現衰退的時期。教育學者，又根據人類身心的發展，依其受教育的不同階段，將什麼叫做『幼兒』，什麼叫做『兒童』，作了更詳細的劃分。爲清楚起見，現在分別依兒童心理學家及兒童文學家的說法，較具代表性的，一一詳列於下。我國心理學家王馨先生，配合我國學校制度，將兒童身心發展區分如下：㈠胚胎期……㈡初生期……㈢嬰兒期……㈣幼兒期……㈤兒童期……㈥青年期……兒童文學家們，則以讀者的年齡來區分，吳鼎在《兒童文學研究》一書中說……上述這種分法，根據兒童心理學家研究而來，大致尚稱合理，可是吳先生在廣泛適用於

『兒童文學』，非常牽強的將從受胎期至二十五歲的後青年期，強納之為『兒童期』，實在令人無法苟同」（何三本，1995：15～18）。這不論將兒童期的界限以寬或窄的方式來處理，都顯示了兒童是被建構的概念，而不是先天上兒童就應該在某一期限內。

又如涉及兒童的心智特徵方面，有這類的說法：「（童年時期）其特點是：㈠開始進入學校，從事正規的有系統的學習，學習逐步成為他們的主導活動（而不再是遊戲）。㈡全部智力活動，如知覺、注意、記憶、想像、思維都在掌握知識和各種實踐進程中逐步發展起來。㈢大腦機能（興奮性、抑制性、第一和第二信號系統的相互關係）發展迅速。逐步掌握書面語言，從具體形象思維向抽象邏輯思維過渡。想像異常活躍，表現在他們自編的故事、圖畫和遊戲之中。㈣與此同時，理智感、道德感特別是美感都有了較快的發展。已出現審美需要和審美判斷，產生熱愛藝術作品的感情和審美創造的願望」（王泉根，1992：3～4）、「（兒童）具有許多特徵，如天眞活潑，心性靈敏，想像豐富，勇敢冒險……第一個特徵：是想像力極為豐富……第二個特徵：是好奇心極為敏銳……第三個特徵：是摹仿力特強……第四個特徵：是意志極不堅定……總之，兒童的特徵甚多，以上所舉四項，是幾種較為顯著的」（吳鼎，1991：4）、「兒童緣於在認知發展過程上的限制，他們的思考和認識的方式，是和成人世界有所不同，加以研究，會發現這是非常有趣、奇怪、出人意表、不可預料的。這種妙不可言的兒童意識世界，在林良先生的眼中，他認爲包括了：『㈠純眞：站在兒童的純眞世界中去觀察事物,常常產生很多新的觀念。在安徒生童話〈國王的新衣〉裏，一方面揭露成人心理的複雜、虛僞，一方面表示出兒童的純眞，不爲世俗所蔽，所以敢於揭穿「國王是沒有穿衣服的」這件事情。㈡沒有時空觀念：或者可以說兒童另有一套屬於他自己的時空觀念。例如：據說美國韓瑞福當選了副總統，在遷往華盛頓的前夕，他的小女兒祈禱時說：上帝,我們要搬家了,以後再也見不到你了。在她小小的心靈中，大概以爲搬到華盛頓，上帝仍然留在她的舊家裏。㈢物我關係的混亂：兒童可以和任何動、植物或任何空間說話。兒童的意識活動本來就是如此，所以對兒童本身，不但沒有害處，不必禁止，而且可乘機灌輸仁愛、愛護動物的觀念。㈣想像自由：兒童心靈純眞，想像力不受任何束縛。對於這點，應加以培養、鼓勵，不要以爲是空想而將之扼殺。腦子的活動力遠而寬，對人類的進步大有幫助。同時，兒童的想像力得到充分的發展，將來接觸到現實時仍能夠保留著自己的理想。』」（林文寶等編著,1997：131～132）。從這種人人各有一套說詞（偶而有重疊）來看，兒童的心智毋寧具有「無限可能」。這不是說被指稱爲兒童的那些個體複雜到難以捉摸，而是說研究者賦予兒童的心智內涵可以無窮無盡。顯然這又是一種建構的跡象，它跟前者合成了一段「兒童的史略」。

純就事件本身來說（暫且不牽涉對它的評價），類似上述那種建構兒童歷史的方式，並不是不可以或全然不妥，但它缺少了「是建構的而非事實」的自覺，以及忽略了還有別種可能性。前者，在波茲曼（N. Postman）《童年的消逝》一書中就曾提到「兒童是我們送給不可見的未來，最活靈活現的訊息。以生物角度而言，任何文化不可能遺忘自己必須不斷複製始能傳承的道理；但是，事實上，一個文化仍然可能存在，雖然它沒有任何『兒童』的社會概念。童年是一個社會製品，而非像嬰兒期般，是一個生物上的分類。人類的基因並沒有清楚的指示我們，誰是或不是兒童。人類生存的法則，也未要求成人和兒童的世界應當有所區別。事實上，如果將兒童視爲七歲至十七歲中間的一個需要特別養育和保護的特殊團體，並且相信他們的本質和成人不同，那麼我們就有許多證據證明兒童的概念的歷史少於四百年。以美國人所了解的方式來指涉兒童的話，童年的現象大概只有一百五十年的歷史。以美國慶祝兒童生日爲例，十八世紀時並沒有生日這回事。事實上，對一個兒童的年紀擁有很精確的概念，也是相當新的文化習慣，可能不到兩百年的歷史……儘管如此，我們不能在一開始就將一個社會事實和社會理念混而一談。童年的理念可能是文藝復興以來，人類歷史上最偉大的發明之一，可能是最具人性的理念。『童年』跟『科學』、『國家』、『宗教自由』一樣，同時是一種社會結構，也是一種心理狀態，最初起源於十六世紀，並不斷演進至今。但是跟所有其他的社會製品一樣的是，它的未來命運，並非不可避免的一定會繼續存在」（波茲曼，1994：5～6）。雖然波氏認為傳播科技的發展，已經讓西方文明中的童年概念逐漸消逝（尤其是美國近代社會，不管在語言、衣著、遊戲、品味、興趣、社會活動傾向、犯罪率和殘暴程度等方面，兒童的行為表現，事實上跟成人日趨一致，兒童和成人的分野日漸模糊），但對於童年是被建構的（社會產品）一點，卻值得我們藉來省思。後者，在蒙特梭利（M. Montessori）《童年的祕密》一書中也曾提到「經驗表明，正常化會導至許多幼稚品質的消失，不僅那些被認為是缺陷的品質，還有通常被看作是好的品質。在那些消失的品質中，不僅有邋遢、不服從、懶散、貪婪、自我中心、好爭吵和不穩定，而且還有所謂的創造性想像、喜歡故事、對個別人的依戀、遊戲、順從等等。它們還包括那些一直在被科學研究和被看作是童年期的那些特徵，例如，摹仿、好奇、自相矛盾和注意力的不穩定。這些幼稚品質的消失表明，兒童眞正的本性至今尙未被了解」；而「一個人（兒童）可能會被自身很小的某種東西引入歧途」，它包括心靈的神遊、心理障礙、過分依附成人、強烈的佔有慾、權力慾、自卑感、恐懼、說謊等等（蒙特梭利，1995：207～236）。不論蒙氏所說的在現實中可以檢證到什麼程度，都不可否認兒童也有心理歧變的可能，而這不免會跟前面論者所說的那些心智特徵構成「相互對立」或「相互衝突」。這種情況，我們豈能不妥善加以安置？

順著後面這一點，還可以設想兒童可能因某種失落的經驗而導至憂傷：「在這些目前切身的失落和變化的背後可能還有一些以前的失落，例如，因為分開、離婚、囚禁、心理或生理疾病，以及自然死亡或早夭而失去父母或其他重要的人。巴克斯的研究曾記錄過成年人的失落形式，例如退休、失業、職位變動、切除手術及殘廢等。在這些方面，憂傷被視為心理——社會過渡的一種，它包括某種『了解』以及放棄自我和世界舊的模式。我覺得這亦可包括小孩對環境變動、轉學、換老師、搬家、家庭改變、失去居家、田野社會工作者的反應，以及失去親生父母或血緣關係等等各種不同形式……包爾比的研究則顯示，童年時期未解決的憂傷不可避免地會在成年人的生活裏反映出來——從無法建立信任關係到因另外一個人死亡所造成的精神疾病，或是心理沮喪和焦慮。儘管它是如此重要的一個因素，但是卻很少人設法去幫助憂傷的小孩，雖然這一現象早已被觀察到：『當飽受憂傷的打擊時，他會變得消極，失去恢復心智彈性的最佳機會。』因此實在有必要對憂傷做一個全面性的探討。在其他研究上，馬里斯下結論道：『在憂傷被解除以前，衝突本身成了行為唯一有意義的參考。』」（達雷〔T. Dalley〕等，1995：58～60）。這難免會使原有的心智「蒙上灰黯的色彩」，而以非尋常的方式來應世。如果是這樣，那它也等於瓦解了「單一心智」（如前引論者所說的單面相的心智）的神話。

整體看來，現有兒童歷史的建構，背後無非預設了「認知科學」。所謂「認知科學，至少我們心目中的認知科學，就是想用實證的研究方式去找出人類所共有的心理特質。這個心理特質是不受文化和個別差異的限制的。它想知道人類記憶、語言、注意力的功能是什麼，它們彼此之間如何互動？它也想知道這些功能背後的神經結構爲何」（梅勒〔J. Mehler〕等，1996：3）。問題是人類的認知能力卻是多元化而且特殊化的，「老師們都知道，學生並不像塊黑板，任由他們隨意在黑板上寫，學生就會接受。知識就像運氣一樣，無法傳導的。每一個學生都有他自己的想法，他自己會選擇他所要了解的東西……『經由教導後習得』的想法是假設有機體一開始是空白的、空虛的，慢慢的經由接觸，它逐漸塡滿起來。事實上，這很像柏拉圖在他早期《對話錄》中斥責的似是而非的矛盾。因爲即使是一個最簡單的事，像『雞會生蛋』，它也包含了很多先前的知識。例如，雞是什麼？蛋是什麼？等等。而這些又牽涉到其他的先行知識，如此下去沒完沒了。那麼小孩子如何能習得這些知識，假如他們必須要先備有其他的知識才可學會這個知識，他們怎麼可能學得會任何事情？尤其是先行的知識中包含了他現在所要去學的知識，使得這個說法變成了一個矛盾的說法。小孩若是什麼都不知道，他們怎麼可能去學習？換句話說，『經由教導後習得』若要有解釋的能力，它必須要先能被解釋。這是爲什麼現代的心理學家不再採用它的原因，它迫使我們去尋找更眞實的模式（按：論者接著提供了一個相對立的『選擇而來的學習』模式）」（同上，51～52）。因此，有關兒童心智的建構，（倘若有需要的話）還有得後人去發揮。而聯結前後論點來看，兒童歷史的建構終究不免於要帶有個別性。也就是說，論者根據他的需要或爲達某一目的，他會選擇有利的質素充當兒童歷史的內涵。而個人這裏所分辨的（指出既有建構的單面性），正好可以提供多元兒童歷史建構的資源或參考點。

第三節　文學類屬兒童的迷思

雖然兒童是一個可以任人去形塑的概念，但要把它「植入」文學領域裏去擔任分支的領銜者，卻沒有任何的保證；而目前相關的論者仍未察覺到這一點，的確也有點奇怪。換句話說，兒童的心智如何和兒童能不能了解文學（而形成有「兒童文學」的事實）是兩回事，彼此未必要有關聯。然而，論者卻「輕易」的將它們連上了。

所謂「兒童文學作品要符合兒童的特點，包括題材、情節、表現手法、裝幀、插圖、開本、印刷等方面，都要適合兒童的接受水準……在進行兒童文學作品的創作時，它的特殊性主要體現在以下七個方面：㈠題材廣闊，主題明確而有意義……㈡人物形象鮮明……㈢結構完整，脈絡清楚……㈣富於兒童情趣……㈤語言規範、明快、優美……㈥體裁多樣化……㈦插圖和裝幀……」（祝士媛編著，1989：2～6）、「兒童文學既是專供兒童欣賞的，那麼在內容和形式的表現上，就應注意：㈠能切近兒童的生活。

㈡能適應兒童的心理。㈢能適合兒童的意識。㈣能適合兒童的興趣。㈤能符合兒童的程度。㈥能運用兒童的語言。而在文學作品的使命上，更要注意：㈠由切近兒童生活，進而充實和改進兒童的生活。㈡由適應兒童心理，進而增進兒童健全的心理。㈢由適合兒童意識，進而啓發兒童正確的意識。㈣由符合兒童程度，進而提高兒童的程度。㈤由適合兒童興趣，進而培養兒童新的興趣。㈥由運用兒童語言，進而增進兒童運用語言的能力」（林守爲，1995：5）、「兒童文學在文壇有其特異的存在價值，並有其特殊的表現技巧，其定位實不容懷疑。筆者呼籲國內文學界，不管研究中國或西洋文學，也不管古典或現代文學，從事理論探討或實地創作，皆應肯定兒童文學具有如下各項重要地位：㈠兒童文學有其獨立的必要……㈡兒童文學有其不易的地位……㈢兒童文學有其活躍的生命……㈣兒童文學乃文學的一環……㈤兒童文學有其特異的功能……㈥兒童文學乃兒童心靈故鄉……㈦兒童文學乃成人創傷之避風港……㈧兒童文學是溝通兒童友情的橋樑……㈨兒童文學永遠與人類同在……㈩兒童文學乃世界人類共通之遺產……基於上述十大論點，兒童文學的地位益形重要，凡我兒童文學理論研究者，皆不可妄自菲薄，應孜孜矻矻，全力以赴，以研究兒童文學和其他領域、學問之相關爲職志，將兒童文學推上國際學術舞臺」（張清榮，1995：323～325）等等，這都既不曾懷疑兒童的存在，也不曾懷疑文學的存在。兒童的存在情況，前面已經分辨過了。那麼文學部分又如何？

首先，我們得認同當代批判理論的說法：沒有所謂的「文學」這樣東西（按：指帶有普遍性的）；它是被特殊團體在特殊時期建構來服務特殊利益的。「偉大的著作」並未傳達有關人類生活狀況普遍的和永久的眞理，而是被用來表示、維持和再製支配團體的意識形態，以維持那些團體的物質幸福。特殊的觀點因此而被文學轉化爲普遍的眞理。沒有一樣東西是一種任何文本都是「正直的」、無私的讀本；所有的文本在某種意義上或多或少都帶有理論的意味，所有的解釋都是特殊意識形態的產物（參見吉普森〔R. Gibson〕，1988：115～147）。換句話說，文學的存在不是天經地義或絕對必要的，它受到特定時空、特定羣體和特定意識形態的制約。

其次，也該知道文學是被「特殊團體建構來服務特殊利益的」，而該特殊團體可能形成某一學派，進而提出某一特定的文學主張。如社會學派所主張的文學在於反映時代精神或社會生活；精神分析學派所主張的文學是人不自覺的慾望或信念的流露；現象學派所主張的文學是人「意識」純粹的體現；詮釋學派所主張的文學是人用來彰顯「存有」的；新批評派所主張的文學是獨立自足的有機的意義世界；形式主義派所主張的文學是一種特殊的語言組織（將日常語言加以扭曲、變形）；結構主義派所主張的文學是一個獨立自足的詞語結構；解構主義派所主張的文學是一種語言遊戲等等（參見周慶華，1996b：143）。這使得文學可能永遠只具有個別義（個別學派所賦予意義下的文學），而不具有普遍義（大家都能認同的文學）。

再次，即使有一特定的文學主張存在，但在運用該一文學主張時，還得注意文學在第一層次上只是個「文本」，組構者（創作者）可以宣說它要（在）反映什麼或表現什麼或演示什麼（並且寄望它能獲得別人的贊同），但無法必定如其所願。換句話說，別人要作不同的理解或採取否定的策略相因應，正如組構者對文本的自由宣稱，都是合法的。倘若還有什麼可比較的，那就是「合理性」一項了。也就是說，誰於「理」上較爲周密而可信（能獲得多數人的認同），誰就擁有高度的合理性，否則就只有低度的合理性。而依據上述這點來推，有關「文學」的種種宣稱，自然也是任意而合法的，它最終可以經由「約定俗成」的程序，而取得多數人的信賴。但如果這種情況只侷限於小團體中（如上引各學派有各學派的文學主張），後出的人在表述或論述時，就不宜籠統稱呼而不稍加標明或界定。最後所成就（組構）的文學文本，一樣得自我賦予「權宜性」或「策略性」特徵，從此再也卯不上所謂的「必然性」或「絕對性」（參見周慶華，1997b：129～130）。文學問題的複雜性，在首要環節上大概就是這樣了（其他環節，這裏就不細論了）。

當今討論兒童文學的人，全然不理會或不知文學已經是這副「德性」了，「隨意」抓一些作品（文本），就說它是（兒童）文學作品，以至處處留下疑問，得不到解決。

如底下有三首原被編入類似民謠集或兒歌集中的作品：

點仔點水缸

點仔點水缸，什麼人放屁爛脚倉（爛屁股）？
點仔點茶甌（茶杯），什麼人今晚要來阮兜（來我家）？
點仔點茶古（茶壺），什麼人今晚要娶某（娶妻）？
點仔點叮噹，什麼人今晚要嫁尪（嫁丈夫）（簡上仁，1983：201）？

小白菜

小白菜呀，地裏黃啊，
三歲兩歲没了娘啊。
好好跟著爹爹過呀，
就怕爹爹續後娘啊。
續了後娘三年整啊，
生個弟弟比我強啊。
弟弟吃肉我喝湯啊，
拿起飯碗淚汪汪啊。
親娘想我一陣風啊，
我想親娘在夢中啊。
河裏開花河裏落呀，
我想親娘誰知道哇！

想親娘啊，想親娘啊，
白天聽見嘓嘓叫哇，
夜裏聽見山水流哇，
有心要跟山水走哇，
又怕山水不回頭哇（朱介凡編著，1993：95）。

香蕉

論甜
我們的甜度高
論香
我們的香味濃
跟桃李比
柑橘比
跟蕃茄比
木瓜比
的的確確不相同
不嫉妒
梨的雪白
不羨慕
蘋果的鮮紅
認清自己的面目
我們啊
永遠　永遠
以能夠做黃皮的香蕉

爲榮（林武憲編，1989：117～118）

這一起被一位論者視爲兒童文學中的兒歌而予以論述（見林文寶等，1996a：47、50～51、62～63）。姑且不論原編著者的歸類是否可信，就說論者將它們列爲文學作品，究竟憑的是什麼？而它們是屬於那一種意涵下的文學作品（反映論的或表現論的或自我指涉論的——演示論的）？似乎各學派的人（上述各學派的文學主張，可歸納爲反映論、表現論和自我指涉論三系），都可以引據爲印證他們的說法；而各學派的說法只能「個別」成立，卻不能同時「並存」。這樣一來，前引該類作品就只是有待決定爲某一意涵的文學客體，而不是像論者那樣把它們當作「不證自明」的文學作品。其餘可以依此類推。

由以上的分辨，可以看出類似下面這種泛說，並沒有多大意義：「（兒童文學具有）㈠生活教育上的價值：可以擴大充實並改進兒童生活的經驗，並激發其生活向上的勇氣。㈡品德教育上的價值：可以使兒童在作品中體驗到各種社會行爲，在情緒上深深受其感動，自發地接受倫理標準的灌輸，對於是非善惡加深認識。㈢情感教育上的價值：可以培養兒童優美的情感，增進對人類、對動物的熱愛，對美好事物的嚮往。㈣知識教育上的價值：可以啓迪兒童的智慧，並增進文學、科學、史地等方面的知識。㈤語文教育上的價值：可以提高閱讀興趣，養成閱讀習慣，並增進語文發表能力」（林守爲，1995：10）、「從遊戲和休閒活動的特質觀點看來，我們認爲對於兒童文學應有的認識是：㈠兒童文學的指導和閱讀，不能有本位主義的獨斷，理當在不違反學童的正規時間之下進行。㈡兒童文學當以滿足兒童遊戲的情趣爲主，而非以培養未來的文學家爲務。㈢不要過分強迫兒童去閱讀或創作兒童文學作品，理當出於自願和引導。㈣兒童文學的閱讀和寫作，除了滿足兒童遊戲的情趣之外，又當以不違反教育的原則爲輔。㈤或說藝術爲教育的基礎，但在這多元化的時代裏，藝術之訓練並非一定得透過兒童文學的訓練不可」（林文寶等，1996a：33）、「父母和教師，可利用『兒童文學』中的兒歌、童謠、童詩，來陶冶其品德，增進生活情趣和親子感情。更可利用閱讀童話、故事，或透過戲劇之觀賞、演出，以及有聲故事帶之聆聽，由角色的扮演中，讓幼兒摹仿。或提供給兒童角色練習的機會，從而鼓勵其良好的行爲。或透過猜謎語、繞口令、兒歌教唱、說故事等，寓教於樂，並且多利用遊戲的方法，改變或去除其不良習性。兒童上學識字以後，更可以由『兒童文學』中的寓言、小說、神話等引人入勝的題材，學習到待人、處世、接物的道理，並學到公正、客觀、理性、團結、互助、合作、利他、忍讓等行爲美德，而這些行爲美德，都是兒童日後社會適應的基礎」（杜淑貞，1994：92）。文學的內涵不定（尤其是發展到後現代階段，幾乎只剩下一個「文本」可說，原先各流派的文學主張都相繼失去光彩，參見孟樊，1995；瘂弦主編，1987；周慶華，1994a），如何能說它有什麼價值或能發揮什麼作用？更何況把文學類屬於兒童後（文學還可以類屬於其他，如女性、原住民等等，而有女性文學、原住民文學等等的名稱），就表示兒童也要有理解文學的能耐；問題是連大人對文學都已經「疲於認知」了（試問如今有幾人對於後現代詩、後設小說這類後現代主義作品有相應或同步的了解呢），兒童又怎敢奢望？因此，把文學類屬於兒童，並期待兒童有所回應，不過是個迷思（神話）罷了。如果再追究下去，論者恐怕還得花加倍的篇幅，為這個迷思「解危」才行。

第四節　兩種不同的思考方式

換個角度來看，論者普遍認為兒童文學可以用來啓發兒童什麼或訓練兒童什麼，但實際上未必會發生這種情況。兒童更有可能以「反教育」的姿態出現，所謂「目前我們正面臨著一種令人困惑的情況。兒童在開始接受學校教育的頭幾年裏，一切似乎進行得很順利：兒童似乎都很渴望去學習，他們看起來是生氣蓬勃的、快樂的；學校裏通常有一股自動自發的風氣，鼓勵學生去探索、發現和創造；老師們也十分關心崇高的教育理想。即使在不是享有社會優勢的社區裏，依然也會呈現出這些情景。然而，當我們想到，孩子們成長到青少年階段會變成什麼樣子的時候，我們就會不由得發現：他們早年所表現出來的那種充滿成功的希望，經常是未被實現的。許多學生帶著遭受失敗打擊的痛苦經驗從學校畢業，甚至沒有適度地熟練那些社會所要求的技能，更少有人能成為一位從創造性智慧活動中獲得歡樂的人」（唐納生〔M. Donaldson〕，1996：4～5），這在兒童文學教育方面也一樣（不會因為教的內容是「文學」就有什麼特別——更何況也沒有任何保證教兒童以文學就一定會「成功」）。即使勉強可以把兒童文學「推銷」出去，也還得注意，說不定它有可能造成兒童的「低能」：「歷史研究顯示，特殊教育的發展並不是單純地來自仁慈、無私、博愛的安排和行動。甚至它的特徵一直是在關心如何控制潛在地麻煩團體，努力確保那些困擾不至於成為國家經濟的負擔，以及偶而基於某些『改良者』的優生學而給予歉意的觀感。進一步來看，某些團體在擴大『特殊需求』數量上享有既得利益是顯而易見的。存在有『……一種「落後」或「矯正的」企業。正因為落後的存在，而有學者、出版商、兒童輔導中心、心理測驗中心、學校部門及許多教師因應而生，這些專業的聰明人，他們的利益就是建立在發掘出更多、更多的落後兒童。』透過這項『企業』，需要特殊教育的兒童被社會性地製造出來。例如，湯林森研究四十名兒童，調查他們被歸類為教育性低能的過程。她訪問了特殊的和『正常的』學校校長、教育心理學家、醫療專家、社會工作者、矯正教師、輔導和評估中心的工作同仁及其他有關人員。她的研究發現支持了她的假設：教育的低能『……是社會對兒童的判斷和決定所造成的，而甚少是由於兒童天生的資質，而其範疇和教育的關係比由兒童和他們家庭所進行的其他活動來得小。』」（吉普森，1988：182～183），誰敢說利用文學教育就絕對可以把兒童調教得具有優良的品質（而不是從事兒童文學教育者一廂情願的「灌輸」他們難以承受的東西）？

仔細檢視，論者動輒斷言兒童文學如何如何或兒童文學功能爲何爲何，基本上是屬於哲學上所謂的垂直思考。垂直思考指的是朝著一定的路線，上上下下，以求前進。跟它相對的是離開固定方向的規範而向別的若干不同的規範去移動探索的水平思考。這兩種思考方式的功效，顯然大有差別。有人以這樣一個例子來作說明：「從前，有一個倫敦的生意人，向人家借了好多錢，正在苦於無法償還這些債務。那個時代，如果欠債而不能償還的話，是會被送進監牢的，年老而醜陋的債主，留意到這個商人還有一個年輕美貌的女兒——鄧愛嘉，便提議採用一項交易來解決這個問題，換句話說，假如商人把女兒送給他的話，那麼所欠的債便可一筆勾消。在走投無路的商人和他女兒面前，債主便裝個聽天由命的模樣做了一個籤。他說在一個空袋子裏裝著兩粒黑白不同的小石子，任姑娘挑選其一，如果挑到黑石，則姑娘變成債主的妻子而欠款勾銷；如果抽到白的小石，則父女照樣平安生活，欠債也全部不必還。但是，如果姑娘拒絕抽籤的話，則父親勢必送進監牢裏，姑娘就立刻無依無靠了。商人無法，只好答應這項交易。這時債主就在講話的庭院裏撿了兩粒小石子放進袋裏，不過姑娘看得清楚，債主所選的兩顆小石都是黑色的，她不禁緊張了一下。而債主也就不客氣地命令姑娘選擇一顆決定她們父女命運的石子。如果遇到這種情況，而你又是這位姑娘的話，你將怎麼辦？設若你能說句話幫助這位姑娘的話，你該說什麼話好呢？像這種場合，採取怎樣的思考法最好呢？假如說有最好的解決方法的話，你也許以爲愼重地採取論理分析法便可以解決，可是這種思考方法，是單純的垂直思考法，還有一種水平思考法。垂直的思考家明知道這種場合已沒有再好的辦法可想，然而它所採取的方法，約有下列三種可能性：㈠姑娘拒絕抽選石頭。㈡打開袋子，取出兩粒黑石子，揭穿債主的詐騙。㈢選取黑石子，犧牲自己，救助父親。可是這幾個方法，對姑娘說來，都是不利的。因爲拒絕抽籤，則父親會被送進監牢；選了黑石子，則自己非和債主結婚不可。這個故事，便可以研判出垂直思考和水平思考根本的不同處。採用垂直思考的人，是認定姑娘無論如何非選取那石子不可了。可是採取水平思考的人，他的注意力卻放在袋裏那顆黑石子上面。垂直思考的人，是冷靜地面對事實，然後經過周密的思考檢討，而採取步驟；可是水平思考的人，卻站在另外一個角度來看事實，他是尋求全然不同的路徑的。這位姑娘伸手往袋裏取出一個小石子，可是在還沒有判別這顆小石子是白的還是黑的之前，小石子從指間滑落了，剛好落到庭院的小石路上。『哎，糟糕！不過不要緊，只要看看袋裏這顆，就知道剛才掉下去的是什麼顏色的了。』姑娘機智地這麼說。當然，剩在袋裏那顆石子無疑是黑色的，那麼她可以說剛才選取的那顆便是白色的了。結果，債主弄巧成拙，自食其果，不得不承認這項諾言。就這樣子，姑娘採取水平思考的方法，從絕對不利的境遇中解脫出來，反而處於非常有利的地位。像這種場合，如果債主是一個誠實的人，照口頭所說，放進袋裏的石子是一黑一白的話，問題就更好解決了，因爲石子一黑一白，能掙脫厄運的機會只有五成，到底不大樂觀。可是現在呢？父女兩人，不但可以平安過活，而且連債務都可以不必還了」（黎波諾〔E. de Bono〕，1989：11～13）。倡導兒童文學的人，一方面爲兒童文學找各種依據（包括「兒童」的和「文學」的依據），一方面又預期兒童文學發揮某些功能，這種「上上下下」的尋索，就是一種垂直思考，它的效果自然是很有限的。其實，要談論兒童文學，大可不必這麼「大費周章」，只要逕自依前面所說的去主張一種權宜性或策略性的兒童文學，就可以了，不必再費心揣測小讀者會有什麼反應（小讀者怎麼接受文學作品，基本上不是我們所能掌握的），同時還容許有其他兒童文學主張的可能，這就是水平思考。它既解決了既有兒童文學論說內在的困境，又提供了一個很好的對話情境（可避免引發別人質疑自己的「霸道」或有意「壟斷利益」）。這種思考方式，豈不比前面那種思考方式可取？

今後有關兒童文學的論說，如果不改成水平思考方式，恐怕就變不出什麼新花樣了。在傳播學上有個研究案例說：「西方的大衆傳播學研究在五○年代末走了一段下坡路以後，從1960年起，不再以效果研究爲單一主攻方向，將研究重點由大衆傳播媒介對人的影響轉至人對大衆傳播媒介的影響上。施拉姆在論及電視和兒童的關係時，曾明確指出『應該摒棄電視造就了兒童的模糊觀念，而取之代之兒童造就電視的觀念』。新的看法認爲大衆傳播並非直接作用於受衆，而是透過受衆所期待的、所要求的或希望滿足的來實現，這種新的觀點將研究者的興趣引向『使用』和『滿足』上」（劉昶，1990：14）。傳播學採用水平思考法，所以常有「新意」（轉移研究視角而有新的發現和斬獲），兒童文學研究何妨也來個「比照辦理」呢！

第八章　兒童文學批評的地誌學

第一節　地誌學的涵義

地誌學也有簡稱為地誌（topography），它是揉合了希臘文中「地方」（topos）和「書寫」（graphein）二字而成。因此，就字源來說，地誌學乃是有關某一地方的描寫。但目前地誌學一詞的英文已有三義：(一)是對某一地方的描繪，(二)是圖解，(三)是記實方式如地圖、航海圖、鉅細靡遺地描繪任何地方或區域自然特質的藝術或作法和某一地表的構形（包含其凹凸形狀及河川、湖泊、道路、城市位置等等）。最初，地誌學是以文字描寫某一地方，可說「名實相副」，但後來地誌學的重心逐漸轉移到以圖像而非文字的製圖藝術上，甚至更進而成為繪圖之名，而越來越遠離書寫。有人認為這些定義經歷了三重的移轉：首先，它的原義是以文字為景物創造出其對等的譬喻。其次，經由第二重移轉，它變成某種繪圖系統裏根據約定俗成的圖像來呈現出景物之義。最後，透過第三重移轉，地圖之名被引申爲地圖命名的由來。這第三重的譬喻移轉，它的涵義不僅深遠，並且十分微妙。繪圖的傳統、地名和地方間的相互作用，它的影響力所及，足以使我們將某一地的景物視同一張只有全部地名和地理特徵的地圖。地名本身因此似乎已含其命名的由來，而且地名將景觀情感落實書寫爲既成的產物，也就是該地的地誌學，或者「譬喻學」（參見顏忠賢，1996：3）。

然而，值得注意的是這類地圖繪製背後所隱藏的一些問題，所謂「每一張地圖繪製都無可避免採取某一種觀點，因此面對地圖，除了問：『這張地圖如何愚弄我？』更要問：『爲何我一開始就如此容易全心全意地相信它？』是怎樣的知識論立場讓我們認爲地圖代表的是毋庸置疑的事實？」「傳統的地圖觀是笛卡爾世界的產物。地圖被視爲是眞實世界按照一定比例的再現。地圖是傳遞訊息的媒介，而訊息和眞實世界之間有著一對一的對應關係。溝通指的是將訊息從繪圖者經地圖到閱讀者作機械式的轉換。一個好的地圖繪製者能夠很忠實、沒有扭曲地將眞實世界利用地圖傳達」，但「這種將客觀的地圖繪製和宣傳地圖作截然的區分是建立在一個錯誤的知識論基礎上。當我們對地圖繪製者發問時，這個區分馬上就瓦解了。只有刻意地製造扭曲印象的地圖才是宣傳地圖嗎？或者所有的地圖都是宣傳地圖？然而將所有地圖視爲宣傳地圖，只是迴避了眞正的問題。既然所有地圖都是在一特定脈絡下所建構的意象，只是重視說明一般地圖和宣傳地圖都涉及詮釋和扭曲並無濟於事。它一方面預設了存在著一個可以對照詮釋和扭曲的根本客體，一方面迴避了一個可以批判地閱讀地圖的理論。我們所要面對的客體是認識地圖作爲文本的論述本質，並建立詮釋地圖的判準」；通常「我們相信地圖，以爲它代表不容置疑的事實，而與繪圖者的目的和意見無關。這種天眞的信心反映了我們忽略地圖是一個強而有力的武器，它形塑了我們的生存世界。繪製地圖是一個詮釋的行動，它不僅僅是技術性的問題。此行動的結果，即地圖，不只傳達了事實，也反映了作者的意圖，以及我們所體認或沒有體認到的關於作者的專業、時代和文化的境況和價值。因此，地圖是一種文本，它的意義和影響遠超出技術、作者意圖，以及資訊傳遞的範圍」（參見渥德〔D. Wood〕1996：中文版序Viii～ix）。其實，地圖繪製和事實存在也可以是辯證的關係。也就是說，當繪製者有能耐掌握或體察更「多」或更「實在」的事實時，他很可能會藉以修改所繪製的地圖，而不只是一味地依「己見」強爲繪製罷了。

既然每張地圖都牽涉某種觀點和爲了某種特定用途，所以有人認爲「除了行政區域圖或地形圖之外，也許我們還需要聲音地圖、氣味地圖、公共廁所地圖……小孩也許需要的是關於泥巴、蟬鳴和蝴蝶的地圖。既然每張地圖都服務某種利益，我們每個人都可以製作地圖，以賦予人們力量，並形塑不同的未來。我們也許需要女性公共空間危險地圖、女廁地圖……讓這些地圖成爲女性之間交換經驗的媒介、提升女性意識，進而形成公共輿論、形塑公共政策。我們還需要貧窮地圖、地下水污染地圖、濕地地圖、社區的活動地圖……」（同上，xi～xii）。這在具體實踐上，也「不乏其例」，如「這種地誌學式的思考向度提供了關係『電影』和『空間』兩者作為研究對象的歷史傳統：電影作為機械複製時代以來最強勢的媒體，它所涉及的『書寫』顯然指出從文字、圖像到影像種種更廣義的表意形式，另一方面所涉及關於『空間』的研究，還包含從地理學、地景學、建築學甚至是人類學式進入田野調查的風土誌，都可以被視為廣義的空間學領域」（顏忠賢1996：5）、「在知識領域內，『藝術批評的地誌學』引申為研究藝術批評在知識結構圖表中的位置。在此圖表上，藝術批評指示它的地理位置，它與其相關領域之間的連接狀態、大小比例，以及它本身的特定地位。在地誌學的概念下，藝術批評已不再是一抽象的概念，而毋寧說是一個可由比例尺計算出其大小的實存面積」（謝東山，1995：20）、「我打算舉出一些相互關聯的現象，以便標出一個文化領域，說明後現代主義的特徵。我的看法也許會重疊甚至相互衝突，但從總體上看，它們畢竟勾畫出了一個具有『不確內在性』（不確定性寓於內在性之中）的後現代區域，而批評的多元性正是這種不確定內在性中形成的……不確定性，或者說種種不確定性。它包含了對知識和社會發生影響的一切形式的含混、斷裂、位移。由此我們可以想到海森堡的『測不準原理』、戈德爾的『不完全性證明』、孔恩的『典範』、費阿本的『科學的達達主義』。也許我們還能想到羅森伯格的『焦慮的藝術客體，被解除定義的』。說到文學理論的領域，我們無疑可以想到巴赫汀的『對話式想像』、巴特的『可書寫的文本』、伊瑟爾的文學『不定點』、布魯姆的『誤解』、德曼的『寓言式閱讀』、赫施的『具有情感的文體學』、荷蘭德的『事務性分析』、布萊契德的『主觀批評』以及最近流行的『非記錄時間的迷惘』。總之，我們不確定任何事物，我們使一切事物相對比。各種不確定性滲透在我們的行為、思想、解釋中，從而構成了我們的世界」（哈山，1993：256～257）等等都是（按：最後一則雖然沒有以地誌學相比配，但它的作法基本上就是地誌學式的）。

地誌學式的思考，明顯具有圖形思考和系統思考的特徵。所謂圖形思考，是「指用畫圖的方式來表達事物間的關係和屬性，藉以幫助人們分析問題，解決問題的一種思維（考）方法……思維科學認爲，形象的整體顯示對於科學思維具有獨特的作用。正如美國數學家斯蒂恩所說：『如果一個特定的問題可以轉化爲一個圖形，那麼思想就整體地把握了問題，並且能產生創造性思索問題的解法。』故圖形思維是一種優異的創造性思維方法」（張永聲主編，1991：417～418），所謂系統思考，是「一種看待世界的特殊方式」（切克蘭德〔P. Checkland〕，1990：7），它是「第三波資訊社會時代的思考方式，該思考方式強調各專業領域間的互通性，在思考互通性之後，重新定義人類追求或探討的標的，並且在考慮過程中，必須將總體大環境視爲一體系或系統，試圖以各種不同的方向，切入剖析單一問題，以規避『輸贏』的對峙結果」（張建邦等，1996：126～127）。地誌學式的思考，把思考對象納入知識結構圖表中加以理解，並且照顧到該對象和整體的關聯，可說兼備圖形思考和系統思考的特色。這頗可以用來探討（構設）文學批評可能的圖象，而對於正在流行的兒童文學批評也同樣適用。換句話說，兒童文學批評或文學批評要成立，必須先有地誌學式的建構，才有一個知識輪廓可供認知和依循。

第二節　文學批評的地誌學

在建構兒童文學批評的知識輪廓前，理當先建構更高層級的文學批評的知識輪廓，才知道兒童文學批評有所「本」和有所「變」。所「本」的是兒童文學批評源自文學批評（爲文學批評所分化）；所「變」的是兒童文學批評有「兒童」作爲限制詞，不是「擴充」了文學批評就是「窄化」了文學批評，二者（指兒童文學批評和文學批評）應該有些區別。

這首先得辨明「文學批評的地誌學」不同於時下正在開發中的「文學批評學」。後者嘗試解決「文學批評是什麼？文學批評的作用是什麼？文學批評的對象有那些方面？文學批評應有那些方法？批評的主體應具備那些必要素質？文學批評標準的創擬和判定問題，以及它在具體操作中的權變；文學批評活動的特徵和規律等等」問題；而整個學科的框架，則包括㈠批評本體論（對於「批評是什麼」的解答）、㈡批評主體論（主要討論批評者跟文化、社會的關係等狀況和批評者在批評活動中的思維特性等）、㈢批評客體論（主要從文學文本自身來看和從泛文本和文本之外的角度來說明）、㈣批評方法論（依次探討批評方法在文學批評中的意義和價值、評析幾種在本世紀產生極大影響的批評方法論系統、說明在具體的批評操作中常見的一些具體方法等）、㈤批評標準論（重點在說明批評標準的多重依據和視角，並力圖揭示它的內在涵義；分析批評標準在文學批評中的特殊性和內在矛盾，從內外兩方面對其加以掃描）和㈥批評活動論（涵蓋批評活動的美學定位分析、律定規律的探討及批評慣例的說明等三方）等（詳見張榮翼，1995）。前者只是在指出文學批評的地理位置，以及文學批評跟相關領域的連接狀態和文學批評本身的特定性質而已，可以看成是文學批評「原理原則」的提領，並不像「文學批評學」那麼複雜。

其次要辨明幾種效果可能比較差的建構法。第一種是以文學價值爲研究對象的論述：這以「文學可以看作一個綜合性價値系統」、「以文學價值爲基點，可以將文學活動和文學作品中的各種因素聯爲一個有機整體」和「文學價值學不僅要研究文學作品中的各種價值及相關因素，還應考察文學價值觀念發展演變的歷史」等爲基本的預設，並引入哲學方法（包括歷史方法和邏輯方法）、心理學方法、系統論方法、語義學方法和符號學方法等等，而鋪展出一幅文學批評的圖象（詳見李春青，1995）。從地誌學可由人任意形塑（見前）的角度來看，這無疑也能構成一種文學批評的地誌學。問題是「價值」本身太過複雜（參見方迪啓，1984；陳秉璋等，1990b；王克千編著，1989；李明華，1992），而文學的價值又是什麼價值？再說文學本身已被「公認」是有價值的東西，那還標榜文學價值豈不「疊牀架屋」？可是這類地誌學的指引功能是很有限的。第二種是理出文學產生前後可能的據點而構設出相關理論的論述：這以文學包含世界、作者、作品、讀者、歷史文化等要素爲前提，而擬議文學批評的理論應該區分爲形上理論、摹仿理論、表現理論、客觀理論、技巧理論、實用理論、審美理論、影響理論等等，試圖引導文學批評的走向（詳見劉若愚，1985；施友忠，1976；葉維廉，1988；張雙英，1993；王金凌，1987）。過去數十年中，這類的地誌學相當流行，但它只涉及文學批評的部分對象和文學批評的部分樣態（參見周慶華，1993：代序4～5），基本上忽略了文學批評的目的訴求和方法論，仍有運用上的「困難」，成效自然不言可喻。第三種是強調文學批評的「隨機性」或「變異性」的論述：這以「必須具有廣濶的文化視野和學術批評眼光」、「運用一般批評模式分析文學現象時，必須注意其適用性和可行性」、「應注意研究方法的互補性」和「文學研究方法的目的是向讀者揭示文學的奧祕」等爲指導原則，而將西方近代以來所出現的社會歷史研究法、傳記研究法、象徵研究法、精神分析研究法、原型研究法、符號研究法、形式研究法、新批評研究法、結構研究法、現象學研究法、解（詮）釋學研究法、接受美學研究法、解構研究法等，分別給予述評，以便作爲文學批評的指南（詳見胡經之等主編，1994）。比較新型態的地誌學，大概都屬於這一種，只是它所提供的各種批評（研究）方法的性質和彼此的關聯性究竟如何，始終「說不清」，同時還欠缺後設批評（方法論）來「確立」或「調整」各種批評方法具體的運作方向，對於從事實際批評者的幫助還是不大。

那麼什麼樣的文學批評的地誌學才較爲有效？這點依個人的見解，不外要處理好文學批評的性質、目的（包括批評本身的目的和批評者的目的）和具體的操作程序，才有可能給予批評者有效的指引。以文學批評的性質來說，它跟文學創作同屬於文學活動，彼此的區別在於文學創作是把潛在的文學質素實現爲實際的文學作品，而文學批評是把實際的文學作品還原爲潛在的文學質素。但由於歷來大家對於該文學質素（包括文學的本體和文學的現象，而文學的現象還可分文學的類型、文學的形式、文學的技巧、文學的風格等等）的看法頗爲分歧，使得文學批評和文學創作不一定是「一路雙向」（參見周慶華，1996a：20～176）。換句話說，文學批評和文學創作彼此可以「各行其事」，不必相互「牽就」或相互「呼應」。還有文學批評中的「批評」一語，有人認爲有裁判、審決和詰難的意味（參見王志健，1987：342），有人認爲包含分析、比較和評價等義（參見姚一葦，1985：349～351），有人認爲包含闡釋、衡鑑、比較、評價和立論等義（參見沈謙，1986：89～91），有人認爲包含判斷和評價、理解和闡釋、發現和選擇及一種伴隨著審美感知的科學研究活動等義（參見郭育新等，1991：306～314），有人認爲包含吹毛求疵、稱譽、判斷、比較和鑑賞等義（參見涂公遂，1988：295；孫旗，1987：211），幾乎不曾有過「共識」。但基於認知上的方便，我們不妨將各家講法「去其重複」和「補其不足」，而暫定批評爲包含描述（敍述）、分析（解釋或詮釋）和評價（判斷）等義（參見周慶華，1996a：176～178）。因此，文學批評就是對關係文學的某些對象加以描述、分析和評價（或描述，或分析，或評價）。

以文學批評的目的來說，在文學批評本身的目的方面，可以區分爲知識的目的、規範的目的的和美學的目的三類（分別彰顯文學有「眞」的價值、「善」的價值和「美」的價值）。這三類，不妨用「知識取向的批評」、「規範取向的批評」和「美學取向的批評」來概括。所謂「知識取向的批評」，是指從純理性的基礎來論斷文學。批評者假定文學是一種人類的理性的架構，所以必須合理化，「其目的乃在求『眞』，所謂眞，照亞里士多德的解釋，不是事實是否爲眞，而是其理是否爲眞；詩所表現的事件和人物雖不一定一如吾人生活上之眞，但其發展和演變則必須按照必須或蓋然的因果關係，亦即建立在一定的邏輯的發展的基礎上」。於是從這一純理性的科學的觀點出發，找出文學家所依據的是什麼；更經由此一事物的邏輯架構或者說它的動作而找出它的意義，就成爲批評家的一項重要工作（參見姚一葦，1985b：354）。這種爲追求或建構文學知識而發的批評本身，也有因「觀點」的差異，而發展出許多的派別，如人類學批評、民俗學批評、社會學批評、心理學批評或精神分析學批評、考據學批評、語言學批評、歷史批評、馬克斯主義批評、形式主義批評、新批評、現象學批評、詮釋學批評、讀者反應批評、結構主義批評、解構主義批評、女性主義批評、對話批評、系譜學批評、新歷史主義批評、後殖民主義批評、混沌學批評等等（參見周慶華，1996a：186～195）。所謂「規範取向的批評」，是指從倫理、道德和宗教的立場來論斷文學。批評者假定文學也是約束社會成員思想、維繫社會存在的一種形而上的形式，所以必須合法化；其目的乃在求「善」。因爲「人類係營社會的動物；在構成一個社會的組織和維繫一個社會的存在，必建立起許許多多的共同約束。這些約束有有形的、有無形的；例如典章、制度、法律、政治爲有形的約束，而倫理、道德、甚至宗教爲無形的約束。前者所約束的主要對象爲一個社會的成員的行爲、或者說具體的活動，係形而下的形式；後者約束的主要對象爲一個社會的成員的思想、或者說心靈的活動，係形而上的形式」，而規範取向的批評就是相應於倫理、道德和宗教而說，它屬於形而上的形式，也就是高一層次的形式架構。雖然它的內容是可以改變的（凡屬規範，便是人自身所創造的、所制定的，而不是先驗的存在或先驗的存在的形式，同時它是可以更易的，隨著社會的改變而改變），但它這一形式架構卻是不變的，從而使我們的探討得以進行（參見姚一葦，1985b：376～377）。這種爲營造或確立文學規範而發的批評本身，同樣也有因觀點或地域的差異，而出現不同的派別，如中國傳統的言志派或載道派的批評、西方的理想主義的批評或人格的倫理的批評和基督教的批評等等（參見周慶華，1996a：202～207）。所謂「美學取向的批評」，是指從某些特定的形式結構來論斷文學。批評者假定文學可以成就一個美的形式，所以必須合情化；其目的乃在求「美」，由於「凡藝術品（文學作品）均具備一定的形式，此一定的形式的構成，一般稱之爲美的形式。由於不是一切的形式都是美的形式，而符合某種的條件的形式，方是美的形式，是故對於此一美的條件探討，便屬於美學的範圍」（參見姚一葦，1985b：380），而美學取向的批評正是採用這樣的作法（探討文學中美的條件）。不過，文學作品的美固然也限於形式部分，但它跟其他藝術品的美卻有不同；其他藝術品的美可能顯現在比例、均衡、光影、明暗、色彩、旋律等等形式法則上，而承載文學作品的美的形式卻不得不關聯「意義」（內容）。以至論者所指稱的文學作品的美可能就是表露於形式中的某些風格（意境）或特殊技巧（表達方式），而這些風格或特殊技巧始終都是關涉文學作品的形式和意義的（參見周慶華，1996a：212）。這種爲開發或塑造文學美學而發的批評本身，一樣也有因觀點或取境的差異，而略分以文學作品的特殊技巧（如比喻、象徵、反熟悉化之類）爲審美對象的批評和以文學作品的風格（如崇高、優美、悲壯、滑稽、怪誕之類）爲審美對象的批評（同上，212～215）。在文學批評者的目的方面，這是文學批評者要藉文學批評來達到文學批評本身以外的目的而發生的；如有的要藉文學批評「樹立權威」，有的要藉文學批評「行使教化」，有的要藉文學批評「謀取利益」等等。同時，這又以文學批評者自認爲文學批評本身具有很高的價值，他才會實際去從事文學批評；否則，文學批評者會別爲選擇以發揮他的才能，並努力達成他所預定的目的。因此，這可以藉行爲心理學中的一個命題「如果做某件事的反應得到鼓勵，則做這件事的次數會增加」（參見張春興，1989：453～454；張華葆，1989：45～64）來構設一個推論：

> 一種鼓勵對個人的價值愈高，則他採取行動以獲此鼓勵的可能愈大。
>
> 在某一假設情況下（如爲樹立權威或爲行使教化或爲謀取利益），文學批評者認爲文學批評有很大的價值。
>
> 所以他會採取行動來從事文學批評。

這是一個有效且高度可信的推論。而這一價值意識和目的訴求，也成了文學批評的終極性的原因所在。至於文學批評本身有三種不同的取向，而在每一種取向中又有許多作法互異的派別，這不妨把它看成是爲達到批評者的目的而權宜選擇的結果。爾後從事文學批評的人，也可以依他所預定的目的而從中權作選擇，不然就另外開發新的批評理論作爲實際批評的依據。

以文學批評的具體的操作程序來說，當文學批評確立某一取向且選定或自設某一派別後，接著要考慮如何「確定思考立場」、如何「選擇批評對象」、如何「釐定工作計畫、提出假設、確立操作原則、著手說明或解釋批評對象」，以及究竟要依循「邏輯演繹」原則或「經驗歸納」原則來完成。這分別涉及了社會學方法論所說的「知識方法論」、「科學方法論」、「研究方法論」、「理論方法論」（按：個人認爲將這套方法論稍加調整，也適用於文學批評。參見周慶華，1996a：226～244）。在文學批評上，知識方法論主要是在探討：如何才可能、怎樣使可能、爲什麼可能獲得可靠的文學「知識」（包括「眞」的知識、「善」的知識和「美」的知識——此處的「知識」和前面知識取向的「知識」有廣狹的差別）？目的是爲了求得文學「知識」的合理性。換句話說，它是要解答「我們所要觀察的對象呈現什麼樣的狀態」、「如何才能了解該對象」、「人的主觀是否能達成對該對象的客觀性了解」等問題。科學方法論主要是在探討：如何、怎樣、爲什麼才能使文學批評獲得科學性「知識」？目的是爲了求得文學「知識」的客觀性（可被相互主觀的檢驗）。換句話說，它是要解答「文學批評的對象是什麼」、「從那一個層次去著手批評」等問題。研究方法論主要是在探討：文學批評應該適用何種具體的方法和何種有效的技巧、如何設立批評計畫、如何操作批評計畫、怎樣才能使觀察和分析及驗證達到最高的客觀性和科學性（按：此處所謂「客觀性」和上述所謂「合理性」，都是「相互主觀的」或「互爲主體的」，不帶有絕對性）？目的是爲了求得文學「知識」的科學性。換句話說，它是要解答「如何獲得批評工作所需要的概念或觀念」、「如何建構工作計畫」、「有了工作計畫，如何去操作」、「隨著批評計畫預期達到的目標，要有什麼具體的方法」等問題。理論方法論主要是在探討：如何才能把具有合理性、客觀性和科學性的文學「知識」，變成具有相關性的邏輯組織，而以理論建構出現在讀者面前？目的是爲了求得文學「知識」的邏輯性。換句話說，它是要解答「如何把上述認知、假設、觀察和驗證所得的概念，組合起來成爲有效說明或解釋批評對象的抽象化理論」一個問題（方法論原架構，參見陳秉璋，1989）。文學批評的具體的操作程序，就在將上述這套方法論所指出的（依序）衆問題解決後，「移用」來處理文學批評。即使在實際的批評時不盡都這麼嚴格的「條陳」批評的過程，但也得在批評中大略作交代或暗含這個架構；否則，就看不出該批評「是何道理」，以及無法想像它是「怎麼可能的」或「有什麼特殊價值」。

上述這一包含文學批評的性質、目的和具體的操作程序的理論框架，在相當程度上是由既有的經驗歸納來的，它顯然比其他的理論框架要能照顧到更多的層面。也更條理化，應該可以有效的引導實際批評的進行。而這個理論框架，自然也當得起新的文學批評的地誌學。

第三節　兒童文學批評的地誌學

作爲文學批評的一環，兒童文學批評同樣也可以在上述的理論框架下來思考它的可能性。也就是說，上述的（由個人所建構的）文學批評的地誌學，同時也就是兒童文學批評的地誌學。唯一要再斟酌的是，加上「兒童」這一修飾詞後，批評的對象和批評的目的是否會有些變動，而又要如何來看待這種變動？

當我們標出「兒童文學」時，它理應有將兒童文學中的「兒童」略讀和將兒童文學中的「兒童」重讀兩種考慮。如果是前者，自然沒有疑問的不需另外構設所謂的「兒童文學批評的地誌學」（就以上述的「文學批評的地誌學」充當）；如果是後者，那勢必要再追問「兒童」介入文學中，從事實際批評的人要怎麼因應？目前有關兒童文學的由來，論者的看法，大抵可以下面這段話爲代表：「考各國兒童文學的源頭有三：㈠口傳文學，㈡古代典籍，㈢

歷代啓蒙教材。就我國兒童文學的發展軌跡而言，第二和第三兩個源頭，由於教育觀念的不同，以及『雅』教育的獨尊，再加上舊社會解組時期的揚棄，致使在發展的承襲上隱而不顯。至於口傳文學的源頭，事實上，傳統的中國由於教育不普及，過去百分之八、九十以上的中國人，都生活在民間的文化傳統之中，他們的教育來自民俗曲藝、戲劇唱本等，他們也許不用念《三國志》，但他們對《三國演義》卻耳熟能詳。此外，早期大量介紹和翻譯的外國優秀兒童文學作品，對我國的兒童文學發展而言，無疑起了積極的作用，同時，也給作家創作帶來一定的啓發和借鏡。因此，外來的翻譯作品也是我國新時代兒童文學的源頭之一」（林文寶等，1996a：6）。所謂的「新時代兒童文學」，是指專爲兒童而寫的作品，「我國新時代的兒童文學發軔於何時？這是個有趣且爭議甚多的問題。一般說來，兒童文學一詞是自民國九年起才較廣爲流行。在西方，兒童文學也常被歸爲次等文學、邊緣文學或模糊文學，甚至有人認爲專爲兒童所寫的作品，不應該稱之爲文學。直到十九世紀兒童文學始逐漸被人承認爲正當的文學創作。進入二十世紀以後，專業的兒童文學作家才漸漸出現，而學科也因此成立」（同上，7）。至於專爲兒童而寫的目的是什麼？一般都認爲是爲了教育兒童：「兒童文學在世界各國都視爲兒童最重要的精神食糧，它不但給予兒童精神上的安慰和鼓勵，知識上的滿足，道德上的修養，而且他未來的前途，甚至一生的學問事業，都在此時播種、發芽。

所以我們要普遍地提倡兒童文學，使兒童文學由學校普及到社會，更由兒童影響到成人」（張雪門等，1965：93）、「兒童文學爲兒童所喜悅，所欣賞之文學，爲兒童不可或缺之精神營養……可見兒童文學在教育上的作用，是不可忽視的。所謂『教育作用』，明白的說來，便是兒童文學對於兒童生活上所發生的一種影響；這種影響對於兒童長大成人之後的立身、爲學、待人、治事各方面，都有相當的啓示和幫助」（吳鼎，1991：106）、「我們相信兒童文學的產生是肇始於教育兒童的需要……因爲從現存的歷史資料看，兒童文學作品幾乎是跟遠在的民間的口頭文學同時產生，但那只是兒童文學的最原始形態，可以說並未完全具備兒童文學的特點和作品的雛形。因此，我們可以說，隨著社會的發展，兒童教育觀念的改變，兒童文學的編寫態度，往往也隨著改變，只有社會精神文明發展到一定階段，兒童教育需要兒童文學來作爲教育兒童的工具時，兒童文學才應運而生，並從文學中分化出來，成爲一門獨立的學科」（林文寶等，1996：4）。因此，兒童文學要具有「眞」、「善」、「美」的內容（才能達到啓導兒童的目的），也就成了論者普遍有的見解了（參見吳鼎，1991：12；王秀芝，1991：21；李慕如：1993：3～4；杜淑貞，1994：107～324）。然而，論者又經常提及兒童文學必須是兒童所能理解或兒童所需要的：「兒童文學的審美創造既受制於創作主體心目中的兒童觀及其對兒童審美意識的理解、再現和提升，同時也受制於接受主體的接受機制和審美意識。任何兒童文學作品只有得到兒童讀者的充分理解和接受，才能發揮其價值功能」（王泉根，1992：1）、「藝術是人人的需要，沒有什麼階級性別等等差異……但我相信有一個例外，便是『爲兒童的』。兒童同成人一樣的需要文藝，而自己不能造作，不得不要求成人的供給。古代流傳下來的神話傳說，現代野蠻民族裏以及鄉民及小兒社會裏通行的歌謠故事，都是很好的材料，但是這些材料還不能成爲『兒童的書』，須得加以編訂才能適用」（王泉根編，1985：54）、「兒童文學要站在兒童的立場，用『兒童的心理』、『兒童的語言』來創作。兒童文學在形式上和內容上，都是受到限制的，當一個作家在爲兒童寫作時，必須意識到：兒童特有的感覺、兒童特有的論理思考、兒童特有的心理反應，以及兒童特有的價值觀等」（林文寶等，1996a：15）。問題是要滿足這些條件的兒童文學究竟是什麼樣子？它是像底下這段話所說的那樣嗎：「『兒童文學』是給兒童看的，既不能淺陋，又不能艱深；既不能枯燥，又不能油滑；既不能生硬，又不能晦澀；既不能過繁，又不能過簡。它是一種既符合兒童心理，又符合語言規範的『絕妙語言』。要恰當使用好這種語言，倘若沒有語言藝術的造詣，倘若沒有對兒童的深切了解，那是萬萬辦不到的」（杜淑貞，1994：4）。如果是，試問天底下那裏可以找到「剛剛好」的作品？而判斷「剛剛好」的人又如何肯定他所作的判斷是可靠的？換句話說，成人所希冀於兒童對作品的領受，跟兒童實際對作品的領受之間，很難是相「重疊」的。任何可以消弭差距的宣稱，都不免於臆測。這裏有幾個例子可作印證：

第一，林良《淺語的藝術》中有一篇敍述狗故事的〈懷念〉，有論者認爲當中「有一段精采妙趣的『自述』：『「爸爸」，還有我的女主人「媽媽」，兩個人都是「上班人」。每天早上他們出門上班，都會輕輕地喊我一聲「斯諾」。下班回家，拿鑰匙打開大門，一眼看到我，也會不知不覺地脫口喊一聲「斯諾」。爲了感激他們對我的親切，我就來回搖動我的尾巴「一分鐘搖好幾百下」。我敢說，世界上再不會有第二隻狐狸狗尾巴搖得像我那麼快。這是因爲世界上再也不會有第二隻狐狸狗像我這麼幸福。尾巴搖得最快的狗，通常都是世界上最幸福的狗，我敢這麼說。』狗總是以『搖尾巴』來表現牠的聰明伶俐。林良先生以『一分鐘搖好幾百下』的誇張描述，來敍述狗心中『幸福』的感受。全然『口語化』的敍述，既清晰又傳神，把狗的神情，淋漓盡致地描繪出來」（林文寶等，1996a：190）。論者將林良那段敍述等同「兒童故事」而加以發揮，姑且不論這是否符合上述那一「規範」（具有眞善美的內容）的兒童文學，就說兒童未必會依照大人的「期待」去理解該故事（兒童可能把狗向主人搖尾巴示好，當作是「乞憐」或「拍馬屁」或「沒骨氣」，即使因此而有幸福感，也不過是「白痴般的幸福」）。在這種情況下，我們如何能說這是可供兒童（依大人期待去）理解的作品？

第二，王爾德有一篇〈了不起的火箭〉，有論者認爲它「是一篇批判性、諷刺性很強烈的作品。描述一隻『傲慢、自私、好爭論、任性，又自以爲了不起』的火箭煙火炮。王子新婚大典那天午夜，宮廷裏有一場盛大的煙火晚會，各類型的煙火都準備一顯身手，大放異彩；其中最傲慢無禮的是火箭煙火炮……最後，有一個小男孩把他當作沒人要的舊棍子（火箭炮潮濕了不管用），撿去燒開水。整個童話，從頭到尾都是在『暗示』小讀者，火箭炮一點也沒有什麼『了不起』；他的盛氣凌人，自以爲是，他的自私、好爭辯、自吹自擂，全都是無可救藥的缺點。『了不起』，竟是對火箭炮的莫大諷刺。『謙虛是美德，驕者必敗』的主題，隱藏在童話的每一個地方，並且全程聯貫」（蔡尚志，1996：161～168）。論者將王爾德的那篇文章當作「童話」（很多人也都這樣看待）而加以發揮，也姑且不論這是否符合上述那一「規範」的兒童文學，就說兒童未必會符應大人所認定的那樣去理解該篇文章（兒童可能會欣賞火箭炮的「自信」、「好口才」、「博學多聞」等等）。在這種情況下，我們如何能說這是能被兒童（依大人所認定的去）理解的作品？

第三，林鍾隆有首〈公雞和狗〉詩：「狗對公雞說／下雨天／你就晚一點叫／讓我多睡一會／公雞搖搖頭說／我不能不守時／公雞對狗說／中午／請你不要亂叫／讓我好好午睡／狗搖搖頭說／有外人來／我不能不盡責／公雞生氣了，說／你只聽主人的話／所以你是狗／狗也生氣說／不聽我的話／所以你是雞」。有論者認爲「這是一首充滿想像趣味的詩，作者以公雞和狗的對話，設計出一個有趣的互相指責，令人意想不到」，而「這類（趣味）詩可說是一種想像的美，純粹以趣味爲主。作者以生動的手法、活潑的筆調，創立一個意想不到的境界，使讀者發出會心一笑，產生心靈的共鳴」（林文寶等，1996a：126～127）。論者將林鍾隆的那首詩列入「兒童詩」範圍內而加以發揮，也姑且不論這是否符合上述那一「規範」的兒童文學，就說兒童未必會懂得大人所預設的「趣味」（兒童更有可能會困惑於「爲什麼只聽主人的話是狗，而不聽狗的話是雞」呢）。在這種情況下，我們如何能說這是兒童所能（依大人估計的來）感受的作品？

第四，黃自有首近似歌謠的詩：「記得當時年紀小／我愛談天你愛笑／有一回並肩坐在桃樹下／風在林梢，鳥兒在叫／我們不知怎樣睡著了／夢裏花落知多少」。有論者認爲它「稚子之天眞歡樂，躍然紙上，使我們驟然又回歸到兒時的天地裏。而韻律的協和優美，更是令人激賞」，因爲「詩人們以他靈秀的思維，細緻的筆觸，爲兒童們寫下了許多可吟可唱的好詩，讀起來韻味無窮，唱起來餘音嫋嫋。有詩的雋永，也有歌的韻味。充滿詩意卻毫不矯飾，詩趣盎然卻又天眞無鑿」（王秀芝，1991：140～141）。論者將黃自的那首詩歸爲「童詩」而加以發揮，也姑且不論這是否符合上述那一「規範」的兒童文學，就說兒童未必會順著大人的思考方式去「玩味」該首詩（兒童可能會對詩中所營造的羅曼蒂克氣氛「無動於衷」或「覺得噁心」）。在這種情況下，我們如何能說這是兒童所能（依大人所規畫的來）意會的作品？

第五，江蘇流傳有一則謠諺：「大魚不來小魚來／小魚不來蝦蟹來／蝦蟹來了小魚來／小魚來了大魚來」。有論者認為「這首兒歌的表達手法，是先由大魚到小魚，再由小魚到蝦蟹，這是由大而小的『逆層遞』。其次，又由蝦蟹到小魚，再由小魚到大魚，這是由小到大的『順層遞』。像這樣『順逆交錯』的表達手法，便構成了妙趣橫生的『層遞法』」（杜淑貞，1994：348～349）；又「這首敘述釣魚的生活歌，前兩句敘述的是：釣魚的人把魚餌放進水裏了，但是魚兒遲遲不來吃餌。釣魚的人急了，叫著說：『即使大魚不來的話，小魚來也好；小魚不來的話，蝦子、螃蟹來也好。』這兩句話把釣魚人的心聲和著急情形，生動地寫出來。釣魚是要有耐性的，只要找對地方，有耐性地等候魚兒上鉤，便可常常有收穫。果然後兩句寫的是：蝦子、螃蟹來吃餌了，小魚來吃餌了，甚至大魚也來吃餌了。由這首兒歌可以得到啓示：做任何事不必急著得到成果，只要努力去做，時間久了自然有收穫」（林文寶等，1996a：79）。論者將該江蘇謠諺視為「兒歌」而加以發揮，也姑且不論這是否符合上述那一「規範」的兒童文學，就說兒童未必會有大人所期待的「妙趣橫生」之類的體會和「釣魚／耐性」之類的感悟（兒童可能只是遊戲般的隨口唸著或對於魚蝦來／不來那種情況感到不耐）。在這種情況下，我們如何能說這是兒童所能（依大人所預期的來）領悟的作品？

從以上的分辨，可以看出兒童文學完全是成人所設想的。它跟兒童心裏是否有文學以及兒童本身是否能理解文學，不啻是兩回事。其實，前引一位論者，也曾意識到「我們這個世界是由成年人統治的，是按照成年人的意志和習慣在那裏運轉，成年人又總是力圖處處——包括借助創作『兒童文學』這種特殊形式——影響、左右以至主宰少年兒童。自從世界上有了『兒童文學』，它的生產者總是處於居高臨下，君臨一切的地位，生產什麼，怎麼生產，全由自己作主，而它的消費者卻始終只能充任被動的接受者——小讀者既無權力對成年人的審美趣味提出異議，也無能力批評成年人爲他們創作的或硬塞給他們的作品。既然兒童文學不是由兒童自己創作而是由成年人爲兒童創作的，那麼，與其說兒童文學反映的是兒童生活和兒童審美意識，倒不如說是成年人所理解的兒童生活和兒童審美意識」（王泉根，1992：7～8），只是他還要堅持有一種「兒童本位」的兒童文學（有別於「非兒童本位」的兒童文學），可說是「智慮欠周」（任何一種兒童文學的主張，最多只具有「相互主觀性」——更多時候甚至只具有「個別性」，也就是「絕對主觀性」）。因此，兒童文學批評的對象，就充滿了不確定性（它可能是兒童所能了解的，也可能只有大人才能了解——在這種情況下，稱它爲「兒童文學」，就沒有什麼特別的意義）；而兒童文學批評

（本身）的目的，自然也就難以宣稱是要爲小讀者服務（它很可能只有大人自己才看得懂）。如果把這些「變數」納進來，我們就可以說兒童文學批評的地誌學，是在文學批評的地誌學的基礎上，再增加一項對象的「模糊集合」和目的的「虛矯性」。爾後從事兒童文學批評的人，都得愼重處理這個環節，否則遭受質疑的機率難免會特別高。而由於兒童文學一名，已經把文學類屬於兒童（儘管兒童是個模糊的概念），所以在實質上兒童文學批評只是文學批評的窄化；而彼此所構成的地誌學，前者自然比後者受到較多的限制。

第四節　一個值得追求的目標

文學批評的地誌學，固然有指引文學批評實際操作的功能，但在這地誌學中多少都有些具體的指標已被人所漠視、甚至廢棄不用，而專門著重在其他一些特定的指標上。這些特定的指標，往往都是新繪入的，不期然而然的就形成所謂的「時代趨勢」。如一位論者所指出的：「大約就在1985年以後（按：論者特指臺灣一地情況），曾經風行一時的新批評和傳統批評詞彙，諸如細讀、本身俱足、內在價值、字質、有機結構、（和諧）統一、張力、歧義、反諷、美感距離等等，漸漸銷聲匿跡，代之而起的另一批批評術語是：書寫、文本、言談／論述、意符、意指、示意作用、解構、解讀、解碼、顚覆、去中心、問罅、漏洞、盲點／不見、不確、互動、辯證、二元對立、對話、詮釋循環、期望視域、文本互涉／祕響旁通、衆聲喧嘩等等」（吳潛誠，1994：276）。從書寫、文本到衆聲喧嘩等等，正是在當代連番上演的結構主義批評、解構主義批評、詮釋學批評、讀者反應批評（接受美學）、對話批評等等中所見的術語，它們共同「結構」了當代的文學批評思維。如果有人對在該時代趨勢中別有「展望」，又會形塑出所謂的「期望走向」。如一位論者擬測未來的文學（批評）理論有四個趨向：一是「政治運動和文學理論的修正」，二是「解構實踐的相互融和、解構目標的廢棄」，三是「非文學學科和文學理論的擴展」，四是「新型理論的尋求、原有理論的重新界定、理論寫作的愉悅」（科恩主編，1993：2～19）。這是從當代的衆文學批評流派中，挑選部分或融和部分以爲「冀望」的。依照這種情況發展下去，文學批評的地誌學中的成分，顯然可以無限增加、調整和修正的。這也使得我們必須或有必要進一步思考兒童文學批評的地誌學的「未來」問題。

當今有人爲此地的文學批評所規畫的方向，如「我們在中西比較文學的研究中，要尋求共同的文學規律、共同的美學據點。首要的，就是就每一個批評導向裏的理論，找出他們各個在東方西方兩個文化美學傳統裏生成演化的『同』和『異』，在它們互照互對互比互識的過程中，找出一些發自共同美學據點的問題，然後才用其相同或近似的表現程序來印證跨文化美學匯通的可能」（葉維廉，

1983）、「綜言之，在形式方法和詮釋方法中間的匯通點找尋一個適合研究中國文學的出路，相信是臺灣文學批評一個正確的總方向」（賴澤涵主編，1987：160）之類，不是略嫌目標不定（或說沒有多大意義）而礙難實踐，就是已經稍為過時而難見精彩。此外，儘有的就是類似「在臺灣，眞正能與法國文學研究的典律發展史相比的其實並不是由英語學界所主導的文學理論研究，而是佔有本土地位的臺灣文學或中國文學研究。臺灣文學研究目前尙不成氣候，很難說已經形成體制，這裏可以不必討論；至於中國文學研究，不論就臺灣觀點來說或是就中國觀點來說就是本土文化很重要的一部分，但是在本地文學典律和文學理論的討論裏，中文學界大體上卻可以說是缺席了」（廖朝陽，1994）這種「無望」的怨艾情緒的流露。長此以往，此地的文學批評注定是要「沒落」了，不然就是繼續成為別人的「附庸」。這顯然不是關心文學批評前途的人所樂見的。從種種跡象來看，我們所可以給文學批評提供資源的地誌學的發展方向，已經很明顯了，也就是「力求與人異」。這可分兩方面說：第一，就充實地誌學以備實際批評取鑑上，必須開發新的批評方法，才可確保文學批評「日新又新」。我們看本世紀所發生的新批評、形式主義批評、詮釋學批評、結構主義批評、解構主義批評、女性主義批評、後殖民主義批評等等，雖然所受褒貶不一，但都無妨於它們成就了舉世所矚目的「創發性」或「里程碑式」的批評方法，而運用這些批評方法去從事實際的批評，所累積的成果也非常可觀。這無異暗示我們：未來的文學批評的地誌學，是要靠新的批評方法的構設來擡高「身價」的。第二，就發揮地誌學功能以爲實際批評的「獻藝」上，似乎只有能爲文學創作指出開發新類型，才可望跟世人的創作一較長短。大家都知道，人類已經實踐過寫實主義、浪漫主義、象徵主義、未來主義、表現主義、存在主義、意識流、超現實主義、魔幻寫實主義、後現代主義（按：從象徵主義以下，到魔幻寫實主義爲止，也被合稱爲現代主義）等等至今還被「討論不輟」的類型（文學典律），而未來的文學創作所以能顯現異彩，也就有賴於新類型的創發或形塑了。文學批評的地誌學如能蘊涵有可以激勵或誘導創作新類型作品的因子，一定是「最稱圓滿」；否則它所「引發」的文學批評，只能一味發出「凡庸」或「無謂」的聲音。這一點，對兒童文學批評的地誌學來說，同樣爲「眞」。換句話說，兒童文學批評的地誌學，一樣也要爲實際批評預爲開發新的批評方法，以及爲（個別認定下的）兒童文學創作塑造新類型的模式（以便實際批評可引爲告示正在或即將創作者）。這雖然做來很艱難，而且也不一定做得到，但無礙於它是今後唯一或特別值得追求的目標。

第九章　少數族羣兒童文學

第一節　少數族羣／原住民

文學作爲一種語言結構體，「本來」只有形式和意義（內容）可說（參見周慶華，1996：21～42），而定義文學，往往也是以該形式和意義爲依據。但在發展過程中，文學卻逐漸有地域的分劃和類屬的區別；尤其是類屬的區別，直接標出文學所屬的特定羣體，有讓人不得不正視的用意，經常引發關心文學的人的警覺（或疑惑），而無形中擴大了文學議題的領域。

近年來所興起的「原住民文學」，就是一個例子。既然文學可以跟原住民係聯，那麼文學項下的兒童文學，當然也可以跟原住民係聯。於是「原住民兒童文學」在目前來說，也就不是什麼會令人駭異的稱呼了（雖然還沒有人正式提出這一名稱）。不過，這裏還是以「少數族羣」標題來代表原住民。這不是純粹個人愛好的問題，而是它看來較爲中性（可以通行無礙），不像原住民多少都帶有價值判斷在（「原」字寓有「原始」、「未開化」的意味）。因此，在大家越來越缺少「荆（楚）人有遺弓者而不肯索，曰：『荆人遺之，荆人得之，又何索焉？』孔子聞之，曰：『去其荆而可矣。』老聃聞之，曰：『去其人而可矣。』故老聃則至公矣」（《呂氏春秋・貴公》）這一老子所暗示的「齊一萬物」的心胸前提下，稱原住民爲少數族羣，至少會比較心安理得。雖然如此，爲了論說上的方便，底下還是以原住民來提稱（只是在意涵上仍等同於少數族羣）。

現有的原住民（已「漢化」的平埔族不算在內），共有九族：泰雅族、布農族、雅美族、賽夏族、鄒（曹）族、阿美族、卑南族、排灣族和魯凱族（或加邵族爲十族），人口約三十六萬人，在臺灣的幾個族羣（其他爲閩南人、客家人和新住民——外省人）中是人數最少的族羣。對於這一少數族羣，歷來有「番族」、「高山族」、「土著族」、「山胞」等等稱呼。從八〇年代開始，臺灣內外情勢的改變（包括政治的大幅開放、經濟的突躍發展、社會的普遍繁榮、外交的多方折衝和世界各地文化的頻繁交流等等），使得關心這一少數族羣的人以及這一少數族羣的內部，逐漸意識到其他族羣對這一少數族羣的歧視、壓抑、剝削和同化企圖，而積極展開所謂的「正名」、「還我土地」、「自治權」等等自救運動；尤其涉及一個優先性的尊嚴問題的「正名」運動，更是遍及中央、地方和學界。直到最近（九〇年代中期），大家才較有「共識」，而給予這一少數族羣一個「原住民」的法定名稱。不過，在整個正名運動過程中，原住民本身和外界也是「異見」迭出，並不是一致傾向「原住民」這樣的稱呼。如：

「山胞」我們爲什麼反對這個稱號？㈠殖民統治：根據官方「山胞身分認定標準」，第二條行政命令的解釋：本標準所稱山胞係指山地山胞和平地山胞，其身分依下列規定認定之：⑴山地山胞：臺灣光復前原籍在山地行政區域內，且户口調查簿登記其本人或直系尊親屬爲山胞各族名稱者。⑵平地山胞：臺灣光復前原籍在平地行政區域內，且户口調查簿登記其本人或直系尊親屬爲山胞各族名稱，並申請當地鄉（鎭、市、區）公所登記爲平地山胞有案者。這種稱謂完全沿襲日本殖民統治時期的模式，且根本否定我們的族羣象徵符號及民族地位。㈡大漢沙文主義的同化政策：「胞」字，意謂同父母所生的兄弟姊妹，或同國同種的人，官方使用這種稱謂，實際上是企圖漢化原住民，我們反對這種我族中心主義的滅族政策。㈢分化原住民：將原住民區分爲「山地山胞」和「平地山胞」，以不同的行政措施對待原住民，造成原住民長期的分化，我們堅決反對這種「分而治之」的手段。㈣歧視落伍的稱號：原住民有自己的文化、歷史、祖先、人種，原住民的生活領域是遍布在高山和平地。「山胞」是扭曲歷史的稱呼，加以近代的社會變遷，

「山胞」一詞根本不符實際。「原住民」我們爲什麼選擇這個名稱？㈠各族羣的口碑傳說：我們的祖先原來就住在臺灣。㈡歷史的記載：從各種文字的記載，公元1620年外來民族和政權，尚未來臺逃難、開拓或侵略之前，臺灣早已有數十種不同語言、生活習俗、文化、政治、經濟和社會的族羣存在。㈢我們的「自決」：1984年12月29日「原權會」於臺北馬偕醫院成立時，經由民主程序票決選擇「原住民」一詞，作爲各族羣或個人的統稱。此後，「原住民」一詞，已普獲社會各界接納，唯獨國民政府排斥……（夷將・拔路兒，1992）。

由這段話可知，「原住民」這個新名稱是不滿於「山胞」那個舊名稱而「選擇」確定的。至於相關的對照系（就是跟原住民同類的稱呼），它就沒有再作交代，以至我們也無從得知它排除其他名稱（不只「山胞」一個名稱）的理由。

對於臺灣的「先住民族」，有人建議筆者應改爲「原住民」才對，因爲「山胞」本身年輕一代都已自稱爲「原住民」，新聞媒體也用斗大的字說他們是「原住民」，因此應用「原住民」才好！爲解決「山胞」的名稱問題，省民政廳請中央研究院提出適當的名稱供選擇參考。結果中研院提出了「臺灣高山族」

「臺灣先住民族」「臺灣土著族羣」「臺灣山地族羣」「臺灣原住民族」等五種名稱。省民政廳主辦調查工作的人員表示，此外，民間包括「山胞」本身又提供了十一種稱呼：即「山地人」「高砂族」「臺灣族」「臺老人」「臺灣人」「特區民族」「九華同胞」「臺原」「土著」「文化同胞」「岱原人」等。省民政廳把這十六種意見，統統納入調查表中，進行對各族的意見調查……先健全了心理，我們再來「冷靜」地研究一下，上述十六種「名稱」中，那一種才「比較」合於史實，而且含有「尊重」的意味。目前官民通稱的「山胞」，我們姑且把它解釋爲「山地籍同胞」，原意並没有「輕視」的意思，只因山胞目前住在丘陵及山區的人佔絕大多數，雖然許多年輕一代都住都市，但「户籍」設在山區故鄉。由此觀之，「山地籍同胞」的稱謂是一種容易被大家接受的名詞，在中文意義上並無「鄙視」的涵意……部分山地籍立委和省議員該抨擊的重點似乎「放錯」了，「山胞」一詞並不「代表」落後或矮人一截，而是目前政府對山區的開發不足，以及人事行政的不當，才造成「山區落伍」的現況，而不是「山胞」一詞所造成的後遺症……連阿美族人自己也搞不懂：他們世代都住平地，爲何被户政單位把他們阿美族列爲「山胞」，大概凡「非漢族」，就統一歸類爲「山胞族」吧？正如日本大和民族，在臺灣凡非漢族的就歸爲「蕃族」，早期國民政府承襲了此一籠統的歸類法，給人一種錯誤的印象，就是政府只不過是把「蕃」字改爲「山胞」而已。「蕃」在日語中是未開化的種族，是表示「落伍」的稱謂，「山胞」一詞取代了「蕃」字，只是換了「字眼」而已，依然代表「落伍」的意思。由於早期政府文詞上的誤用，使山胞產生這種嚴重的誤解，這是早期行政「不求甚解」所致，如今開明的時代來臨，應改變這種籠統的二分法稱謂。又「原住民」一詞容易發生土地所有權的爭議，甚至爆發流血衝突，尤其與史實不合，原住民一詞仍有待研議……臺灣原有一種更古老的「矮黑人」種，比其他種族更早居住在臺灣，他們才是臺灣早期眞正的「原住民」，因此臺灣現存的各族，都只有「先後」之分，没有眞正的「原住者」，因此俗稱的「山胞」各族，宜稱爲「先住民族」（洪英聖，1994：2～8）。

這等於是在跟前一種說法「打對檯」了。稱「先住民」，似乎比稱「原住民」更有理據和事據，只是支持的人並不多（包括原住民本身也不「同意」這種說法——可能擔心被「降格」）。

業已討論經年的臺灣原住民族正名要求，在這次國大臨時會期間，再度成爲焦點議題之一。而在執政黨毫無來由地片面提出「早住民」名稱，並且威脅式的要求原住民代表接受，否則仍沿用「山胞」云云之後，更加提高了爭議問題的情緒色彩。在這場爭議中，不只一次的，從事研究工作的同仁也主動或被動地表示了意見，造成不同方向和不同程度的影響。在這篇文章裏，我們想要表達兩個立場，就是：第一，主張在名稱上絕對尊重原住民自己的選擇；第二，執政者、原住民或社會大衆都不應該期望學術界提供一個「正確的」或「最好的」名稱。因爲對一個族羣，尤其是一個大社會中的弱勢族羣而言，最好的名稱就是自稱。這不僅是民國四十年初人類學者劃一對當時九族命名時採用的原則，甚至中共政權在對境內少數民族命名時，基本上也是遵循這個原則。除此之外，作爲長期從事原住民社會文化研究的專業學術工作者，我們深深地感到，這個議題成形、演變和發展的過程中，實在包含了許多人和人之間的猜疑和誤解。現在我們希望對原住民的執著和執政者的抗拒，這些現象及其背後的意義，都作一番討論。希望藉著這樣的觀察和分析，能夠解開這些猜疑和誤解，讓在朝的決策者和在野的運動家，都能夠有更寬廣的眼界和更清晰的思考……（黃應貴等，1992）。

在相對上，這是比較「靈活」的說法。然而，它把命名或正名問題丟給原住民後，事情並未完了。因爲照目前的情況來看，任何名稱的提出都會引來質疑和批判，原住民的意見最後雖然列入憲法而受到保障，但一旦再度發生「衝突」，「原住民」這個由原住民自己所選定的名稱，恐怕也起不了什麼「護權」、「化解」或保障其他實質性利益的作用。

大略說來，稱「蕃」或「山胞」或「原住民」（或其他），固然涉及歧視／平等的意識形態糾葛和支配／反支配的權益競爭，但並不保證逕稱「原住民」後，原住民所要的尊嚴和自主性就會跟隨著而來。其中的關鍵，在於彼此是否相互尊重和權益是否合理分配，以及應該用什麼方式來維持彼此的相互尊重和權益的合理分配（上引黃氏等文中，另有一段話說：「我們支持社會中的弱勢族羣在社會正義的原則下爭取應享的權益。但實質的權益需要透過不同利益團體間不斷的談判、折衝、較勁和妥協才能獲得。一旦獲得了，也要依靠持續的努力、有效的經營，才能保持」，算是指出了一個可能的方向）。這些如果不能先確定下來，用再好的名稱，仍無濟於事（這當然不是像部分原住民所設想的：只要得以「正名」，隨後一切都可以得到解決）。換句話說，原住民得到新的法定地位後，大家還是要努力於尋找「和諧相處」或「共存共榮」的有效途徑。

第二節　原住民與文學

如果不把文學侷限於書面的，而也包含口說的，那麼一向沒有文字系統的原住民，當然也有他們的文學。這種文學大概是集體創作的，而且是靠口耳相傳的，有人認爲「語言是產生文學也是賴以探討文學的重要條件。原住民的語言是否具備產生並保存文學的條件？衆所周知，臺島各族原住民都沒有文字以記載歷史及其累積的文化成果；他們雖能於日常生活中製作許多足以表達簡單含義的標記、符號，卻未能進一步發展出一套有系統的文字符號。沒有文字，能否產生文學？沒有文字的民族能否探討它們在生活中的文學性活動或現象？構成文學的條件不只一端，如果我們承認文學是以語言爲媒介的藝術，也能寬容的認知語言的存在確乎是表現在文字和口頭的傳播二項，那麼前述問題的答案都是肯定的。朱光潛也曾說：『遠在文字未產生以前，人類即有語言，有了語言，就有文學。』中國的詩經、希臘的荷馬史詩、歐洲中世紀的民歌和英雄傳說，原先也都由口頭傳誦……因此，一種語言，即使口頭的語言，若它能眞實的傳達情感思想，有一定數量的人（羣）運用，並且有相當程度的穩定性和嚴整的內在體系，也有其獨具的歷史文化背景，則其所產生的文學，自然就有一定的價値和地位」（巴蘇亞・博伊哲努〔浦忠成〕，1996：16～17）。這肯定原住民文學的存在一點，自然沒有什麼疑問。但有兩點必須辨明：第一，語言和文字的先後，不可一概而論。語言學家普遍認定語言先於文字而出現，這大抵是從考察西方的音系文字而得到的靈感（西方的文字純粹是記錄語音的），換作中國的形系文字就未必了（中國的象形字和指事字這些「初文」，可能都是先有字形而後才賦予字音）。也就是說，語言和文字出現的秩序，只是我們的推測；而這種推測卻不宜拘於一隅（參見周慶華，1990）。第二，文學是人建構的，而不是先驗存在的。我們只合說原住民的口頭作品符合某一文學規範，所以它是那一類型的文學（本論述中的文學指稱雖然並未聲明這一點，但在意涵上卻是這樣的），而不宜說文學怎樣（承認它的普遍先驗性），原住民口頭作品也怎樣，所以原住民也有文學（論者所持的文學觀是屬於「表現論」的，他可能未察覺還有其他文學觀——如「反映論」的、「自我指涉論」的等等——的存在）。

從日據時代以來，就陸續有人在採集、整理和研究原住民的口頭作品。以形諸文字且經發表出版（包含學位論文）的來說，在採集、整理方面，小川尚義等編的《原語：臺灣高砂族傳說集》（臺北：臺灣大學，1935）、鍾鳳娣主編的《雅美文化故事》（臺東：蘭嶼國民中學社會教育工作站，1986）和金榮華整理的《臺灣卑南族口傳文學選》（臺北：中國文化大學中國文學研究所，1989），可說是有計畫的採集、整理而成書的。其餘如韓逋仙譯述的《臺灣山胞神話故事(一)》（臺北：東方文化，1950）、陳渠川著的《霧社事件》（臺北：地球，1977）、莫那能著的《美麗的稻穗——臺灣少數民族神話與傳說》（臺北：前衛，1984）、陳千武譯述的《臺灣原住民的母語傳說》（臺北：臺原，1991）、蔡中涵主編的《原住民歷史文化》

（臺北：教育廣播電臺，1996）等，也顯現了部分整理或改寫的成績。此外，海峽對岸也蒐集、整理了一部作品（主要以臺灣一地所採集、整理的成果爲依據），如陳國強編的《高山族神話傳說》（福州：福建人民，1980）、劉清河等搜集整理的《臺灣高山族傳說與風情（上）》（福州：福建人民，1983）及《臺灣高山族傳說與風情（下）》（福州：福建人民，1984）等。在研究方面，單篇論文和專著（包括論文集）都有一些，如林衡道的〈臺灣山胞傳說之研究〉（於《文獻專刊》第3卷第1期，1952）、陳正希的〈臺灣矮人的故事〉（於《臺灣風物》第3卷第1期～第3卷第2期，1952）、許世珍的〈臺灣省高山族的始祖創生傳說〉（於《中央研究院民族學研究所集刊》第2期，1956）、王一剛的〈北部平埔族的傳說〉（於《臺北文獻》第6卷第3期，1958）、杜而未的〈阿美族神話研究〉（於《大陸雜誌》第16卷第12期，1958）、孫家驥的〈臺灣土著傳說與大陸〉（於《臺灣風物》第9卷第1期，1959）、許世珍的〈雅美族紅頭社傳說一則〉（於《中央研究院民族學研究所集刊》第9期，1960）、杜而未的〈臺灣鄒族的幾個神話〉（於《大陸雜誌》等20卷第10期，1960）、王崧興的〈馬太安阿美族的故事〉（於《中央研究院民族學研究所集刊》第14期，1962）、李亦園的〈南澳泰雅族的神話傳說〉（於《中央研究院民族學研究所集刊》第15期，1963）、陳春欽的〈向天湖賽夏族的故事〉（於《中央研究院民族學研究所集刊》第21期，

1966）、費羅禮的〈鄒族神話之研究〉（於《中央研究院民族學研究所集刊》第22期，1966）、楊宗元的〈泰雅族的風俗與傳說〉（於《臺北文獻》第8期，1969）、阮昌銳的〈三個噶瑪蘭族的故事〉（於《臺灣風物》第20卷第1期，1970）、劉斌雄的〈雅美族漁人社的始祖傳說〉（於《中央研究院民族學研究所集刊》第50期，1980）、陳國鈞的《臺灣土著社會始祖傳說》（臺北：幼獅，1964）、何廷瑞的《臺灣土著的神話傳說比較研究》（臺北：東方文化供應社，1970）、馬莉的《臺灣山地神話之研究》（中國文化大學民族與華僑研究所碩士論文，1982）、巴蘇亞·博伊哲努的《臺灣鄒族風土神話》（臺北：臺原，1993）及《臺灣原住民的口傳文學》（臺北：常民，1996）等。

以上這些專書和論著的標目、來源和呈現方式，多少都涉及了下列幾個問題：首先是分類的問題。原住民的口頭作品「性質」互異，究竟要如何分類以及分類的依據爲何等，都需要考慮。目前一般論者，大略只能想到這個地步：「對口傳文學內容之分類，常會因所持態度各異而致區別結果的異樣，譬如陳千武所編譯《臺灣原住民的母語傳說》一書就區分爲『共同神話』、『各族傳說』二大類，其所分類的依據主要在於各族的分別，並非針對故事本身，而李亦園則依功能區分口傳資料爲十類（創生和初人、天象、鬼神rutux、有關生產的傳說、有關性的傳說、家庭關係、動物和人、儀式傳說、獵頭及其他）。研究民間文學的學者則是以故事的類型和情節單元予以分析區別，譬如文大中研所金榮華教授整理完成的《臺東卑南族口傳文學選》即是。中國學者對於少數民族口傳文學的分類大致都不出神話、傳說、故事、民歌、謎語、諺語等類別。惟臺灣原住民各族口傳文學採錄工作尚未完成，以未臻完備的材料而逕予分類，其結果當有甚多缺漏，故僅對目前可見部分就其中神話、傳說、民間故事三類抉出」（巴蘇亞・博伊哲努，1996：28）、「對於神話、傳說、民譚（狹義的民間故事，以有別於包含神話、傳說、民譚在內的廣義的民間故事）的分別，美國學者伯司康氏有一簡明之標準。他以當地人對該種口語文學之信仰與否、所持的態度、該口語文學本身內容之時間及空間背景等四項爲區分類別之標準。神話之標準乃說者與聽者都認爲其內容爲眞實者，以神聖之態度視之者，神話所述內容之時間背景屬於遠古，空間爲另一世界，或與現實世界不同之世界。神話內容雖常具解釋性之母題，但並非每一神話皆具此種母題。傳說亦以說者聽者信以爲眞爲辨類標準之一，但不如神話之被視爲神聖；內容之時間背景爲近代，空間爲現實世界。內容常說及一民族之遷移，頭目家之歷史，部落之歷史，某些人對於某些事物之權利等等。在無文字之社會中，傳說即歷史。傳說常缺乏證據證明其正確性。但即使有證據否定一傳說之正確性，如說者與聽者仍信以爲眞，則傳說仍爲傳說。此類例子在文明社會中亦甚多見，如華盛頓砍櫻桃樹。民譚的標準最爲簡單，無神話與傳說之特性，其內容皆被認爲虛構，內容之時空背景不受限制。

它的主要功能在消遣娛樂，其種類可由內容之角色及結構再細作分類」（林文寶，1992）。前者主要觸及類型的範圍大小問題，後者主要觸及類型成立的依據問題，這都只談到（處理）分類的比較次要的面相，而對於爲什麼要分類以及分類如何可能這些較爲重要的面相，幾乎都沒有提及。其實，原住民口頭作品的分類，也跟其他文學作品的分類一樣，都是後驗的，可依各人論說上或認知上的需要而權爲分類。這種分類，最多只具有相互主觀性，不可能具有絕對客觀性。換句話說，這種分類只要能滿足邏輯的要求，且具有高度可信的前提，它就有可能獲得多數人的信賴；此外，我們無法期待一套可以「放諸四海而皆準」的分類制度或構設一種可以「俟諸百世而不惑」的分類實例。

其次是採集、整理的技術問題。原住民的口頭作品到底如何獲取而得以刊行或研究，這也是要有一番交代的。「唐美君於〈民族學田野工作之翻譯與口語文學之採集〉一文裏，認爲口語文學採集應注意下列十點：㈠來源：指時、地、人之紀錄。㈡分類：以當地人之觀念，是否能區分神話、故事。㈢充分蒐集材料。㈣場合：注意各類口語文學之使用場合。㈤聽衆：觀察各類口語文學之聽衆。㈥避免說者自我檢查。㈦勿重編內容。㈧勿重寫。㈨報告人。㈩採集於自然場合」（林文寶，1992）、「口頭傳述的故事，若是照話直錄，必然有一些蕪詞冗句要梳理，但這種梳理工作以不影響原有的語言風格爲基本原則。其次，故事幾經傳述，或許有漏脫疏略之處，如語句意義不完整、情節單元殘缺、關鍵性之說明遺漏等等，這些情形有時模糊了故事的意義，有時損害了故事的完美。但是，這一類的故事有些可以揣摩出詞句的本意，有些可以推求出脫略處的原貌，在有所依據的狀況下應當酌予補足，只要不涉及情節變動而喪失忠實紀錄的原則」（金榮華，1989：3）、「民間故事的採集，並非單純的蒐集、紀錄。重要的是整理，而整理是件嚴肅的工作，它要求照民間文學本身的特點和面貌慎重地進行整理。張紫晨在《民間文學基本知識》一書裏，認爲整理民間故事要點有：㈠要仔細分析和研究紀錄稿。㈡單項整理，以一份紀錄作藍本進行整理。㈢綜合整理。㈣在情節或主題上作較大變動的整理。㈤整理中，要緊緊把握民間傳說故事的體裁特點。㈥整理時，還要充分注意到民間故事結構上的特點。㈦不要輕易合併人物。㈧要注意原紀錄是現實性強的還是幻想性強的。㈨同一作品，主題和情節差別很大，風格也不相同的異文，可以各自獨立，單獨整理。我們可以說，整理民間故事，使它從口語轉到書面語，總得多少有些加工的。但這個加工，範圍很窄，它只是一種編輯式的加工，而不是創作和改編的加工」（林文寶，1992）等等，所說的是口傳文學採集、整理的原則或要點，大體上沒有什麼可懷疑的；只是無法判斷既有的那些原住民的口頭作品是否都依據類似這些（可供檢驗的）原則或要點而得到的（採集、整理者並未一一仔細交代該作品的由來）。由於有這種「不確定性」存在，我們對於看得見的原住民的口頭作品，有時也需要持保留的態度，不能逕以為「事實」一定就是如此。

再次是研究（兼含刊行）的目的和方法問題。採集、整理原住民的口頭作品，最後都是為了刊行或進行研究（或提供研究的素材）。然而，刊行或研究那些作品又是為了什麼？而研究時又該採用什麼方法才合適？這也得有充分的意識或自覺。一般都認為「採集和保存（刊行）民間故事（口傳文學）的目的，不外乎欣賞、教育和研究」（金榮華，1989：9。另參見譚達先，1992；管成南，1993），而研究方面（欣賞、教育方面權在接受者，姑且不論），不是「依個別文類從事思想內涵和藝術技巧的探討，以及對該文類的源起，發展和影響等終極性問題的追溯」而「企圖據它來改寫文學史或豐富文學史，並且作為教化民眾的媒介」（周慶華1994a：115、119），就是作「歷史的研究和功能的分析。歷史的研究是以某種傳說在某一民族中演變的經過為重心，而追尋其在鄰近各民族（有的以全世界的民族為範圍）的分布和流傳的情形，並進而推定其傳播或接觸的可能和途徑。功能的研究則以分析傳說神話和該一民族社會的其他文化因素的結構或功能關係為主」（李亦園，1995：369）。前一類研究，不外採用描述、分析（詮釋）、溯源、評價等研究程序（方法）；後一類研究，不外採用歷史研究法（具體程序大略是從口傳文學眾「單位」或「類型」在一民族內歷經貫時的演變，看口傳文學的發展，再追溯各「單位」或「類型」在鄰接民族中的時空分布，以推測其傳布的過程，並窺探民族文化的接觸和演變）和功能分析法（具體程序，大略是結合人類學、民俗學、社會學等學科，把口傳文學推向擔負創造人類精神文明、摶成民族特色、維護社會秩序等使命上）（參見婁子匡等，1963：65～68；周慶華，1994a：116）。實際的原住民的口頭作品的研究，大致上也不離上述的目的訴求及方法考量。這在基本層次上，也沒有什麼不可容許的；但如果進一步加以要求，它可能需要採取更有效的對策才行。如以教化民衆爲目的的研究進路，可能要改變成「實地訪談」和「成果彙報」。前者不同於當今研究前的採集工作，它主要在依據採集來的作品，設計某些相關的問題，回到流行該作品的地區，採訪民衆對它的理解和感受，以爲判斷該作品價值的準據；然後是「成果彙報」，把實地訪談所得資料加以分析，以有利於創作力的激發，讓民衆「廣爲宣傳」，才能熱絡民間文學的創作、流傳等活動，這樣才有可能使以教化民衆爲訴求的研究逐漸地落實下來。又如以更好的發展文學（文化）爲目的的研究進路，可能還得別爲尋繹口傳文學中可以活絡文學園地的成分（如「反影響」因素之類）（參見周慶華，1994a：122～125；1996b：195～211）。

隨著文學風氣的演變，原住民文學也由集體性的口傳階段，進入個別性的創作階段，如拓拔斯・塔瑪匹瑪（田雅各）的《最後的獵人》（1987）、瓦歷斯・諾幹（柳翱）的《永遠的部落》（1990）、孫大川的《久久酒一次》

(1991)、娃利斯·羅干（王捷茹）的《泰雅脚踪》(1991)、拓拔斯·塔瑪匹瑪的《情人與妓女》(1992)、夏本奇伯·愛雅（周宗經）的《約到雨鞋的雅美人》(1992)等等這些小說、散文集，就是最好的明證。不過，它也面臨了一些諸如書寫文字的選擇、傳統文化的保存和爭取發言權等新的問題：「瓦歷斯·諾幹就曾表示：『我個人較急迫的是如何培養更多的原住民作家。至於臺灣要如何認定原住民文學，那是你們的事。有實力的自然會被認可是原住民文學，如藍博洲所說，如臺灣獨立，臺灣文學會被認可，但唯有實力才是籌碼；甚至若有人說瓦歷斯·諾幹寫的是漢文學，我一個人想否定也沒有用。對我來講，我的作品算不算臺灣文學，我沒有問題。我的問題是：我還不夠泰雅，正在努力成爲泰雅！』」「來自臺東卑南族的孫大川提到『原住民符號世界的瓦解，直接影響了他們「內在法律」的建構』，也就是『一種由民族文化、風俗習慣、社會價值觀等等所構成的一種約束力』的瓦解。因此，母語文字的建立，乃至於推廣教育，是『第一，暴露長久以來我們（指臺灣漢人政府）的語言、文化政策中泛政治化的虛僞本質。』『第二，……可以減緩原住民文化徹底崩解的速度，……創造一個空間和條件，給原住民重拾弓箭、彎刀，爲自己的民族命運在這世紀之交，放手一搏、奮鬥犧牲的機會』」（王浩威，1995：133、134～135）。這仍是「未定之數」，還有待有心人貢獻對策予以解決。

第三節　原住民兒童文學的可能性

既然有原住民文學，那麼有沒有原住民兒童文學？這個問題，一般人也許可以從兩方面來回答有：第一，已經有不少人以原住民生活、文化為背景而撰寫給兒童閱讀的作品或將原住民的神話、傳說、故事改寫成適合兒童閱讀的作品，如馬雨辰的《布農族的獵隊》（1967）、陳約文的《紅葉之歌》（1970）、宋龍飛的《雅美族的船》（1975）、陳天嵐等的《山地神話》（1980）、蘇樺文的《山地故事》（1982）、曾銀花的《雅美文化故事》（1986）、瀨野尾寧等（魏素貞譯）的《臺灣山地故事》、郝廣才主編的《太陽的孩子（臺灣先住民圖畫故事集）》（1988）等，足以證明有原住民兒童文學的存在。第二，口傳文學是兒童文學的源頭之一（參見林文寶等，1996a：6），原住民既然有口傳文學，自然就有兒童文學。

關於第一點，涉及兒童文學界定的問題，它未必像一位論者所說的「這種寫給兒童的民間故事，從文學的角度看，採錄整理的民間故事，只是一些素材。但卻藏有大眾百姓（按：如果就原住民來說，所謂大眾百姓就得加以限制）的夢想和願望，它一直在刺激作家去創造，去賦給它生命，去表現個人的風格。甚至在偉大的作家給它一個全新的詮釋之後，仍然還留下很大的天地，刺激其他的作家去創造另一種的詮釋。因此把臺灣民間故事介紹給兒童，從語文學習的角度看，等於把一顆文學的種子（植）在兒童的心田裏；從人文的角度看，使兒童了解先民的夢想和願望，進而有生根立足處」（林文寶，1992）。大家要把什麼樣的對象權宜的看作兒童文學，只要在論說上能自我圓足，就可以成立，其餘任何「果效」的推測，不是成了「累贅」，就是無益的「附麗」。至於第二點，也需要再作調整。我們不宜再說原住民的口頭作品中所包含的神話、傳說、故事、歌謠、諺語等，跟兒童文學所包含的神話、傳說、故事、小說、寓言、詩歌、俗諺等（今人所分類）有相當程度的「疊合」，可以將這類作品挑選出較淺近的而逕稱爲原住民兒童文學；而得改稱原住民的口頭作品中的神話、傳說、故事、歌謠、諺語等，我們也可以把它的全部或局部視爲兒童文學，不妨讓兒童試著去接受。

如鄒族有一則洪水神話：「古時候有一條大鰻橫著身，堵住了溪流，所以溪水流不去，便漸漸氾濫，大地成海，山大多已淹沒於水中。人們都匆忙逃到『巴頓郭努』山（玉山），但水勢仍然浩大，並且漸漸逼近山頂；這個時候人們驚惶不已，聚在一起議論紛紛，有一隻螃蟹跑過來對人們說：『我願意下去把堵河的大鰻魚趕走，讓大水退走，但是你們要送我一樣東西。』人們同意牠的要求，要牠自己去拿。螃蟹跑到正在火邊取暖的人堆裏，兩眼直瞪著一位婦人的腿毛，那位婦人會意了，便拔下幾根送給牠。螃蟹找到大鰻魚堵河的位置，先找到預備藏身的地方，就挨近大鰻魚，用牠的螯爪先輕輕在鰻魚的臍上夾了一下，鰻魚的身體便扭動一下，牠知道那裏就是正確的位置，便使出全身的力量，狠狠的夾壓，結果突如其來的疼痛讓大鰻魚忍不住翻轉牠的身體，洪水就流走了。當初人們剛到玉山的時候，火種滅了，便派『哥有于細』鳥去尋找火種，牠雖然找回火種，但飛行的速度太慢，火燒到牠的喙尖，牠忍不住痛而丟棄。人又請『烏乎古』鳥（一種痲雀）去取火，牠飛得很快，成功的把火找回來，人才有火可用。後來人感激牠的功勞，允許牠在田中啄食穀粒，而取火失敗的『哥有于細』鳥只能在田邊覓食。這兩種鳥嘴尖而短，就是火燒的痕跡。洪水退去後，原本聚居在玉山的人類都走下山，要尋找適合居住的地方；當時『瑪雅』人、『安拇』人（即紅毛）、『伊細布昆』（即布農人）和鄒人分別，分別的時候，取出一隻箭，『瑪雅』人取箭尾，『安拇』人取箭首，而『伊細布昆』和鄒族人各取中間的一段，以作爲信物。於是人們分別下山，尋找住地」（巴蘇亞・博伊哲努，1996：55～57）。這則神話頗有趣味，「解釋」了一些事物的原委，也留下了一些疑問（如螃蟹討女人的腿毛是何用意？鰻魚翻身後又怎樣？各族人折箭作信物又爲了什麼之類），這對一些求知慾強或喜好新奇的兒童（不分原住民兒童或非原住民兒童）來說，可能具有相當的吸引力。

又如泰雅族有一則射日傳說：「太古的時候，天上有兩個太陽，其中一個比現在的太陽還要大很多，因此天氣非常酷熱，草木都要枯死了，河水也快乾涸，農作物不能生長；而且兩個太陽輪流出沒，沒有晝夜之分，人民的生活實在困苦萬分。族人乃相議，如非射下其中一個太陽，子孫恐不能安居，而種族或將絕滅。於是有勇士三人，自動願意前往射下一太陽。即日準備，携帶乾糧用品，各人並背負一嬰孩一同出發。到太陽去的路是如此遙遠，他們在路上把吃過的桔子種在地上，想讓它發芽。日復一日，年復一年，距離太陽之處尙遠，而三人都變成衰弱的老人，嬰孩們卻都長成了。老人們相繼死去，而長成的嬰兒繼續前進。有一天他們終於到達太陽之處，於是歇下來，準備第二天太陽出來時乘機射殺之。第二天絕早，三人等在谷口，見太陽出來了，三人引弓急射，果中，乃流出一大堆滾熱的血，其中一人被血從頭淋下來，當場死了，其他二人也都被灼傷，急忙逃回。在回家的路上，他們看見從前種的桔子，已經長得很高大，而且結果滿樹了。回到村中時，他們二人已經變成白髮駝背的老人了；可是從那時起，便沒有兩個太陽，而有晝夜之分了；我們在夜裏看到的月亮，便是被射死的太陽的屍體」（李亦園，1995：343～344）。這則傳說富有「想像力」（月亮是被射死的太陽的屍體），且寓意深遠（三人成行可相互奧援／背負嬰孩同行可「接力」完成任務／將吃剩桔子沿途種植可供回程收穫），可能也會讓一些有智慮的兒童感興趣。

又如卑南族有一則鳥占故事：「從前，有一對夫婦帶著一個小孩上山去種田，因爲路遠，免得往返費時，晚上就在那邊的工寮裏過夜。第二天早上，這對夫婦聽到一隻小鳥在叫，判斷那是敵人將來的徵兆，心裏很害怕，決定趕緊把田裏的工作做完，下午就下山回家。可是，到了下午，山上起了濃霧，看不清路，帶著孩子摸索下山很危險，因此只得仍在山上的工寮裏休息過夜。晚上，敵人果然來了，夫妻兩人在工寮裏卻並不知道。敵人只有兩個，因爲他們已經察知在工寮的只是夫妻兩人和一個孩子，覺得要把他們的頭砍下來帶回去不是難事，不過黑夜裏對方容易躲藏逃脫，所以準備天亮後動手。到了半夜，睡在工寮裏的妻子要小便，但是不敢出去，就在工寮裏小便。當她小便時，發出的聲音聽起來像是『九個人，九個人』，伏伺在工寮外的敵人一聽，以爲當初的偵察錯誤，工寮裏實際有九個人，心想自己只有兩個人，寡不敵衆，就趁著黑夜溜走了。天亮以後，夫妻倆聽到另一種小鳥的叫聲，那是一種吉兆，知道安全了，便帶著孩子平安地下山回到了家」（金榮華，1989：99）。這則故事奇異（鳥能示人吉凶），並含甚多巧合僥倖事（如濃霧頓起、敵人遲不動手、妻子小便發出數數聲、敵人疑慮溜走等等），這可能也會引來一些好異俗或迷天理的兒童的注意力。

第四節　看待原住民兒童文學的方式

原住民兒童文學或原住民文學的存在，對原住民本身來說應該是一件足以自豪的事，而對外界來說也增多了一項可以了解族羣差異和籌謀彼此共存共榮的文化資源。問題是：大家對原住民文化或原住民處境的關懷取向並不一致，仍有一些問題值得再作思考，如底下幾段言論所顯現的旨趣，就頗有差異：「以現在的眼光看待原住民所擁有的社會和文化，那是容易陷於低估的誤判裏……如果以爲原住民社會在昔時傳遞的是膚淺的文化質素，那麼找找機會聽聽那些足能唱它幾天歌，說它幾夜故事的老人；如果以爲原住民遵循的只是粗糙而無理的迷信和不可測度的法則，那麼仔細觀察他們在從事敬天禮祖儀式中井然有序的言動和內蘊玄妙的儀禮；那麼懷疑的心也許可以除去。現在的原住民，要站在祖先留下的土地上，面對外界比往日更多更大的影響，確實要比先人們付出更多，方能一面擁有堂堂正正族裔的血統，一面又有足夠的胸襟氣度及能力以面對日新而廣闊的世界。如此看來，能自覺而勇敢挺起屬乎原住民的身軀，又能吸納周遭不斷傳入的不同文化質素，這是原住民每一成員勢必得要面對的挑戰；也唯有能通過如此的挑戰，原住民才能眞正尋回尊嚴」（巴蘇亞・博伊哲努，1996：282）、「原住民的老獵人，和傳唱舞詠數千年的原住民祭典歌舞，以及靜靜躺在深山老林的部落廢墟，正是人類文化的原典，也是人類生命的原點。通過原住民的自然文化，包括山的文化和海的文化，我們和大自然聲息相通，回歸生命的本體。悉達多在三千多年前的菩提樹下，苦行多年後仰望星空而悟道。孔子和老莊，因熟讀上古的原典，加上身體而悟道。今天，我們因住在公害匯集的都市而受苦，我們失去大自然，失去修行的內在感應，而原住民文化正是提供我們靈修悟道的最佳憑藉」（洪田浚，1995：10）、「『臺灣原住民族』本是島上現存最久遠的族羣，原住民各族羣的文化是臺灣最悠久的文化，但是歷經這四百年，乃至晚近四十年來的厄運，已使原住民面臨最大的生存危機。目前亟需以立法保障原住民各種權利，儘速成立『臺灣原住民事務委員會』（按：行政院已於1997年成立此委員會），實行雙語教育，充實鄉土教材，培養原住民本族教師，並需研擬經濟變遷和發展計畫，乃至成立原住民自治區，還給原住民應有的土地資源、生存空間和基本人權」（黃美英，1995：19）。其中最後一段從政治、經濟、教育等立場爲原住民發言（不像前二段分別關心原住民的「自立」問題和非原住民向原住民「看齊」的問題），是時下較流行的論調（參見黃應貴主編，1993；洪泉湖主編，1996）。這並沒有什麼不可以，只是它難免也隱含了一些問題：「相對於國家或民族意識，族裔意識可能是偏狹的。但如果族裔團體面對的參考團體是另外一個民族國家，則族裔意識也可能培養成民族意識。例如，美國的黑人在面對白人時，可能顯示出『黑人意識』，但是在面對其他國家的人種時，他可能流露出強烈的『美國意識』。所以，族裔認同和族裔意識並不全然是固定的，它是流動的，是可以隨著參考團體的轉換，或利益的變遷而改變的」（葛永光，1993：15）、「衆聲喧嘩及集思廣益有助於我們建構新的臺灣原住民族類標幟，甚至於我們共識的新國家理念。東歐國家在蘇聯解體之後，他們追求的是想用實質的公民權和務實的社會契約，來取代以往外強中乾的社會主義的溫情論。換言之，新國協的國家和公民的新關係決定其政治參與的新穎頻路和方式。修憲後的臺灣政治實體中的公民權和社會契約將會是什麼？它如何影響臺灣社會的族羣關係和族性政治參與？它所遞衍出的是族羣關係的穩定變數，抑或是不穩定變數？多元文化相融論臺灣行得通嗎？且讓我們拭目以待」（張茂桂等，1993：183～184）。可見一味的爲原住民考慮這考慮那，並無益於原住民權利的添加，因爲他們本身也會衡量實際的狀況而採取因應的策略（不是一般人所想像的他們始終處於「被動」和「弱勢」的局面）。

上述這些情況（衆人的關懷點不同，以及可能隱含某些盲點），都值得大家的重視。此外，原住民族數衆多，生活習慣、語言行爲、文化傳統等等，幾乎都互有差異，我們也不可籠統的一起看待。所謂「作爲南島系文化的一個族羣，高山族（原住民族）有其相同的文化基調，但如前所述（略），他們在語言、社會及其他文化特質上亦有很大的差別」（李亦園，1995：399）、「原住民的少數中又含有很高的異質性……這些不同的種族、教育程度、生活環境等因素，將無可避免的形成某種程度的異質性，而異質性似乎難以維持長久的集體知覺意識，在馬克斯的觀點中它是導向一致羣體行動的基石，這種異質化減低對自身是被宰制階層的認知，達連德夫便指出其影響是難以形成穩固、強大的集體意識和羣體行動，異質足以瓦解共同社會階層的認同，或許原住民對本身階級的認知便呈現米勒所言的社會階級的實質性和個人的主觀認知、感受有相當大的差異」（姜添輝，1997）等等，這不啻暗示了齊一對待原住民各族的需求或想望，是很不切實際的。更何況原住民也逐漸在形成所謂的「菁英」階層：「弱勢族羣的菁英，在向上的階層流動中，必須特別留意勿使自己異化成爲『新階級』，或脫離部落原鄉成爲『非我族類』的窘境。孫大川引述一位泰雅族人的話：『我很悲觀地說，像孫大川、田雅各、瓦歷斯‧諾幹他們寫的文章，我覺得只有漢人會注意，因爲這些人根本沒有跟基層在一起，他們以學者的身分來論斷原住民的前途，這很要不得，但是偏偏媒體要注重他們的意見，他們跟基層脫節，但是他們的意見很重要。』這種原住民『菁英化』、『都市化』的危機，有賴其菁英之自覺和因應」（劉阿榮，1996），所謂的原住民文學或原住民兒童文學的文字化，有他們的一份貢獻，而這種貢獻背後的「錯綜複雜」的心態和意圖，自然跟其他的原住民不可同日而語，豈可模糊當中的分際？還有原住民文學或原住民兒童文學大多來自口傳（後起的創作仍屬少數），而口傳文學（民間文學）的研究，在中國不會早於民初，後來爲中共所「接收」，擴大爲全面性的採錄、研究和宣傳（參見段寶林，1985；李世偉，1996）。但中共重視口傳文學是有特殊目的的：「中國共產黨仍相信所有的論述應具有教誨的功能。他們用心地探討傳統民謠、故事、戲劇等論述形式，將這些不同形式的論述轉化爲轉達共產教義的工具」（佛思等，1996：321）。臺灣一地，大約是從八〇年代後期開始時興口傳文學的研究，這多少受到海峽對岸的刺激（兩岸相關的學者和學術交流，也從這時起陸續進行），但對於對方的這一企圖卻極少了解，而常常「隨人起哄」的高估了口傳文學的價值。因此，在立足點上，我們可以同意原住民文學或原住民兒童文學有教化（教化原住民或非原住民）的功能，但現實中會被接受到什麼程度，卻不宜過分樂觀的預期或以強制手段勉爲促成。當今有人對於原住民鄉土文化教材的編纂，有這類的論斷：

> 原住民鄉土文化教材在原住民教育方面，乃至原住民傳統文化的傳承，甚至復興方面皆擔負著重要任務。我們期盼在原住民鄉土文化教材的加入下，對原住民文化所面臨的頹勢有所振興作用。但是文化有其獨特的生命性，因此我們不應具有將原住民文化永遠停格在保存階段的心態，或是企圖使之回到過去某一時期的原有狀態。無論願意與否，它無可避免地將與現代化潮流有所結合。如何在現代化的巨輪下，將本族的傳統和文化作適當的調整，俾使它有如浴火重生後的鳳凰，才是民族學觀點下的原住民鄉土文化教材的目標（張駿逸，1997）。

相對的，如果原住民兒童文學也被當成鄉土文化教材，它應該也得有些「前瞻式」的規畫。同時，外界在面對這些作品時，也得摒除某些人類學者以「原始」心態對待世界各地部落式的偏見（參見許烺光，1986；本尼迪克〔R. Benedict〕，1987；汪寧生，1996）來評估它們，而在原住民本身，也不必神化這些作品。前者所存在的「我族中心主義」，畢竟是理解另一文化或跟他族共創未來的最大障礙；後者無非是忽略了這些作品的被建構痕跡，終將難以覺悟繼續尋找「進境」的契機。

整體說來，原住民兒童文學是可以費點心力去考察的。而有關的資料，可能「散落」或被收藏在中央研究院民族學研究所、臺灣大學考古人類學系所、政治大學民族學系、省縣市相關單位、省立博物館民族學研究室、中國民族研究會、臺灣文獻委員會、臺灣銀行經濟研究室、師院原住民教育研究中心、中華民國兒童文學學會、國語日報所屬世界華文兒童文學資料館、信誼基金會資料館、臺灣民俗文物館、順益臺灣原住民博物館及晨星、臺原、常民等出版社。這裏不過初爲發凡，有興趣的人何妨一起來共襄盛舉；也許大家將會發現，這些作品的語言風格，所敍述的行爲事件和所描寫的生活形態，以及所蘊涵的意識形態和價值觀等等，都有點與衆不同而可以藉來「發揮一番」。

第十章　兒童文學研究所何去何從

第一節　臺東師院兒研所的成立

臺東師範學院兒童文學研究所奉准籌設時（1996年），我正好應聘到語文教育學系任教。承同事也是兒童文學研究所籌備處主任林文寶教授的好意，口頭邀請我為籌備委員；此外我還負責籌備會議的記錄，這是林教授跟系主任商量後以「新進教師有擔任學校行政職務的義務」為由「麻煩」我做的。

對於參與籌備工作，我所抱持的態度是希望對兒童文學研究這個領域有些「貢獻」，而不是在那裏「隨聲附和」或「幫人擡轎」。這也是我向來在文學領域或其他領域（如宗教、語言文化學）進行研究所有的「自我期許」，不會因為兒童文學研究是個「新」的領域而改變作法。沒想到這麼單純的念頭，在往後的籌備會議和相關的活動中，陸續的發生跟人相牴觸的現象，最後落得被「隔離」在整件事務之外。本來也想探究一下被隔離的前因後果，繼而考慮到自己多年來在中文學界所引發的一些「風雨」，依然沒有減少研究的興致，爲何要在這個節骨眼上再跟人針鋒相對而不設法把一些理念筆述出來？因此，「兒童文學研究所何去何從」這個課題，也就是在可以藉來「自我安慰」的前提下設定的。這也許會比平常零碎的發言要具有可看性。

在林教授所擬的申請增設兒童文學研究所計畫書裏，列出了兩點主要的申請理由：第一，臺灣地區的兒童文學發展，從二次戰後到現在，經歷了「1946至1963年可稱爲交替停滯期」、「1964至1970年可稱爲現代兒童文學萌芽期」、「1971至1979年可稱爲現代兒童文學成長期」、「1980年以迄於今，此階段可稱爲現代兒童文學爭鳴期，也是幼兒文學的活絡時代」等四個階段；而雖然臺灣地區的兒童文學已進入爭鳴期，但就兒童讀物的品質問題，仍有下列常見的幾個現象：㈠高價位套書、㈡虛浮風尙、㈢一窩蜂主義、㈣非專業化傾向、㈤缺乏民族風格的作品。而其健全發展的途徑，有賴㈠品質管制、㈡理論支援、㈢兒童圖書館的普及、㈣正確的消費觀念、㈤兒童文學從業人員社經地位的肯定。而以上所謂的發展途徑，更有賴提昇兒童文學研究水準。又其提昇的方式在於：㈠建立完整的資料中心、㈡修正建立一套完整的兒童圖書分類制度、㈢成立全國性兒童讀物研究學會、㈣學術和企業結合推動各項兒童文學基礎研究、㈤教育當局宜更重視兒童文學。可見提昇兒童文學的學術研究，進而於師院設立兒童文學研究所和現代工商企業合作，培育跟兒童文學及其相關領域之政策規畫、行政領導、課程發展、教學和創作等具有專長學養及知能的中堅專業人才，並養成從事兒童文學和相關領域學術研究之中、高層專業人員，實爲當務之急。第二，臺東師範學院從七十六學年度（1987）起改制，就以「兒童文學」作爲語文教育學系發展的重心和特色（參見賴素珍，1995）。其間除了出版《東師語文學刊》、《東師語文叢書》，還不斷舉辦有關兒童文學學術研討會，並於八十學年度起成立「兒童讀物研究中心」，而現有「國民教育研究所」中也設有「兒童文學羣」，用心和目的無非是爲籌設「兒童文學研究所」，進而籌建完整的「兒童圖書館」，使兒童文學研究成爲臺東師範學院的標幟，也使臺東師範學院成爲兒童文學研究的重鎮。

至於兒童文學研究所未來發展方向和重點的規畫方面，則以「延續語文教育學系長期以來的努力和耕耘，使其成爲臺灣地區兒童文學研究的重鎮，進而成爲華文世界兒童文學研究的中心」爲宗旨。在發展方向上，首重兒童文學史料的整理，並且以臺灣本土地區的爲優先。而所要整理的史料，則有作家史料、書目史料、活動史料（如大事紀要）等三部分。其次，成立完備的「兒童圖書館」。擬就現有「兒童讀物研究中心」逐步擴充爲兒童圖書館；而將館藏印刷資料（包括圖書、非圖書資料。後者如雜誌、報紙、圖片、小冊子、地圖、掛圖等）、非印刷資料（包括電影、幻燈片、錄音帶、錄影帶、唱片、投影片等視聽資料）和其他資料（如縮影資料、光碟、玩具等）。以上是以資料型態來區分，如果以用途來區分，則有兒童圖書資料（分一般館藏和參考館藏。前者可流通館外的兒童讀物及其他資料，後者供館內閱覽的參考工具書）、有關兒童的圖書資料（供成人讀者利用爲主）和專業館藏（供專業人員或研究者利用）。再次，發展重點除了側重文學史料的蒐集和研究，還擬研究和創作並重；在學理研究之外，也需要將兒童文學理論應用於創作和編輯上，進而成立創作坊、住校作家，以收理論和實際並重的效果。

此外，有關課程的規畫，主要分爲三羣：歷史、論述、文體和作品。歷史部分，必須課程有：語文科課程發展史、中國兒童文學史、西洋兒童文學史等；選修課程有：童年史、中國歷代啓蒙教材研究等。論述部分，必修課程有：兒童閱讀心理；選修課程有：兒童與書、語文與兒童、兒童文學理論、文學與哲學、兒童文學的批評與實踐、兒童與思考、文學社會學、兒童文學與俗文學、兒童文學研究方法論、說故事等。文體和作品部分，必修課程有：中國兒童文學名著選讀、西洋兒童文學名著選讀等；選修課程有：圖畫書、兒童詩、兒歌、寓言、兒童戲劇、知識性兒童讀物、兒童故事、神話、童話學、少年小說、名家作品研究等。有關師資的聘請，㈠擬聘具副教授以上資格的專任教師四人，其中至少有二位具博士學位；㈡如屬增聘，則以具西洋兒童文學理論研究及創作專長的教師優先；㈢增聘師資的途徑爲公開徵選；㈣臺東師範學院現有語文教育學系兒童文學領域教師四人，可供支援。有關所需的設備、圖書及增購的計畫，㈠現有該領域專業圖書：「兒童讀物研究中心」藏有兒童文學領域的圖書中文五千冊、外文近百冊；㈡增購圖書的計畫：八十六學年度擬增購1500冊，八十七學年擬增購1500冊；㈢所需設備及增購計畫：圖書、電腦（略）。有關空間規畫（略）。

最後，兒童文學研究所和學校整體發展的評估：㈠師資陣容堅強，兒童文學經驗豐富：臺東師範學院目前爲培育國小師資的搖籃，現設有語文教育學系，當中兒童文學又爲全校師院生所共同必修，兒童文學師資陣容全省無出其右，連續主辦全國兒童文學學術研討會及兩次全國師院生兒童文學創作獎，如今設立兒童文學研究所，應是水到渠成的自然發展。㈡兒童文學研究所跟現有語文教育學系相輔相成：語文教育和兒童文學二者，實爲一體兩面，語文教育系屬教育學院，兒童文學研究所屬文學院。本省九所師範學院朝綜合大學發展，已是必然趨勢，如今成立兒童文學研究所也是爲本校朝綜合大學發展籌備工作之一。㈢因應世界潮流，培育高深兒童文學研究人才：環顧國內尚未有任何一所大學成立「兒童文學系」，而先進國家及大陸，不但早在十餘年前就成立兒童文學系所，甚至博士班，爲未雨綢繆，培育更多高等兒童文學師資及研究人才，以免日後各校成立兒童文學系，有師資缺乏之窘態。㈣兒童讀物發展到相當程度，需要有專爲評鑑研究的單位：兒童文學的作者多、圖書多、出版社多、讀者也多，而其間良莠不齊，何者為優，何者為劣，須經評鑑，讓家長、教師、兒童、讀者有一選擇標準可依循，兒童文學研究的成立，這是它的主要職責之一。

整部計畫書中雖然有些地方（如臺灣地區兒童文學發展階段及其從八〇年代來海峽兩岸兒童文學交流的考察）跟其他論者的說法略有出入（參見邱各容，1990；洪文瓊，1994a；祝士媛編著，1989；王泉根，1992），但依然可以看出它宏闊的規模，以及在兒童文學界為自己找到了有利的發言位置。或許這就是本所能獲准籌設的最大因緣（按：據傳還有別的師範學院也曾申請籌設兒童文學研究所，但都被教育部打回票）。然而，這裏也有沒有明說（或不便明說）的部分，就是傅柯在他的知識／權力框架底下所指出的「知識對象的創造」和「權力網絡的運作」。所謂「權力和知識是共生體，權力可以產生知識，權力不僅在話語內創造知識對象，而且創造作為實在客體的知識對象」（徐崇溫，1988：192～193）、「權力不是某人、某團體或某制度控制他人，一方發號施令，一方接受命令。相對地，權力『從無數的點上運作……』。權力是所有關係的特性，同時也建構這些關係，包括經濟的、社會的、專業的、家庭的關係，主導的形式被嵌入日常活動的理解，或某一關係實質的形式。因此，醫生和病人的關係由一預設的共同目標來界定，由醫生願意協助和病人願意尋求協助而共同建構。這樣的共同目標和權力關係是不可分的，在此一權力關係中，預設一方具有知識，而另一方願意接受具知識者的建議。所有的人都會使用權力，所有的人也都會臣屬於權力：『權力的使用和運作透過一個像網一般的組織，每個人穿梭於網中的線；人總是處於同時進行和運作權力的位置。』」（佛思等，1996：239）兒童文學研究所籌設者「組構」（拼裝）了這分計畫書，運用他的人脈和他熟悉的管道，促使兒童文學研究所的成立，以至有關兒童文學研究所的種種，變成一種可能的知識，再轉爲籌設者所利用或賣弄，以承載他的權力慾望。而當這個所實際在運作後，所結合的人力，又形成一個更大的權力關係網，而佔便宜的永遠是那販售知識（擁有較多權力）的人。

兒童文學研究所籌設者不表明他的權力慾望，大家也能意會（每個人都會在某個領域裏展現權威心態，只好心照不宣），但對於有些人所擔心的一些事，如權力的濫用或腐化之類，卻也不得不防。「人類所掌握的『知識』絕不應將之等同於『眞理』。人所運用的知識只是一種『理論』。只要是一種理論，它永遠對其他方面來的挑戰是開放的。當它一成了專制，自認爲是『眞理』，要求其他挑戰『低頭』，它便從『知識』的身分墮落成『教條』，而爲赤裸的權力服務」（傅大爲，1994：131），所謂的權力的濫用或腐化，大略就是這種情況。未來兒童文學研究所主其事的人會不會這樣？那就拭目以待了。

第二節　相關造勢活動的情況

兒童文學研究所獲准籌設後，林教授很快的展開一系列的造勢活動，一方面讓外界知道有這個所，一方面也讓外界看好這個所。而他所採取的策略，可說是「多管齊下」，如設聯絡專線，並透過報章雜誌發布新聞稿，周知外界，聽取建言和查詢；邀請或徵求兒童文學界人士撰文發表看法和構想，並洽商《國語日報》兒童文學版予以刊登；在南北兩地各舉辦一場座談會（一假臺北市國語日報社，一假高雄市七賢國小），蒐集各界人士的意見；在本校舉辦一場兒童文學與教育學術研討會，安排一場座談會，談兒童文學研究的方向兼推銷籌設兒童文學研究所的理念等等。

林教授所開出的徵詢項目，包括兒童文學研究所入學資格、考試科目、開設課程、師資聘請、發展走向，以及如何跟國內外兒童文學界互動等等，一個所所牽涉的環節幾乎都觸及到了。在邀請兒童文學界人士撰文發表看法和構想方面，所得的回響不少，如關於「入學資格」的：「兒研所招考研究生時，主事者千萬不要有『純種』或『近親繁殖』的心態。相反的，兒研所應該張開雙手，歡迎不同學系畢業、語文程度高、又有志從事兒童文學研究工作的學子來加入。科際整合是兒研所未來的一個重要走向」（張子樟，1996）、「多數的兒童文學家在經歷多年的創作之後，可能需要回流到研究所進修，如果以一般研究所注重記憶式的考題進行測驗，可能不是很恰當。也許將阻絕知名的成年、中年及老年兒童文學家回流到學習的循環圈中再學習、再出發的機會。所以，建言兒童文學研究所的招生辦法中，應採計個人著作、已發表之兒童文學作品，或研究論述予以加分；甚至目前已擔任兒童文學寫作之教學工作者，應採計其工作年資予以優待。讓迫切需要進修之兒童文學家，或兒童文學教育工作者，有參與學習進修的機會」（翁萃芝，1996）、「研究所既然成立了，訂定『遊戲規則』也是必然的。首先是誰有資格來讀？我認爲：文章寫得越好，就越有資格來讀。所以，報名者在之前寫的文章也應該列入成績來計算」（楊茹美，1996）；關於「考試科目」的：「考試科目除中英文外，應考兒童文學、兒童心理學、文學概論等」（林武憲，1996）、「我覺得考試科目應包括中外文。但是，考量兒童文學研究的國際性發展，外文考試科目應讓考生可以選擇考英文、日文、德文或法文等，不應只限於英文。另外，兒童文學是當然必考科目，且兒童心理學也應列入考試科目之中」（吳淑琴，1996），關於「開設課程」的：「課程設計必須掙脫傳統『兒童文學』教學的窠臼。研究所教學首重培養獨立思考能力，而獨立思考經常是博覽羣書的結果，因爲廣博的學習領域往往可以觸動學子的潛力。在課程方面，中外兒童文學史的回顧不可缺少，但理論和作品的比較研究也絕不能忽視。另外，社會的急速變遷同樣會影響到課程內容。單親家庭、死亡問題、兩性問題、多元文化衝擊等等熱門性的話題已經溶入現代作品中，同時也成爲研究的好題材。因此，兒研所的課程設計，不能只在文學理論和語文結構方面打轉，心理學、社會學、教育學、傳播學、哲學等社會科學學門和兒童文學之間的互動，也必須納入。如此一來，課程設計才會生動實用，而且能給學生更寬更廣的學習空間」（張子樟，1996）、「課程設計規畫方面，除了一般文學理論、兒童文學理論、作家作品研究、臺灣兒童文學史、兒童文學教育、兒童文化、兒童學、文藝美學、傳播學、比較文學、民間文學、文藝批評學、文藝心理學、文藝鑑賞學、文學社會學、編輯出版學、閱讀學、閱讀心理學等，讓學生能在多種概念和方法的相互衝擊下，激發出深入探索的興趣和學習知識的整合，建立廣大的研究基礎」（林武憲，1996）、「除了研究先進國家的兒童文學發展以作爲『他山之石』外，兒童文學研究所更應努力研發本土化的兒童文學……我們不希望兒童只知道小紅帽、醜小鴨，而不知道什麼是媽祖婆、千里眼」（翁萃芝，1996），關於「師資聘請」的：「未來的研究工作應該以宏觀角度作爲出發點，因此具有西方文學理論基礎的教師是不可或缺的」（張子樟，1996）、「師資方面，東師院本來就有幾位熱心兒童文學研究的老師，發表、出版過不少有份量的論文、專著。不過，研究所還是需要再聘歐美、日本專攻兒童文學的老師」（林武憲，1996）、「在師資上希望能聘請國內外專攻兒童文學研究，且具有學術地位者，指導研究生嫻熟學術研究的方法，接受學術殿堂的薰陶。但是我們更希望部分的師資是來自有實務經驗的兒童文學作家，以著作審核取得講師資格，而不拘學歷」（翁萃芝，1996）、「師資來源應包含兒童文學研究者及受肯定的兒童文學實務工作者，以提供具多樣性及結合理論和實務的多元化課程。另一方面，對兒童文學先進國家的了解，可以刺激國內兒童文學的發展和研究。因此，招聘外籍兒童文學研究者擔任專題講師授課，是可以考慮的一種方式。顧及招聘外籍師資可能遭遇的困難，可採用一個星期或十天左右的密集授課方式進行」（吳淑琴，1996），關於「發展走向」的：「（兒童文學研究所的定位）期待它既是一所研究兒童文學基本思想的搖籃，也是訓練兒童文學寫作、鼓勵創作的兒童文學營」（鄭如晴，1996）、「宏觀的角度和科際整合也許是兒研所今後應該走的道路。本土兒童文學作品的整理很重要，理論性的探討不能缺少，國內作品和外國作品的比較應該納入，翻譯作品的研究無法規避。這些寬廣的研究主題，凸顯了兒研所的無限空間……科際整合型的兒童文學研究只依賴純粹的文學理論來解說是不夠的，還必須借助部分社會學、心理學、教育學、傳播學和哲學上的論點，如此才能藉多角度的省察，達到全方位觀照的效果」（張子樟，1996）、「至於發展方向，可以研擬短期、中期、長期發展目標，多跟兒童文學有關人員、社團聯絡合作，舉辦講座、演講會和研討會，重視臺灣兒童文學作家、作品和流變的研究，建構我們自己的文學理論，聘請駐校作家等」（林武憲，1996）、「國內外美術研究所的碩博士學位，均區分爲創作組或理論組。部分學生專攻藝術作品之創作；另一部分學生則鑽研藝術史或藝術理論之研究。個人認爲兒童文學研究所頗適合走這樣的路線。依學生的興趣及能力，部分鼓勵創作更多優秀的、本土化的兒童文學作品，有些則鼓勵鑽研兒童文學的創作理論、史料研究及結合國內外兒童文學家，研究發展未來兒童文學的走向，並建立國內兒童文學發展之雄厚的理論基礎」（翁萃芝，1996）；關於「如何跟國內外兒童文學界互動」的：「研究所本身應該設法透過管道，跟兒童文學的先進國家交換學生」（楊茹美，1996）、「兒研所必須與兒童文學界緊密結合，請他們提供相關資料和機會，讓研究生個個有實務的經驗，再加上紮實的理論訓練，必定能選擇一個最適當的研究主題」（張子樟，1996）。

除了以上是按題分項提出建議，另外還有涉及兒童文學研究資料中心的設立意見：「有必要與兒童文學研究所同時設立兒童文學研究資料中心（館），有計畫的蒐集、保存、整理國內外的兒童文學資料。至於兒童文學研究資料中心（館）的功能及階段性發展目標可參考日本大阪府立國際兒童文學館，以『兒童文學資料中心』爲近程目標，『資訊流通中心』爲中程目標，『兒童文學的國際性研究機構』爲遠程目標」（吳淑琴，1996）、「最近在《兒童文學信息》第3期看到蔣風教授設立『國際兒童文學館』的構想，計畫『先建國際兒童文學館，再設立中國兒童文化研究院，等條件許可再進一步創辦國際兒童文化大學』。不論其能否實現，就兒童文學發展過程來看，這是一條必定要走的路……最近臺東師院已獲准成立兒童文學研究所，這是非常讓人興奮的好消息。這雖然離成立兒童文學館等工作有些距離，但起碼在研究工作發展上走出了一步……在初期應當以『兒童文學教學』的資料爲主，求精不求多……當發展到某種程度時，再提升研究水準，增加研究資料，使『教學與研究結合』」（馬景賢，1996a）。這一部分，事實上論者還期待全國一起設法來籌設（不僅冀望於臺東師範學院而已）。爲了證明它的必要性，論者另舉世界各國的作法，企圖「說服」人：「國際間對兒童文化教育工作，現在不僅重視本國的兒童文化，更重視國際間兒童文化交流的工作。爲了交換兒童文化資訊，促進兒童文學研究和兒童讀物出版，歐美各國已經設有不少兒童文學研究發展機構，如設於德國慕尼黑的『國際青少年圖書館』，除有豐富的藏書外，並設有研究室，定期舉辦國際學術研討會、國際兒童畫展，邀請外國兒童文學工作者到德國訪問及作專題研究，爲現今世界上最具規模的兒童文學研究推動機構。日本是亞洲兒童文學最發達的國家，尤其是在第二次世界大戰後，積極推動兒童圖書館和兒童文學工作，並於大阪成立了僅次於德國的『國際青少年圖書館』。其他國際上著名的兒童文學研究機構尚有：美國／兒童文學研究資料館（1949年成立）；加拿大／奧茲本珍藏館（1949年成立）；法國／國際兒童中心；澳洲／南澳大利亞洲立圖書館兒童文學研究所（1959年成立）；德國／法蘭克福兒童文學研究所（1963年成立）；美國／國會圖書館附屬兒童文學中心（1978年成立）；美國／國際兒童文學中心（1964年成立）；奧國／國際兒童文學和閱讀研究所（1965年成立）；瑞典／瑞典兒童圖書研究所（1965年成立）；芬蘭／芬蘭兒童文學研究所（1978年成立）；印度／多民族兒童研究圖書館文獻中心（1977年成立）；英國／兒童圖書中心（1981年成立）；智利／兒童文學中心（1987年成立）；丹麥／安徒生研究中心（1988年成立）；挪威／傷殘少年兒童讀物文獻中心」（馬景賢，1996b）。不只這樣，「有些大學還附設兒童文學機構，如美國明尼蘇達大學有兒童文學研究資料館，俄亥俄瑞特州立大學設有國際兒童文學中心，德國歌德大學有法蘭克福兒童文學研究所。大陸的北京師大有兒童文學教研室，浙江師大有兒童文學研究所，四川外語學院有外國兒童文學研究所，廣州師院也有兒童文學研究室的設立。大陸的大學招收兒童文學研究生的另外還有華中師大、山東師大、東北師大等。我們臺灣呢？臺大、師大的中文系、國文系都沒有兒童文學課程」（林武憲，1996）。所以，「我們目前實在迫切需要像日本及歐美國家一樣，成立一個兒童文學研究發展中心，用以從事發展研究兒童文學教育工作，促使兒童生活和教育結合，提昇兒童文學理論研究，鼓勵創作富有中國民族色彩之優良兒童讀物，促進海內外及國際兒童文化交流」（馬景賢，1996b）。這些是兒童文學研究所的成立所「帶」出來的，可見國內在這方面存有多少問題有待正視。

南北兩地所舉辦的座談會，我個人只參與了臺北那一場。會中除了一般性的建言（建言者多半已受邀撰文發表意見，聽不出有什麼「突出之論」），最主要的是部分想報考的人對於報考資格和考試科目的詢問。這在事前的一次籌備會議中已經有了初步的決議，但林教授卻不是照該決議去回應（那一次籌備會議林教授有事先行離席，委託楊茂秀委員代爲主持，但事後他也該過目一下記錄），而跟詢問者有些「扯不清」的辯論，我適時要求發言，把對方的疑慮稍作「釐清」，並表示一切尚未定案，歡迎大家繼續提供意見。沒多久，我又補充說了一些話（同時在場的洪文珍委員也先我說了同一件事）。這時林教授臉色開始有點不悅，似乎怪我多話，搶了他的風采。最後，彼此都訕訕的離去。四個月後（也就是距離1997年5月招生考試的前兩個月），在兒童文學與教育學術研討會中，我發表了一篇文章（現列爲本書第二章），多方面的批判當今的兒童文學研究，一時舉座嘩然，會場有十餘人發言質疑和反駁。這都是我預料中的事，但沒想到還有「會外會」，不時傳來別人對我的議論，整件事好像仍在「餘波盪漾」中。系上的同事，看到我時，也都收斂了笑容。這時我才確定，我已經在兒童文學界「攪亂了一池春水」，也惹火了許多人。此後，籌備處所有重要的事務，自然也就「無緣」再參與了，只能在籌備會議中繼續作記錄，並講些別人不太「理會」的話。

說了這麼多話，不是在為自己作辯白（我本不必進入兒童文學界才有發展，無須為自己辯白什麼），只是想提醒主其事的人，我所觀察到的外界對兒童文學研究所所發出的建言本身並沒有什麼特別（將近十位籌備委員平常討論所提出的方案，遠超出外界的想像——包括一些技術性的問題都考慮到了），比較特別的是有這麼多人在關心兒童文學研究所的成立，無非是希望把它變成「大家的所」，而不是某一特定人的所，一切決策應該經由充分的討論而後才執行，否則「集體意志」就形同虛假，而一切集會諮詢也終將流於形式。還有許多來報考研究所的人，他們在執著於兒童文學研究之外的一些「衷情」，也得有所了解。它類似有人考察到的那樣「（臺灣兒童文學作家）有極大部分的寫作動機，是出自於文學獎的名利追逐；此類寫作者，大都對獎金的誘因有較高興趣，只有文學獎徵稿時才出現」（林煥彰，1996），這些熱衷於報考兒童文學研究所的人，有相當成分是兒童文學圈這個權力場域在吸引著他們（他們可藉以晉身、獲取榮耀、改善處境等等——其實在國內唸任何一個研究所的人，有那一個不是這樣想的呢）。現在能夠經營兒童文學研究所的人，都是「既得利益」者，對這些想前來唸書的人，應該給他們多一分的體諒和鼓勵，並儘可能幫助他們尋找「出路」，而不只是辦個研究所來展現自己的權力意志和增加自己的尊榮而已（偶而有創作成績不惡而仍在小學擔任繁瑣的行政工作的朋友，在閒聊中知道即使取得兒童文學研究所的碩士學位也難以進入師範學院教書——現在幾乎都要有博士學位才可能——所顯現的失望表情，看了的確教人不忍）。

第三節　籌備過程的幾個爭議點

就在研究所廣為向外造勢時，內部也同時在進行一次又一次的籌備會議。林教授除了把報教育部的申請設所計畫書和外界的反應文章印發給籌備委員，還分派每位籌備委員負責設所宗旨、設所目標、課程設計、招生辦法等議題的規畫。第二次籌備會議就討論我所擬議的設所宗旨和設所目標。我的擬議書並沒有我自己的意見，完全是依照林教授的計畫書歸納整理出來的：本所設立旨在發揚語文教育的成果和拓展語文教育的層面，使其成為臺灣地區兒童文學研究的重鎮，進而成為華文世界兒童文學的研究中心。具體目標包括：㈠從事兒童文學的理論和實際的教學及研究工作，積極培養兒童文學研究和創作的專業人才。㈡全面蒐集相關的出版作品、論述資料、作家資料、書目資料及活動資料，以供教學及研究之用。㈢結合本校「兒童讀物研究中心」，逐步擴充為兒童圖書館，使其成為臺灣地區和華文世界兒童文學的資料庫及資訊中心。對於這份擬議，當時出席的洪固、何三本、吳朝輝、洪文珍、洪文瓊、楊茂秀、杜明城等委員及列席的方榮爵校長、侯松茂教務長、吳元鴻總務長，都紛紛表示意見。大家認為兒童文學研究所和語文教育學系是兩個不同的系統，要兒童文學研究所擔負「發揚語文教育的成果和拓展語文教育的層面」，頗不切實際，而且兒童文學研究所要培養的，也不應該侷限於研究和創作的人才。還有蒐集資料和成立兒童圖書館等項目標，本來就是所應該做和配合性的工作，「研究」所著重的是基礎學理和實務演練的鑽研，兩者當有些區分。此外，有人對於文中「重鎮」一詞也不敢苟同，它應等到本所有了具體成績後，留給別人去評定，不宜現在就「自我封號」。由於爭議處過多，主席林教授裁示請大家回去再擬意見，彙整後提出討論。

會後，大家並沒有將各人的意見交由我整理。只有洪文珍委員自擬了一份，以及我綜合會中大家的意見所重擬的一份。洪秀員擬的是：

㈠設立宗旨和教育目標：

本所旨在深化我國兒童文學理論研究，藉以提升國內兒童讀物創作和出版品質。具體的教育目標如下：

1.培養華文兒童文學創作和翻譯改寫的人才。

2.培養兒童文學詮釋的人才。

3.培養推廣兒童文學的人才。

㈡研究和教學發展方向：

1.兒童文學的各項基礎研究：如兒童文學本質論、範疇論、類型論、研究方法論、兒童文學各類型創作原理、兒童文學作品分析、兒童文學美學、兒童文學批評、兒童文學語言及改寫。

2.兒童文學的整合研究：如兒童文學翻譯研究、兒童文學比較研究、兒童文學和兒童發展心理學、兒童文學和兒童思考（哲學）、兒童文學和傳播理論、兒童文學和兒童文化。

3.兒童文學的推廣研究：如說故事、唱唸兒童詩歌、唸書給孩子聽、相聲、戲劇表演、兒童讀物閱讀指導、讀書治療。

4.兒童文學史料彙整分析及史的研究：重要作家及插畫家作品整理、期刊及研究論著摘述、作家及插畫家年表、好書書目、華文兒童文學大事記、發展史、研究專書目錄、期刊論文索引、作家作品論。

我重擬的，仍舊只分設所宗旨和設所目標兩項（不像洪委員參考別校設所的作法，多列一項「研究和教學發展方向」）：

㈠設所宗旨：

本所設立旨在傳承兒童文學研究的經驗和開拓兒童文學研究的領域，使其成爲臺灣地區兒童文學研究的中心，進而帶領華文世界研究兒童文學的風氣。

㈡設所目標：

1.從事兒童文學的理論和實際的教學及研究工作，積極培養兒童文學研究、教學、創作、翻譯、推廣等專業人才。

2.引進現代資訊管理理論和實務，充實教學內容，進而建構兒童圖書資訊管理的體系，並在具體情境中逐次實踐。

3.研發專屬兒童圖書、雜誌、電子書的製作、編輯、挿畫等實用性理論，實際參與或引導相關市場的運作。

4.運用社區、鄉土人力資源，共同開採口傳兒童文學的寶礦，並教導培訓採集、整理、研究口傳兒童文學的人才。

5.創設兒童劇場和多媒體傳播的教學模式，使兒童文學在更多人參與創作、推廣下，有更多機會走入社會，而擴大它的影響面。

比起前面洪委員依據他自己的想法所擬的那一份，後面這一份涵蓋衆人的意見顯然廣闊的多。然而，此後就沒有再討論這件事。林教授以教育部核准招生而日期迫在眉睫爲由，先行討論招生事宜（按：另外有一件教師聘請案，林教授跟少數幾位委員「私下」就聘定了）。可是我們卻發現林教授個人撰文在報紙上發表，並將所發表的文章在籌備會中或跟其他來賓合開的座談會、研討會中散發，而關於設所宗旨和設所目標部分他是這樣說的：「臺東師院兒童文學研究所，奉准於八十六學年成立，目前正在籌備中。其設立宗旨在傳承兒童文學研究的經驗，及開拓兒童文學研究的領域，使其成爲臺灣地區兒童文學研究的中心，並進而帶動華文世界（像中國大陸、香港、馬來西亞、新加坡等地）研究兒童文學的風氣。因此我們的發展方向，擬將朝著三方面來進行：第一，注意兒童文學史料的整理，並以臺灣本土地區之史料爲優先……其次，就是成立一座圖書資料完備的『兒童圖書館』……最後，我們發展的另一個重點，是在研究和創作並進。除學理研究之外，更需要將兒童文學理論應用於創作、編輯上，進而成立創作坊、駐校作家、大陸兒童文學資料室、翻譯工作坊等，以收理論和實際並重之效」（林文寶，1996b）。可以看得出來，這一說法跟原計畫書的說法並沒有太大差別，它只是把我重擬的設所宗旨按上去，而在發展方向的第三項加入了一點外界的反應。可是我所重擬的設所宗旨，是要由我重擬的設所目標來「支撐」，而不是他所提那三點就能辦到。這些沒有經由籌備會討論定案，總嫌草率了一點。林教授堅持他的某些看法（後來他就根據他那篇文章製成一份「國立臺東師範學院兒童文學研究所簡介」），本來也沒有什麼不可以，但籌備會的召開和籌備委員的意見卻成了多餘，不免讓人覺得遺憾！往後的幾次籌備會，都有籌備委員質疑兒童文學研究所的定位不明，應該繼續討論下去。但林教授似乎面有難色（或說「不悅」較爲妥當），直說「那不是早已定了呢」！接著就是散會。

第四節　招生考試前後留下的議題

籌備過程中，比較快定案的是考生資格和考試科目。

前者除了依教育部的規定，最大特色是不限大專院校畢業生的科系，這也是外界所期望的。後者決定採初試用筆試和複試用口試二階段。筆試科目有國文、英文、兒童文學和兒童學。原先有人提議外文以英文、日文、德文、法文等選一方式，但因限於出題者和教務處作業不便而作罷。至於兒童學一科是唯一由籌備委員表決列入的；大多數人都覺得兒童學跟兒童文學的關係密切，不應該忽略。當時我也發言表示：兒童文學研究所不只研究兒童文學，也得發展出一些學科，才能顯出它的特色，而兒童學在國內還不發達，正好可由本所率先來建構；在考試科目中有這一科，等於向外界表示它也是本所將來的一個努力目標（討論中，包括林教授在內，共有二、三位反對考這一科，我見狀不惜放出「重話」：一個新所的成立，專業科目如果只考兒童文學一科，一定會被人瞧不起）。最後林教授裁示當場舉手表決，終於以些微差距的票數通過加考這一科。

此外，就是一些技術性的問題，如「報考專業在職生者應繳交服務單位核發的『在職進修同意書』，及考生個人的『兒童文學作品或研究成果』書面資料（以已出版或發表者爲限）。該『兒童文學作品或研究成果』列爲專業在職生類筆試科目之一，佔100分，是以專業在職生初試總分爲500分」、「初試錄取者再參加口試。正式錄取生：筆試佔70%，口試佔30%」、「兒童學分三部分：㈠兒童心理：《兒童心智》，Donaldson原著／漢菊德、陳正乾譯／

遠流；《天生嬰才》，Mehler&Dupoux著著／洪蘭譯／遠流。㈡童年史：《童年的消逝》，Postman原著／蕭昭君譯／遠流；《童年的祕密》，Montessori原著／賈馥茗主編／五南。㈢兒童文化：《新幾內亞人的成長》，Mead原著／蕭公彥譯／遠流；《兒童遊戲》，James E. Johnson原著／郭靜晃譯／揚智；《傳播媒體與兒童心智發展》，Greenfield原著／陳秋美譯／信誼；《童年沃野》，Nabhan&Trimble原著／陳阿月譯／新苗」等，這並沒有什麼爭議，同時也明列在招生簡章中和透過一些刊物（如《毛毛蟲通訊》）向外界傳達。有問題的是，原先多位籌備委員希望考試更具公平性和合理性，每一筆試科目應採「集體命題」方式（口試採合議制），可是到最後卻只有部分科目這樣做，令人有些失望！

教育部核准的研究生名額爲十五人（在職生3人、一般生12人），而學校也決定在1997年5月舉行筆試和口試。招生考試前後，爭議性最大的是兒童文學研究所的發展方向和課程規畫問題。因爲林教授一直沒有重視第二次籌備會議中所引起的議論，而且又以他所擬定的三個發展方向充當，致使在後面的幾次籌備會議都有委員提出質疑。如身兼「兒童讀物研究中心」的洪文瓊委員，他就屢次以兒童文學研究所要該中心配合發展，究竟能否解決人員編制和經費補充等問題提出詢問（因爲現在該中心只有他一人在做事，沒有經費預算，學校派兩名工讀生幫忙做圖書分類、編目、上網等工作，也是做得七零八落），但結果都是一樣的：林教授無從承諾什麼，卻又不願在籌備會中討論所的發展方向。

還有課程規畫也是莫衷一是，林教授「迫不得已」在研究所放榜後，召開第十次（也是最後一次）籌備會議，專門討論課程問題。會中每個人手邊都有兩份課程規畫表，一份是洪文珍委員在他原先所擬設所宗旨和教育目標、研究和教學發展方向二項後併列的；一份是林教授新擬的。洪委員把課程分為三組：㈠兒童文學基礎理論必修課程（10學分）：包括兒童文學綜論、兒童文學研究方法論、中外兒童文學史、兒童文學美學、兒童文學批評。㈡兒童文學基礎理論選修課程：包括兒童文學創作心理學、兒童文學語言、兒童詩歌創作原理、童話創作原理、少年小說創作原理、兒童戲劇創作原理、兒童傳記文學創作原理、知性讀物創作原理、圖畫書創作原理、插畫欣賞、華文兒童文學名著選讀、西洋兒童文學名著選讀、兒童電子書選讀、少年小說美學、兒童詩歌美學、童話美學、張之路少年小說研究、楊喚兒童詩研究、兒童文學思潮、改寫研究、翻譯研究。㈢兒童文學整合推廣選修課程：包括兒童讀物閱讀指導、唸書說故事、唱唸歌謠、兒童劇場、戲劇表演、兒童戲劇編導、讀書治療、比較兒童文學、深層生態學與兒童文學、兒童文學與發展心理學。其中創作、詮釋、整合推廣三羣任選22學分，合計每位研究生必須修足32學分。林教授把課程分為共同課程和分羣課程。共同課程：包括研究方法、獨立研究。分羣課程：則分三部分

㈠歷史：包括西洋兒童文學史、中國兒童文學史、童年史、中國歷代啓蒙教材研究、語文科課程發展史；㈡論述：包括兒童文學綜論、兒童閱讀心理、兒童與書、語文與兒童、說故事、兒童文學思潮、文學理論、文學與哲學、敍述學、兒童文學與教育、兒童美學、兒童與思考、兒童文學批評、文學社會學、兒童文學與俗文學、兒童文學創作原理、翻譯研究、兒童文化、兒童閱讀指導、改寫指導、兒童文學與心理學；㈢文體和作品：包括中國兒童文學名著選讀、西洋兒童文學名著選讀、圖畫書、兒童詩、兒歌、寓言、兒童戲劇、知識性兒童讀物、兒童故事、作家與作品、作品與出版、電子書、童話學、少年小說、名家作品研究、專題研究、其他。其中共同必修4學分、研究方法和獨立研究各2～4學分、論述和歷史及文體和作品各6學分，合計每位研究生必須修足30學分（不含論文）。雖然如此，林教授並不是問與會委員有關這兩份課程設計的優劣，而是只就他所擬的那一份問大家有沒有意見。然後大家就一一的針對林教授那份課程設計發表意見（很奇怪的是，洪文珍委員自己擬了一份，卻始終沒有爲他的構想解說半句話或堅持點什麼），爭議點幾乎都集中在獨立研究和研究方法兩科上。輪到我發言時，本來想稱贊一下林教授那份設計比原計畫書所擬的周詳許多，但因心情「欠佳」及當場氣氛「詭異」而作罷，只提出五點看法：第一，必選學分（12學分）太多，不是好現象，容易造成一些「乖乖牌」的研究生充斥（研究生即使不滿所修課內容，但礙於它是「必修」，也只好「忍氣吞聲」的修下去）；第二，獨立研究美其名是要建立師徒制（林教授語），其實不過是巧立名目，它跟論文指導並沒有兩樣，何況在研究方法及其他專業科目中也都會涉及「獨立研究」的訣竅，沒有必要再讓研究生爲這一科目傷腦筋；第三，研究方法的開設要有些前瞻性，不能再像其他研究所只談些資料蒐集、整理、分析等等技術性的問題，它還須有方法論的建構，以超邁的姿態爲兒童文學學作出具體的貢獻；第四，分羣課程三分的名稱不盡恰當，無妨改爲文學史、理論批評和實際批評，還有理論批評中的兒童文學綜論一科可取消（像大一課程）、說故事和兒童閱讀指導及改寫指導三科應移入實際批評項、童話學一科應移入理論批評項；第五，除了部分科目必須由有特別專長的人擔任教學，其餘最好由不同的人輪流講授，讓研究生多些「選擇」機會，也讓所常保活力或生機。在我發言後，杜明城委員（初等教育學系系主任——唯一非語文教育學系的籌備委員）作了一些呼應，他特別提到獨立研究應防止「研究生淪爲指導教授助理」的流弊。然而，林教授並沒有處理這些歧見，只不斷地爲他的設計作辯護，最後以「我們等研究生來報到後再聽聽他們的意見」一句作結，讓大家面面相覷，不知如何是好（籌備委員的意見都不「重要」，研究生的意見還有多少會被接受呢）！

事實上，我們都看得出來，林教授非常用心在規畫整個所的一切。我手邊還留存一份正式籌備會議召開前，林教授所作的問卷調查統計結果表。它是由「您認爲考生的資格是否需要有系別或相關科系的限制」、「您認爲考試科目以幾科較爲合適」、「請列舉出您認爲適合的考試科目（以不超過六科爲限）」、「您認爲有那些課程可列爲核心課程（以不超過四科爲限）」、「您對於兒童文學研究所成立的宗旨、目的及任務有何看法」、「您對於兒童文學研究所的發展方向有何看法」、「其他」等系列提問所獲得的結果（詳細內容略）。只不過它也跟我們籌備委員所提的大部分意見一樣，統統「船過水無痕」，沒有在設所的過程中發揮什麼「實際的效用」。因此，我們仍然在懷疑：這個所到底要走往那裏去？

第五節　展望未來的發展方向

我個人相信這個所還是有調整的機會，不然別的學校也將會陸續成立類似的系所，所以根據一年來的觀察心得，提幾點值得主其事的人考慮的事，以便能走的更爲穩健：

第一，籌備過程中，相關事務應有充分的討論，以擬出較可行或較有遠見的發展方向。如果是已經成立的（系）所，也得隨時發覺問題，予以解決或修正，不宜「盲目」的走下去。

第二，課程的規畫，應以符應該發展方向爲主，除了少數不得已要「因人設課」，其餘最好都「因課設人」，才能保證該發展方向不被扭曲或大幅度轉移；否則徒然浪費力氣，不見預期的成果。

第三，硬體的設備，除了圖書的廣泛蒐羅和相關器材的必備購置，還得籌辦專屬的刊物和出版成果性的圖書，並結引傳播媒體、出版界和有關的企業界，共同「栽培」研究生，讓他們有見習、表現的機會。

第四，教師的「自我成長」方面，應在發展方向底下，個別或共同建構出一些學理性或實務性的學科或專著（前者如兒童學、兒童文學學之類，後者如兒童電子書的製作、兒童劇場的經營之類），以維持一個所高度的授課水準。

第五，定期或不定期舉辦講座、演講會、學術研討會、成果發表會、跨學科跨國際的學術交流（所需經費恐怕大部分要自己設法籌募），好展現一個所應有的活力。

一個新（系）所的成立，總是千頭萬緒，主其事的人智慮再強，也有顧不及的層面和看不見的死角，正是需要結合同道一起思索和一起經營的時刻。錯過了時機，等「一切就緒」（其實只是個假象）後，旁人就不便再置喙，只好眼睜睜看著它「顛躓前行」。而許多憾事，也就從這裏滋生。展望未來，大家能不更生一分警惕？

參考文獻

王克千編著，《價值之探求——現代西方哲學文化價值觀》，哈爾濱：黑龍江教育，1989。

王志健，《文學論》，臺北：正中，1987。

王岳川，《後現代主義文化研究》，臺北：淑馨，1993。

王岳川，《藝術本體論》，上海：三聯，1994。

王秀芝，《中國兒童文學》，臺北：臺灣書店，1991。

王金凌，《中國文學理論史》，臺北：華正，1987。

王泉根編，《周作人與兒童文學》，杭州：浙江少年兒童，1985。

王泉根，《中國兒童文學現象研究》，長沙：湖南少年兒童，1992。

王浩威，《臺灣文化的邊緣戰鬥》，臺北：聯合文學，1995。

王逢振，《女性主義》，臺北：揚智，1996。

方迪啓，《價值是什麼——價值學導論》（黃藿譯），臺北：聯經，1988。

切克蘭德，《系統論的思想與實踐》（左曉斯等譯），北京：華夏，1990。
丹菲爾德，《誰背叛了女性主義——年輕女性對舊女性主義的挑戰》（劉泗翰譯），臺北：智庫，1997。
文訊雜誌社主編，《臺灣現代詩史論》，臺北：文訊雜誌社，1996。
巴蘇亞·博伊哲努（浦忠成），《臺灣原住民的口傳文學》，臺北：常民，1996。
中華民國比較教育學會主編，《教育：傳統、現代化與後現代化》，臺北：師大書苑，1996。
卡　桑等，《變態心理學》（游恆山譯），臺北：五南，1993。
平　路，〈童話？〉，於《中國時報》人間副刊，1988.1.26。
石之瑜等，《女性主義的政治批判——誰的知識？誰的國家？》，臺北：正中，1994。
石之瑜，《後現代的國家認同》，臺北：世界，1995。
布魯格，《影響的焦慮——詩歌理論》（徐文博譯），臺北：久大，1990。
布魯姆，《比較文學影響論——誤讀圖示》（朱立元等譯），臺北：駱駝，1992。
申繼亮等，《當代兒童青少年心理學的進展》，臺北：五南，1995。
本尼迪克，《文化模式》（何錫章等譯），北京：華夏，1987。

朱　銘等，《設計家的再覺醒——後現代主義與當代設計》，北京：中國社會，1996。

朱介凡編著，《中國兒歌》，臺北：純文學，1993。

朱光潛，《西方美學史》，臺北：漢京，1982。

朱耀偉編譯，《當代西方文學批評理論》，臺北：駱駝，1992。

朱耀偉，《後東方主義——中西文化批評論述策略》，臺北：駱駝，1994。

伊凡絲，《郭德曼的文學社會學》（廖仁義譯），臺北：桂冠，1990。

伊格頓，《當代文學理論導論》（聶振雄等譯），香港：旭日，1987a。

伊格頓，《馬克思主義與文學批評》（文寶譯），臺北：南方，1987b。

成中英主編，《近代邏輯暨科學方法學基本名詞詞典》，臺北：聯經，1983。

成中英，《知識與價值——和諧、眞理與正義之探索》，臺北：聯經，1989。

吉普森，《批判理論與教育》（吳根明譯），臺北：師大書苑，1988。

寺村輝夫，《怎樣寫兒童故事》（陳宗顯譯），臺北：國語日報社，1985。

米羅諾夫，《歷史學家和社會學》（王淸和譯），北京：華夏，1988。

夷將・拔路兒，〈我們為什麼選擇「臺灣原住民族」這個稱呼？〉，於臺灣原住民族權利促進會編印，《爭取憲法「原住民條款」行動手冊》（10～11），1992。

伊　名編，《繪圖童謠大觀》，臺北：廣文，1977。

沃　克，《醜女與野獸——女性主義顛覆書寫》（薛興國譯），臺北：智庫，1996。

佛　思等，《當代語藝觀點》（林靜伶譯），臺北：五南，1996。

佛克馬等，《二十世紀文學理論》（袁鶴翔等譯），臺北：書林，1987。

佛洛伊德，《夢的解析》（賴其萬等譯），臺北：志文，1988。

佟　恩，《女性主義思潮》（刁筱華譯），臺北：時報，1996。

吳　鼎，《兒童文學研究》，臺北：遠流，1991。

吳敏倫編，《性論》，臺北：商務，1990。

吳淑琴，〈培育兒童文學研究者的搖籃——對國內第一所「兒童文學研究所」的期待〉，於《國語日報》兒童文學版，1996.12.8。

吳潛誠，《感性定位——文學的想像與介入》，臺北：允晨，1994。

沈　謙，《期待批評時代的來臨》，臺北：時報，1986。

沈清松，《解除世界魔咒——科技對文化的衝擊與展望》，臺北：時報，1986。

沈清松，〈從現代到後現代〉，於《哲學雜誌》第4期（15～23），1993.4。
沈國鈞，《人文學的知識基礎》，臺北：水牛，1987。
何九盈等主編，《中國漢字文化大觀》，北京：北京大學，1995。
何三本，《幼兒故事學》，臺北：五南，1995。
何秀煌，《思想方法導論》，臺北：三民，1987。
何秀煌，《文化・哲學與方法》，臺北：東大，1988。
何金蘭，《文學社會學》，臺北：桂冠，1989。
李世偉，《中共與民間文化》，臺北：知書房，1996。
李安宅，《意義學》，臺北：商務，1978。
李亦園，《臺灣土著民族的社會與文化》，臺北：聯經，1995。
李明華，《時代演進與價值選擇——中國價值觀探討》，西安：陝西人民，1992。
李明燦，《社會科學方法論》，臺北：黎明，1986。
李春青，《文學價值學引論》，昆明：雲南人民，1995。
李英明，《科學社會學》，臺北：桂冠，1989。
李茂政，《大衆傳播新論》，臺北：三民，1986。
李達三等主編，《中外比較文學研究》，臺北：學生，1990。
李臺芳，《女性電影理論》，臺北：揚智，1996。
李漢偉，〈我們都是白雪公主？——當前童話教學的一些省察〉，於臺東師院承辦「兒童文學學術研討會」論文，1989.5。
李慕如，《兒童文學綜論》，高雄：復文，1993。
李鐸強，《傳播理論》（程之行譯），臺北：遠流，1993。
呂正惠主編，《文學的後設思考——當代文學理論家》，臺北：正中，1991。
呂亞力，《政治學方論》，臺北：三民，1991。
呂秀蓮，《新女性主義》，臺北：前衛，1990。
汪信硯，《科學美學》，臺北：淑馨，1994。
汪寧生，《文化人類學調查——正確認識社會的方法》，北京：文物，1996。
杜淑貞，《兒童文學析論》，臺北：五南，1994。
貝斯特等，《後現代理論：批判的質疑》（朱元鴻等譯），臺北：巨流，1994。
克勞絲，《前衛的原創性》（連德誠譯），臺北：遠流，1995。
克萊博，《當代社會理論——從派深思到哈伯瑪斯》（廖立文譯），臺北：桂冠，1988。
宋筱惠，《兒童詩歌的原理與教學》，臺北：五南，1994。
拉　比，《如何想得清楚和正確》（王曼君譯），臺北：水牛，1990。
波　娃，《第二性（第一卷：形成期）》（歐陽子譯），臺北：志文，1994a。
波　娃，《第二性（第三卷：正當的主張與邁向解放）》（楊翠屏譯），臺北：志文，1994b。

波茲曼，《童年的消逝》（蕭昭君譯），臺北：遠流，1994。
波奇歐里，《前衛藝術的理論》（張心龍譯），台北：遠流，1992。
孟　樊，《當代臺灣新詩理論》，臺北：揚智，1995。
孟樊等主編，《後現代學科與理論》，臺北：生智，1997。
門　羅，《走向科學的美學》（安宗昇譯），臺北：五洲，1987。
林天德，《變態心理學》，臺北：心理，1993。
林文寶，《兒童文學故事體寫作論》，臺東：臺東師範學院語文教育學系，1990。
林文寶，〈臺灣民間故事書目——並序〉，於《東師語文學刊》第5期（227～228、257～258、258～259、264），1992.6。
林文寶，〈論兒童文學與教育之關係——兒童文學特性之一〉，於《東師語文學刊》第8期（25），1995a、6。
林文寶，《兒童詩歌論集》，臺北：富春，1995b。
林文寶等，《兒童文學》，臺北：五南，1996a。
林文寶，〈我們爲什麼要成立兒童文學研究所？〉，於《兒童日報》校園頻道版，1996b.11.26。
林文寶等編著，《兒語三百則與理論研究》，臺北：駱駝，1997。
林守爲，《兒童文學》，臺北：五南，1995。
林芳玫，《解讀瓊瑤愛情王國》，臺北：時報，1994。

林武憲編，《兒童文學詩歌選集》，臺北：幼獅，1989。
林武憲，〈臺灣文學與文化的新希望——對「兒童文學研究所」成立的感想和期許〉，於《國語日報》兒童文學版，1996.10.20。
林政華，《兒童少年文學》，臺北：富春，1991。
林政華，《瓶頸與突破——兒童少年文學觀念論集》，臺北：富春，1994。
林煥彰編，《童詩百首》，臺北：爾雅，1980。
林煥彰，〈臺灣兒童文學作家羣體的生態簡析〉，於《國語日報》兒童文學版，1996.10.13。
林聰明，《昭明文選研究（初稿）》，臺北：文史哲，1986。
邱各容，《兒童文學史料初稿（1945～1989）》，臺北：富春，1990。
邱貴芬，〈「發現臺灣」：建構臺灣後殖民論述〉，於《中外文學》第21卷第2期（153～155），1992.7。
邱錦榮，〈混沌理論與文學批評〉，於《中外文學》第21卷第12期（56），1993.5。
金榮華，《臺東卑南族口傳文學選》，臺北：中國文化大學中國文學研究所，1989。
金燕玉，〈關於兒童文學與教育的關係〉，於《眼中有孩子、心中有未來——九〇上海兒童文學研討會論文集》（293～294），上海：少年兒童文學，1991.6。
周慶華，〈西方人用音思考，中國人用形思考——中西兩大語言世界〉，於《中央日報》長河副刊，1990.7.24。

周慶華，《詩話摘句批評研究》，臺北：文史哲，1993。

周慶華，《秩序的探索——當代文學論述的省察》，臺北：東大，1994a。

周慶華，〈成人說「兒童」的「文學」〉，於《臺灣日報》前瞻版，1994b.8.13.。

周慶華，《臺灣當代文學理論》，臺北：揚智，1996a。

周慶華，《文學圖繪》，臺北：東大，1996b。

周慶華，《語言文化學》，臺北：生智，1997a。

周慶華，《臺灣文學與「臺灣文學」》，臺北：生智，1997b。

周樑楷，《歷史學的思維》，臺北：正中，1996。

欣奇利夫，《論荒誕派》（李永輝譯），北京：昆侖，1992。

阿特金斯等，《當代文學理論》（張雙英等譯），臺北：合森，1991。

阿皮格納內西，《後現代主義》（黃訓慶譯），臺北：立緒，1996。

哈　山，《後現代的轉向——後現代理論與文化論文集》（劉象愚譯），臺北：時報，1993。

科　恩主編，《文學理論的未來》（程錫麟等譯），北京：中國社會科學，1993。

姚一葦，《美的範疇論》，臺北：開明，1985a。

姚一葦，《藝術的奧秘》，臺北：開明，1985b。
祝士媛編著，《兒童文學》，臺北：新學識，1989。
施友忠，《二度和諧及其他》，臺北：聯經，1976。
洪中周，《兒童詩欣賞與創作》，臺北：益智，1982。
洪文瓊，《臺灣兒童文學史》，臺北：傳文，1994a。
洪文瓊，《兒童文學見思集》，臺北：傳文，1994b。
洪文瓊，〈兒童文學範疇論〉，於《東師語文學刊》第9期（141～142、138～141），1996.6。
洪田浚，《臺灣原住民籲天錄》，臺北：臺原，1995。
洪汎濤，《童話學》，臺北：富春，1989。
洪炎秋，《文學概論》，臺北：中國文化大學，1985。
洪泉湖主編，《兩岸少數民族問題》，臺北：文史哲，1996。
洪英聖，《臺灣先住民脚印——十族文化傳奇》，臺北：時報，1994。
洪鎌德，《跨世紀的馬克思主義》，臺北：月旦，1996。
韋政通編，《中國思想史方法論文選集》，臺北：水牛，1987。
韋勒克等，《文學論——文學研究方法論》（王夢鷗等譯），臺北：志文，1979。
查普曼，《語言學與文學》（王晶培審譯），臺北：結構羣，1989。
姜添輝，〈原住民教育的政策分析〉，於《原住民教育季刊》第5期（8），1997.2。

胡經之等主編，《文藝學美學方法論》，北京：北京大學，1994。
段寶林，《中國民間文學概要》，北京：北京大學，1985。
威廉斯三世等，《犯罪學理論》（周愫嫻譯），臺北：桂冠，1992。
格　林等編，《女性主義文學批評》（陳引馳譯），臺北：駱駝，1995。
唐　納，《社會學理論的結構》（馬康莊譯），臺北：桂冠，1989。
唐君毅，《哲學概論》，臺北：學生，1989。
唐納生，《兒童心智——從認知發展看教與學的困境》（漢菊德等譯），臺北：遠流，1996。
柴　熙，《哲學邏輯》，臺北：商務，1988。
孫　旗，《藝術概論》，臺北：黎明，1987。
涂公遂，《文學概論》，臺北：華正，1988。
徐守濤，《兒童詩論》，屏東：東益，1979。
徐崇溫，《結構主義與後結構主義》，臺北：谷風，1988。
徐道鄰，《語意學概要》，香港：友聯，1980。
索耶爾等，《幼兒文學：在文學中成長》（墨高君譯），臺北：揚智，1996。
殷海光，《思想與方法》，臺北：水牛，1989。
翁萃芝，〈在終身學習的時代裏談兒童文學研究所之創立〉，於《國語日報》兒童文學版，1996.10.27。
馬景賢，〈談兒童文學研究——兒童文學資料蒐集與流通〉，於《國語日報》兒童文學版，1996a.11.5。
馬景賢，〈爲設立兒童文學研究發展中心催生〉，於《國語日報》兒童文學版，1996b.12.22。
浦薛鳳，《現代西洋政治思潮》，臺北：國立編譯館，1984。
埃斯卡皮，《文學社會學》（葉淑燕譯），臺北：遠流，1990。
莫　伊，《性別／文本政治——女性主義文學理論》（陳潔詩譯），臺北：駱駝，1995。
莫洛亞，《傳記面面觀》（陳蒼多譯），臺北：商務，1986。
梅　勒等，《天生嬰才——重新發現嬰兒的認知世界》（洪蘭譯），臺北：遠流，1996。
盛　寧，《新歷史主義》，臺北：揚智，1995。
婁子匡等，《五十年來的中國俗文學》，臺北：正中，1963。
陳正治，《中國兒歌研究》，臺北：親親，1985。
陳正治，《童話寫作研究》，臺北：五南，1992。
陳宗顯，《怎樣寫兒童故事》，臺北：國語日報社，1985。
陳秉璋，《社會學方法論》，臺北：環球，1989。
陳秉璋，《道德規範與倫理價值》，臺北：國家政策研究資料中心，1990a。
陳秉璋，《價值社會學》，臺北：桂冠，1990b。
陳東榮等主編，《典律與文學教學——第十六屆全國比較文學會議論文選集》，臺北：中華民國比較文學學會等，1995。

陳明臺，《前衛之貌》，臺中：臺中縣立文化中心，1994。

張　顥，《幽暗意識與民主傳統》，臺北：聯經，1989。

張小虹，《後現代／女人——權力、慾望與性別表演》，臺北：時報，1993。

張永聲主編，《思維方法大全》，海門：江蘇科學技術，1991。

張建邦等，《未來學》，臺北：書華，1996。

張茂桂等，《族羣關係與國家認同》，臺北：業強，1993。

張春興，《心理學》，臺北：東華，1989。

張雪門等，《兒童讀物研究》，臺北：小學生雜誌畫刊社，1965年。

張清榮，《兒童文學創作論》，臺北：富春，1995。

張湘君，〈讀者反應理論及其對兒童文學教育的啓示〉，於《東師語文學刊》第6期（292、300～301），1993.5。

張華葆，《社會心理學理論》，臺北：三民，1989。

張漢良，《比較文學理論與實踐》，臺北：東大，1986。

張漢良，《文學的迷思》，臺北：正中，1992。

張榮翼，《文學批評學論稿》，昆明：雲南人民，1995。

張駿逸，〈民族學觀點的原住民鄉土文化教材〉，於《原住民教育季刊》第6期（16），1997．5。

張雙英，《中國文學批評的理論與實踐》，臺北：萬卷樓，

1993。
許烺光，《文化人類學新論》（張瑞德譯），臺北：聯經，1986。
陶東風，《文體演變及其文化意味》，昆明：雲南人民，1994。
陶國璋，《開發精確的思考》，臺北：書林，1993。
郭育新等，《文藝學導論》，臺北：中國文化大學，1991。
郭紹虞等主編，《中國近代文學論著精選》，臺北：華正，1982a。
郭紹虞，《中國文學批評史》，臺北：文史哲，1982b。
荷曼斯，《社會科學的本質》（楊念祖譯），臺北：桂冠，1987。
陸蓉之，《後現代的藝術現象》，臺北：藝術家，1990。
梁濃剛，《回歸佛洛伊德——拉康的精神分析學》，臺北：遠流，1992。
麥克唐納，《言說的理論》（陳墇津譯），臺北：遠流，1990。
國立編譯館主編，《科學與技術》（趙雅博等譯），臺北：國立編譯館，1989。
傅　柯，《知識的考掘》（王德威譯），臺北：麥田，1993。
傅大爲，《知識與權力的空間——對文化、學術、教育的基進反省》，臺北：桂冠，1991。
傅大爲，《基進筆記》，臺北：桂冠，1994。

傅林統，《兒童文學的思想與技巧》，臺北：富春，1990。
渥　德，《地圖權力學》（王志弘等譯），臺北：時報，1996。
黃文山，《文化學體系》，臺北：中華，1986。
黃文進等，《兒童戲劇編導略論》，高雄：復文，1986。
黃美英，《文化的抗爭與儀式》，臺北：前衛，1995。
黃宣範，《語言、社會與族羣意識——臺灣語言社會學的研究》，臺北：文鶴，1993。
黃海澄，《藝術價值論》，北京：人民文學，1993。
黃德寬等，《漢字闡釋與文化傳統》，合肥：中國科學技術大學，1995。
黃應貴等，〈尊重原住民的自稱〉，於《自立早報》第4版，1992.5.16。
黃應貴主編，《臺灣土著社會文化研究論文集》，臺北：聯經，1993。
黃麗貞，《小說的創作鑑賞與批評》，臺北：中央文物供應社，1983。
勞思光，《中國哲學史（第1卷）》，香港：友聯，1980。
喻麗淸編，《兒歌百首》，臺北：爾雅，1978。
路　況，《後／現代及其不滿》，臺北：唐山，1990。
路　況，《虛無主義書簡——歷史終結的遊牧思考》，臺北：唐山，1993。
福　勒，《現代西方文學批評術語》（袁德成譯），成都：四川人民，1987。

葛　琳，《兒童文學研究》，臺北：華視，1973。
葛　琳，《兒童文學的創作與欣賞》，臺北：康橋，1980。
葛永光，《文化多元主義與國家整合——兼論中國認同的形成與挑戰》，臺北：正中，1993。
達　雷等，《藝術治療的理論與實務》（陳鳴譯），臺北：遠流，1995。
奧利瓦等，《國際超前衛》（陳國強等譯），臺北：遠流，1996。
詹京斯，《歷史的再思考》（賈士蘅譯），臺北：麥田，1996。
楊茹美，〈大家來讀兒文所〉，於《國語日報》兒童文學版，1996.11.17。
楊淑華，〈臺灣地區「兒童文學」重要論著研究——以民國50～83年爲主〉，於《臺中師院學報》第10期（33），1996.6。
葉詠琍，《兒童文學》，臺北：東大，1986。
葉維廉，〈比較文學論文叢書總序〉，於《中外文學》第11卷第9期（122～134、134），1983.2。
葉維廉，《歷史、傳釋與美學》，臺北：東大，1988。
雷僑雲，《中國兒童文學研究》，臺北：學生，1988。
雷僑雲，《敦煌兒童文學》，臺北：學生，1990。
瘂　弦主編，《如何測量水溝的寬度》，臺北：聯合文學，1987。
維　登，《女性主義實踐與後結構主義理論》（白曉紅譯），臺北：桂冠，1994。
管成南，《中國民間文學賞析》，臺北：國家，1993。
廖卓成，〈論「格林童話」的不當內容〉，於臺東師範學院語文教育學系等主辦「兒童文學與教育學術研討會」論文，1997.3。
廖春文，〈後現代教育發展的困境與超越〉，於《臺中師院學報》第10期（37～38），1996.6。
廖炳惠，《形式與意識形態》，臺北：聯經，1990。
廖朝陽，〈典律與自主性：從公共空間的觀點看「文學公器」與文學詮釋〉，於《中外文學》第23卷第2期（85～86），1994.7。
趙滋蕃，《文學原理》，臺北：東大，1988。
蓋伯利克，《現代主義失敗了嗎？》（滕立平譯），臺北：遠流，1995。
蒙特梭利，《童年的祕密》（馬榮根譯），臺北：五南，1995。
劉　昶，《西方大眾傳播學——從經驗學派到批判學派》，臺北：遠流，1990。
劉　納，《詩：激情與策略——後現代主義與當代詩歌》，北京：中國社會，1996。
劉大杰，《中國文學發展史》，臺北：華正，1979。
劉介民，《比較文學方法論》，臺北：時報，1990。
劉元亮等，《科學認識論與方法論》，臺北：曉園，1990。
劉再復，《性格組合論》，臺北：新地，1988。

劉昌元，《西方美學導論》，臺北：聯經，1987。
劉阿榮，〈教育優惠與階層流動，臺灣原住民教育優惠政策析論〉，於《原住民教育季刊》第4期（16～17），1996.11。
劉若愚，《中國文學理論》（杜國清譯），臺北：聯經，1985。
鄭如晴，〈期待一所理論與創作並重的兒童文學研究所〉，於《國語日報》兒童文學版，1996.11.10。
鄭明娳等，《時代之風——當代文學入門》，臺北：幼獅，1991。
鄭明娳主編，《當代臺灣女性文學論》，臺北：時報，1994。
鄭樹森，《文學理論與比較文學》，臺北：時報，1986。
蔡尚志，《兒童故事寫作研究》，臺北：五南，1992。
蔡尚志，《兒童故事原理》，臺北：五南，1994。
蔡尚志，《童話創作的原理與技巧》，臺北：五南，1996。
蔡源煌，《從浪漫主義到後現代主義》，臺北：雅典，1988。
黎波諾，《水平思考法》（余阿勳譯），臺北：水牛，1989。
霍　伊，《批評的循環》（陳玉蓉譯），臺北：南方，1988。
默　頓，《論理論社會學》（何凡興等譯），北京：華夏，1990。

賴澤涵主編，《三十年來我國人文及社會科學之回顧與展望》，臺北：東大，1987。
駱鴻凱，《文選學》，臺北：華正，1980。
蕭　燁，《知識的雙刃劍——後現代主義與當代理論》，北京：中國社會，1996。
簡上仁，《臺灣民謠》，臺中：臺灣省政府新聞處，1983。
謝東山，《當代藝術批評的疆界》，臺北：帝門藝術教育基金會，1995。
鍾明德，《從寫實主義到後現代主義》，臺北：書林，1995。
戴維斯等編，《沒門》（馬曉光等譯），北京：中國社會科學，1992。
顏忠賢，《影像地誌學——邁向電影空間理論的建構》，臺北：萬象，1996。
魏鴻榮，《哲學定義》，臺南：聞道，1984。
羅　青，《什麼是後現代主義》，臺北：五四，1989。
羅　盤，《小說創作論》，臺北：三民，1980。
譚達先，《中國民間文學概論》，臺北：貫雅，1992。
蘭特利奇等編，《文學批評術語》（張京媛等譯），香港：牛津大學，1994。
顧燕翎主編，《女性主義理論與流派》，臺北：女書，1996。
龔鵬程，《我們都是稻草人》，臺北：久大，1987。

兒童文學新論

著　　者／周慶華
出 版 者／生智文化事業有限公司
發 行 者／林新倫
責任編輯／賴筱彌
執行編輯／龍瑞如
登 記 證／局版北市業字第 677 號
地　　址／台北市文山區溪洲街 67 號地下樓
電　　話／(02)23660309　23660313
傳　　真／(02)23660310
印　　刷／科樂印刷事業股份有限公司
法律顧問／北辰著作權事務所　蕭雄淋律師
初版一刷／1998 年 3 月
定　　價／新臺幣：250 元
ISBN ／957-8637-53-5
E-mail ／ufx0309@ms13.hinet.net

國家圖書館出版品預行編目資料

兒童文學新論/周慶華著 --初版 --臺北市
生智,1998[民 87]
面;公分
參考書目;面
ISBN 957-8637-53-5(平裝)

1.兒童文學

815.9 86016056

語言文化學

探討語言和文化的關係，已經不是什麼新的風氣，它幾十年前就有人在討論了，所不同的是今人越來越傾向擴大研究的範圍和採用較為精密的研究方法。遺憾的是，對於語言和文化兩個範疇的劃分仍不夠合理，以及該如何通過後現代理論的考驗而營造一個有利的發展環境，也不見一套可取的說詞。這在本書都給予必要的解決和審慎的推測，可以當作思考同類課題的新指標。

作者：周慶華

ISBN：957-8637-45-4

定價：200 元

時序即將進入二十一世紀，臺灣文學的論述也正在營造另一高峰。只是但見共同的議題，卻不見有何新穎的論調。其中的原因以及缺憾，本書都一一給予爬梳和彌補。它既可以讓人透視目前臺灣文學的問題所在，還可以讓人找到臺灣文學在未來的發展方向，遠比同類型的著作要更深入和具有前瞻性。

作者：周慶華
ISBN：957-8637-44-6
開數：25K
定價：250元

台灣當代文學理論

本書旨在藉由對臺灣當代文學理論的探討，推測相關的論說所要具備的條件，期望給予當前或未來的文學創作和文學批評提供一些可以參考借鏡的方案。

作者：周慶華
ISBN：957-9272-69-7
定價：250 元
開數：25K
出版：揚智文化事業股份有限公司

當代台灣新詩理論

本書是國內第一本嘗試以西方當代文學批評理論考察台灣新詩及其批評理論的系統性專著，在考察與檢視當中，擬為當代台灣詩壇樹立一新的批評典範，探討的主題包括印象式批評、新批評、現代主義、寫實主義、後現代主義、女性主義....，援用的批評方法包括外緣及內緣研究法，在建立理論的同時，對於新的批評方法也做了實際的展示，足供有心者參考。本書除了兩岸詩壇同好必讀之外，對於台灣當代文學的研究者亦頗具參考價值，更是大專院校學生上課必備的用書。

☞作者：孟樊

☞ISBN：957-9272-11-5

☞定價：450元